D1390198

Varianti

Della stessa autrice

Il premio del traditore

Margery Allingham

Morte di un fantasma

Romanzo

Traduzione di Simona Garavelli

Bollati Boringhieri

Prima edizione maggio 2017

© 1941 Rights Ltd, London. Tutti i diritti riservati.

Titolo originale   *Death of a Ghost*

© 2017 Bollati Boringhieri editore
Torino, corso Vittorio Emanuele II, 86
Gruppo editoriale Mauri Spagnol
ISBN 978-88-339-2781-7

www.bollatiboringhieri.it

Stampato in Italia da Grafica Veneta S.p.A. di Trebaseleghe (PD)

Anno					Edizione						
2020	2019	2018	2017		1	2	3	4	5	6	7

Morte di un fantasma

A H.J. Allingham,
questo libro è rispettosamente
dedicato al suo industrioso tirocinio

1.
Interno con figure

Fortunatamente sono pochissime le persone che possono dire di avere davvero assistito a un omicidio.

In un mondo civile è opportuno che l'assassinio compiuto da una persona dotata di ragionevole prudenza rimanga una faccenda privata.

È forse questo particolare a spiegare il notevole interesse dell'opinione pubblica per i dettagli dei crimini anche più crudi e sordidi, a indicare che è il segreto, più del fatto, a esercitare il fascino.

Anche solo in considerazione dell'estrema rarità dell'esperienza, dunque, pare un peccato che il generale di brigata sir Walter Fyvie, brillante narratore che avrebbe sinceramente apprezzato tale bizzarra opportunità, avesse dovuto lasciare il ricevimento a Little Venice alle sei e venti, incrociando nell'atrio Bernard, conoscente di vecchia data e vescovo di Mold, e perdendosi così lo straordinario omicidio che lì ebbe luogo meno di sette minuti dopo.

Come fece notare più tardi il generale, la cosa era tanto più seccante considerato che il vescovo, esperto di varietà di peccato ben più sottili, non si era reso minimamente conto della propria fortuna.

Alle sei e venti del giorno precedente, esattamente ventiquattr'ore prima che il generale incontrasse il vescovo nell'atrio, le luci del salotto al primo piano di Little Venice erano accese, e la stessa Belle – l'originale della *Cara Belle* del dipinto del Louvre – sedeva accanto al fuoco chiacchierando con il vecchio amico Mr Campion, venuto per il tè.

Se conservata nelle condizioni in cui l'ha lasciata, la casa di un uomo famoso morto ormai da tempo avrà quasi certamente un'atmosfera da museo, se non da famedio abbandonato, con tanto di corone appassite e ghirlande logore. Forse è molto indicativo del carattere di Belle che nel 1930 Little Venice fosse la stessa di quando John Lafcadio se ne stava nel suo atelier giù in giardino a battagliare, imprecare e sudare finché non aveva avuto la meglio sui pigmenti di un altro dei suoi quadri tempestosi che tanto incantavano e stizzivano i suoi delicati e signorili contemporanei.

E se Belle Lafcadio non era più la Belle di quei dipinti, era pur sempre la Cara Belle. Lei non aveva mai avuto, così diceva, lo svantaggio della bellezza, e ora, a due mesi dai settant'anni, abbondante, rugosa e sorprendentemente somigliante al ritratto che Rembrandt aveva fatto della propria madre, aveva il sorriso pronto e smagliante e la vivacità di una donna che non è mai stata altro che al proprio meglio.

Al momento portava una di quelle cuffie inamidate di mussola bianca tanto care alle contadine normanne fino a cinquant'anni prima. La indossava nella certezza che fosse fuori moda, anticonvenzionale e irresistibilmente attraente. L'abito nero era rifinito da una sottile fettuccia bianca attorno allo scollo, e le pantofole impreziosite da sfrontate fibbie di marcasite.

La stanza dov'era seduta mostrava un'analoga assenza di conformità a qualunque epoca o stile. Aveva una forte impronta personale ed era chiaramente una parte importante della casa, un locale con curiose poltroncine, comode seppur bizzarre.

Con la sua pianta a L occupava tutto il primo piano della vecchia casa sul canale e, benché nulla fosse stato rinnovato dai tempi della guerra, era sfuggita alle eleganti banalità in stile Morris e agli orrori delle convenzionalità edoardiane. Era il vanto di Belle che lei e Johnnie non avessero mai comprato nulla se non ciò che era loro piaciuto, con il risultato che le tende di damasco dall'intenso rosso veneziano, per quanto sbiadite, erano ancora incantevoli, e così il tappeto persiano, ormai assottigliato come seta, mentre l'immensa caminiera che occupava tutta una parete minore della sala, un tempo parte di un dossale di una chiesa fiamminga, aveva assunto una tonalità calda e intonata alle pareti color camoscio, come capita alle cose ormai abituate a vivere assieme.

La cosa strana era che il bozzetto di Réjane di Fantin-Latour, lo studio di piede in gesso di Rodin e l'orso polare impagliato donato da Jensen a Lafcadio dopo il ritratto del 1894 coabitassero anch'essi in pari armonia; lo stesso poteva dirsi degli oltre cento oggetti rari di cui era disseminata la stanza; eppure era così, e l'effetto era piacevole e insolitamente entusiasmante.

Di fronte a Mrs Lafcadio sedeva l'ospite, una persona che non ci si sarebbe aspettati di trovare né in una stanza simile né in simile compagnia. Era un giovane smilzo e dall'incarnato pallido, con lucidi capelli chiari e occhiali cerchiati in corno. L'abito a tre pezzi era un piccolo capolavoro, e l'impressione che se ne aveva era quella di una persona di buona educazione e un filo sbadata. Guardava la padrona di casa battendo le palpebre, i gomiti posati sui braccioli della poltrona e le lunghe mani ripiegate in grembo.

I due erano amici di lunga data, e la conversazione era da poco scivolata nel silenzio quando Belle sollevò lo sguardo.

«Ebbene» disse con la risatina che era stata tanto famosa nell'ultimo decennio del secolo precedente, «eccoci qui, mio caro, due celebrità. Non lo trovi divertente?»

Lui le scoccò un'occhiata. «Io non sono una celebrità» protestò. «Per carità. Lascio l'onore alle ignobili vecchie signore che lo apprezzano».

Gli occhi castani di Mrs Lafcadio, le cui iridi cominciavano a scolorire leggermente, sorrisero per qualche spassosa battuta privata.

«Johnnie adorava esserlo» rispose. «Quando Gladstone divenne così impopolare dopo lo scandalo Gordon, chiesero a Johnnie di fargli il ritratto. Ma lui rifiutò l'incarico, scrivendo a Salmon, il suo agente: *Non vedo motivo per cui serbare la faccia di Gladstone per i posteri*».

Campion la osservò pensoso. «Gira sempre qualche nuova storia su Lafcadio, in questo periodo dell'anno» disse. «È lei che le inventa?»

L'anziana signora guardò contegnosa il fazzoletto che teneva in mano.

«No» rispose. «Ma qualche volta le miglioro... giusto un po'». All'improvviso si fece più attenta. «Albert» disse, «non sei qui per lavoro, vero? Non pensi che qualcuno voglia rubare il quadro?»

«Voglio proprio sperare di no» rispose lui un po' allarmato. «A meno che, naturalmente, quel gran mercante di Max non abbia in mente di creare scalpore».

«Max!» esclamò Mrs Lafcadio, e rise. «Oh, mio caro, ho pensato una cosa carina sul suo conto. Il suo primo libro su Johnnie, uscito dopo che la Collezione Loan di Mosca andò persa, si intitolava *L'arte di John Lafcadio, secondo uno che lo conosceva*. Il suo ottavo libro su Johnnie è uscito ieri. Si intitola: *Max Fustian osserva l'arte. Disamina critica delle opere di John Lafcadio secondo uno dei più eminenti critici d'Europa*».

«E a lei dispiace?» domandò Mr Campion.

«Dispiacermi? Certo che no. A Johnnie sarebbe piaciuto da pazzi. L'avrebbe trovato spassoso. E poi, pensa al complimento. Max ha costruito la propria fama esclusivamente scrivendo di Johnnie. Io sono piuttosto famosa semplicemente per essere la moglie di Johnnie. La povera cara Beatrice si considera famosa semplicemente per essere stata la sua "ispirazione", e la mia cara Lisa, la meno interessata tra tutti noi, è famosa per essere stata *Clitennestra* e la *Ragazza presso lo stagno*». Sospirò. «Probabilmente a Johnnie questo fa più piacere di qualunque altra cosa». Guardò l'ospite con una smorfia mezzo contrita. «Penso sempre che sia da qualche parte e ci stia guardando, sai».

Campion annuì con gravità. «Aveva attorno a sé come un'aura di notorietà» disse. «Incredibile come sia persistente. Se mi è permesso dirlo, da un volgare punto di vista pubblicitario quel suo straordinario testamento è stato un colpo di genio. Voglio dire, quale altro artista al mondo ha mai fatto materializzare dodici nuovi quadri a dieci anni dalla sua morte convincendo mezza Londra a venire a vederli, uno dopo l'altro, per dodici anni?»

Belle soppesò quel commento con aria grave. «Indubbiamente» convenne. «Però in realtà Johnnie non la vedeva a questo modo, sai. Sono assolutamente convinta che la sua unica idea fosse prendersi una piccola rivincita sul povero Charles Tanqueray. In un certo senso» proseguì, «è stata una sorta di scommessa. Johnnie credeva nel suo lavoro e immaginava che avrebbe avuto un picco di notorietà subito dopo la sua morte, per poi perdere completamente favore... come di fatto è successo. Ma aveva capito che, considerato il valore delle sue opere, alla fine era destinato a essere nuovamente riconosciuto, e aveva ipotizzato che per farlo l'opinione pubblica avrebbe impiegato pressappoco dieci anni».

«È stata un'idea strepitosa» ripeté il giovane.

«Non era nel suo testamento, sai» disse l'anziana donna. «È stata una lettera. L'hai mai vista? Ce l'ho qui in un cassetto».

Con sorprendente agilità si alzò e attraversò svelta la stanza verso uno scrittoio panciuto, e dopo avere aperto un cassetto disordinato dopo l'altro estrasse finalmente una busta che portò in trionfo vicino al caminetto. Con riverenza, Mr Campion prese la reliquia e distese il sottile foglio di carta coperto dalla bella calligrafia di Lafcadio.

La vecchia signora gli restò accanto, sbirciando da sopra la spalla. «L'ha scritta poco prima di morire» disse. «Non faceva altro che scrivere lettere. Leggila a voce alta. Mi fa ridere».

Cara Belle, lesse Mr Campion. *Quando nei panni di vedova addolorata tornerai dall'abbazia, dove diecimila cretini si struggeranno (spero) sopra una lapide commemorativa con un'iscrizione in memoria del loro eroe (non permettere al vecchio Ffolliot di farlo, non voglio essere celebrato con putti dalla pancia da negro o con angeli a un solo seno), quando tornerai, dunque, voglio che tu legga questa lettera e mi aiuti come hai sempre fatto. Ho scoperto che quel tanghero di Tanqueray, con cui ho appena parlato, attende con impazienza la mia morte – ha un vantaggio su di me di dieci anni – per crogiolarsi in un campo sgombro e ostentare il suo pessimo gusto e quel suo cervello da smidollato senza l'intralcio del confronto con me. Non che l'uomo non sappia dipingere; noi accademici siamo bravi né più né meno dei fotografi da spiaggia in ogni santo giorno della settimana. È la sua mente che deploro, con quel codazzo di bambini di paese in mutandoni, cani umanizzati e marinai persi in mare. Gli ho detto che gli sopravvivrò, dovessi morire per farlo, e ho pensato che esiste un modo per fargli entrare nella zucca quel che intendo, una volta tanto.*

In cantina lascerò dodici tele imballate e sigillate. Assieme ci sarà una lettera con tutti i dettagli per il vecchio Salmon. Devi tenerle ben strette per cinque anni dalla data della mia morte. Dopodiché voglio che siano spedite a Salmon così come sono. Lui le toglierà dagli imballi e le incornicerà. Una alla volta. Sono tutte numerate. E la Domenica dell'Esposizione dell'undicesimo anno dopo la mia morte voglio che tu apra l'atelier, spedisca gli inviti come al solito ed esponga il primo quadro. E così via, per dodici anni. Ci penserà Salmon a sobbarcarsi il lavoro ingrato, cioè a vendere, eccetera. Per allora probabilmente le mie opere saranno aumentate di valore, per cui la gente si presenterà per pura curiosità. (Nel caso mi avessero dimenticato, mia cara, organizza le esposizioni per amor mio e partecipa tu stessa).

A ogni buon conto, Tanqueray si ritroverà con i miei bastoni tra le ruote per altri ventidue anni, e se sopravvive a questo allora buon pro gli faccia.

In molti tenteranno di convincerti ad aprire gli imballi prima della data designata, insistendo che quando ho scritto questa lettera non ero sano di mente. Tu, che sai che non sono mai stato sano di mente nel senso più comune del termine, saprai quale trattamento riservare loro.

Con tutto il mio amore, mia cara. Se tra gli ospiti del primo di questi appuntamenti vedrai aggirarsi una vecchia dall'aspetto bizzarro non troppo dissimile dalla defunta regina, che Dio l'abbia in gloria, sappi che sarà il mio fantasma travestito. Trattalo con il riguardo che merita.

Tuo marito, Signora,
John Lafcadio
(Probabilmente il più grande pittore dopo Rembrandt).

Campion ripiegò la lettera. «L'ha davvero vista per la prima volta al ritorno dal funerale?» le chiese.

«Oh, santo cielo, no» rispose Mrs Lafcadio riponendo

la busta nel cassetto. «L'ho aiutato io a scriverla. Una sera restammo alzati fino a tardi dopo che Charles Tanqueray e i Meynell erano venuti a cena. Poi però è stato lui a fare tutto il resto. Voglio dire, non ho mai visto i dipinti imballati, e la banca mi recapitò la lettera assieme a tutti gli altri documenti».

«E questo è l'ottavo anno in cui viene esposto un suo quadro» disse Mr Campion.

La donna annuì, e per la prima volta gli sbiaditi occhi castani si velarono di tristezza. «Sì» rispose. «Naturalmente sono state molte le cose che non siamo riusciti a prevedere. Il povero vecchio Salmon è morto nemmeno tre anni dopo Johnnie, e poco più tardi Max ha rilevato l'attività di Bond Street dai suoi esecutori testamentari. Quanto a Tanqueray, non è sopravvissuto a Johnnie neppure un anno e mezzo».

Mr Campion prese un'espressione incuriosita. «Che tipo d'uomo era Tanqueray?»

Mrs Lafcadio arricciò il naso. «Un uomo intelligente» disse. «E negli anni Novanta le sue opere vendevano più di quelle di chiunque altro. Ma non aveva il minimo senso dell'umorismo. Una persona banale, e pateticamente sentimentale riguardo ai bambini. Spesso mi dico che le opere di Johnnie non furono guastate dalle convenzioni dell'epoca soprattutto grazie alla sua ingiustificabile antipatia per i bambini. Ti va di scendere a vedere il quadro? È tutto pronto per domani, il gran giorno».

Mr Campion si alzò.

Nel prenderlo sotto braccio mentre scendevano le scale, Belle sollevò il viso e lo guardò con un sorriso meravigliosamente fiducioso.

«È come la mensola del camino nella storia di Andersen, vero?» sussurrò. «Noi siamo le statuine di porcellana. «Torniamo in vita una sera all'anno. Domani pomeriggio potremo riassaporare le nostre passate glorie. Io farò la padrona di casa. Donna Beatrice fornirà la nota decorativa, Lisa si aggirerà con l'aria afflitta come al solito, povera figliola. Dopodiché gli ospiti se ne andranno, il quadro verrà venduto – forse questa volta toccherà alla Liverpool Art Gallery, mio caro – dopodiché ripiomberemo nel sonno per un altr'anno».

Piuttosto affaticata, approdò con un sospiro sul pavimento piastrellato dell'atrio.

Da dove si trovavano si vedeva la porta a vetri che dava sul giardino, dove sorgeva l'ampio studio che John Lafcadio aveva costruito nel 1889.

La porta era aperta, e il famoso scorcio della «sedia del maestro» che si diceva si presentasse al visitatore appena varcava la soglia di casa, era ben visibile.

Belle inarcò le sopracciglia. «La luce accesa?» esclamò, poi subito aggiunse: «Ah, già, dev'essere W. Tennyson Potter. Lo conosci, vero?»

Mr Campion esitò. «Ne ho sentito parlare, e in passato l'ho incrociato ad alcune mostre private, ma credo non siamo mai stati presentati» rispose.

«Oh, in tal caso...» Pur non essendoci la minima possibilità che Mr Potter la sentisse, lo tirò da parte e abbassò la voce. «Mio caro, è un tipo difficile. Abita in giardino con la moglie, una personcina deliziosa. Anni fa, quando ci stabilimmo qui, Johnnie disse loro che potevano costruirsi uno studio in giardino – a Johnnie faceva pena – e così han fatto. Costruirsi uno studio, cioè, e da allora sono sempre stati qui. Lui è un artista, incide sull'arenaria rossa. Ha inventato lui la tecnica, che naturalmente non ha mai preso piede – d'altronde, cosa ci si può aspettare da una superficie così grezza? – e questo ha rovinato la vita al poveretto». Si fermò a prendere fiato, poi recuperò lo slancio con quella sua voce morbida che non aveva mai perso il tono entusiasta della gioventù. «Come sempre allestirà una piccola esposizione delle sue incisioni, come le definisce lui, anche se in realtà si tratta di litografie, in un angolo dell'atelier. Max è infuriato, ma quando se ne presentava l'occasione Johnnie gli permetteva sempre di fare la sua esposizione, perciò ho puntato i piedi».

«Non posso crederci» disse il compagno.

Negli occhi di Mrs Lafcadio balenò un lampo. «Oh, altroché» confermò. «Ho detto a Max di non essere avido e di comportarsi da persona educata. Di tanto in tanto ha bisogno di una tirata d'orecchi».

Campion rise. «E lui cos'ha fatto? Si è gettato ai suoi piedi in una crisi di amaro pentimento?»

Il sorriso di Mrs Lafcadio si velò della malizia più innocente al mondo.

«È così *affettato*» disse. «Temo che Johnnie gli avrebbe reso la vita impossibile. Mi ricorda la mia cara nonna: era talmente coperta di gale e falpalà che non si capiva dove finissero. Anzi, da bambina mi chiedevo se mai finissero, o se fosse fatta di saia color porpora anche dentro. Bene, eccoci qui. Non è un amore di studio?»

Avevano attraversato lo stretto vialetto coperto pieno di correnti d'aria tra la porta sul retro e l'atelier, e ora si trovavano nell'ampio locale esterno dove un tempo John Lafcadio lavorava e tuttora intratteneva. Come molti edifici simili, visto da fuori era una struttura poco attraente, rivestita di lamiera ondulata, ma all'interno rifletteva ancora in gran parte la straordinaria personalità del proprietario.

Era un grande locale arioso con il pavimento lucido, il soffitto a vetri e due enormi caminetti, uno a ciascuna estremità. Lungo la parete nord correva una galleria, occupata nella parte sottostante da un'armadiatura costruita con pannelli scanalati recuperati da una fattoria ristrutturata attorno al 1890. Sopra la galleria c'erano cinque grandi finestre, alte più di tre metri, da cui si godeva una splendida vista del Regent's Canal. Dietro al camino più vicino all'ingresso c'erano il camerino della modella e il gabinetto, raggiungibili attraverso un breve passaggio ad arco situato all'estremo angolo occidentale, sotto la galleria.

La scheletratura del locale, sempre visibile in edifici del genere, era molto più imponente del normale e dissipava con efficacia quell'aspetto temporaneo da sala parrocchiale delle feste o da caserma militare.

Quando Belle e Campion entrarono solo una delle grandi lampade sospese era accesa, lasciando in ombra gli angoli della stanza. Nel camino di fronte alla porta il fuoco era spento, ma la grossa stufa antiquata posta nell'altro caminetto, quello più vicino, era accesa, e dopo il giardino gelido il locale si presentava caldo e accogliente.

Fuori dalla zona d'ombra, il famoso ritratto di Lafcadio fatto da Sargent si stagliava al posto d'onore sopra la mensola scolpita del camino. Di dimensioni imponenti, aveva tutta la forza, l'accuratezza e la dignità delle sue opere migliori; colpiva però un'inaspettata aura da gradasso, e osservandolo attentamente si capiva che era una caratteristica dell'uomo in posa e non dell'artista. Nel ritratto John Lafcadio era rappresentato come un gran personaggio. Ma non era la solita nullità nobilitata dalla pittura, bensì l'eccellenza immortalata di un uomo che aveva caratterizzato un'epoca.

Come hanno fatto notare molti critici, è innegabile che in quel ritratto assomigliasse al fratello maggiore del *Cavaliere sorridente*, anche nel piglio sussiegoso. Quand'era stato ritratto aveva cinquant'anni, ma nei capelli rosso scuro che galoppavano via dalla fronte c'era poco grigio, e i contorni del viso erano giovanili. Sorrideva, le labbra ben discoste dai denti bianchi, e i baffi erano gli stessi del Cavaliere. Il camice da lavoro di lino bianco, sbottonato, ricadeva in un noncurante virtuosismo di pieghe, e i mobili occhi scuri, seppur ridenti, comunicavano arroganza. Ma il dipinto è ormai arcinoto, e sarebbe superfluo descriverlo ulteriormente.

Belle vi depose un bacio con la punta delle dita. Lo faceva sempre, un gesto che amici e conoscenti ascrivevano all'affettazione, al sentimentalismo o alla tenerezza coniugale, in base al rispettivo temperamento.

Il dipinto del momento era posato su un cavalletto alla sinistra del caminetto, coperto da uno scialle.

Mr Campion aveva assimilato tutti quei dettagli ancora prima di rendersi conto che non erano soli, nella sala. In un angolo presso la stufa una figura alta e sottile in maniche di camicia indugiava davanti a una dozzina circa di cornici di legno chiaro appese ai pannelli dell'armadiatura.

Mentre Mr Campion lo osservava, quello si voltò, e l'uomo più giovane ebbe la fugace visione di un viso sottile, rosso e malinconico e di due occhi pallidi e acquosi troppo ravvicinati sopra la stretta attaccatura di un naso enorme.

«Mr Potter» disse Belle, «questo è Mr Campion. Vi conoscete già, vero? L'ho portato a vedere il quadro».

Mr Potter infilò una mano fredda in quella di Mr Campion. «È assolutamente eccellente quest'anno... assolutamente eccellente» esordì rivelando una voce cupa e indicibilmente triste, «eppure non saprei; forse "eccellente" non è la parola giusta. "Forte", forse... "potente", "considerevole". Non saprei... proprio non saprei. "Eccellente" sì. L'Arte è una padrona spietata. Ho impiegato tutta la scorsa settimana per allestire le mie cosucce. È molto difficile. Sa com'è, una cosa ne mette in ombra un'altra». Gettò uno sguardo avvilito verso l'angolo da cui era venuto.

Belle diede qualche colpetto di tosse. «Mr Potter, lui è Mr Campion, sa».

L'uomo sollevò lo sguardo, e per un istante gli occhi si illuminarono. «Oh, sul serio? Davvero?» esclamò, e gli strinse di nuovo la mano. Ma il suo interesse si spense immediatamente, e una volta di più guardò infelice in direzione dell'angolo.

Campion udì l'ombra di un sospiro, e Belle parlò.

«Deve mostrare le sue stampe a Mr Campion» disse. «È un visitatore assolutamente speciale, e noi dobbiamo portarlo dietro le quinte».

«Oh, non sono niente di che, assolutamente niente di che» disse il tormentato Mr Potter; poi però si voltò con piglio vivace e li condusse ai suoi lavori. A prima vista l'assortimento di opere indusse Mr Campion a condividere la depressione del loro artefice.

L'arenaria rossa non si presta alla litografia, e sembrava deplorevole che Mr Potter, evidentemente in seria difficoltà a disegnare su qualunque materiale, ne avesse scelto uno tanto ostico. Vi era inoltre una penosa uniformità che accomunava le stampe, gran parte delle quali sembravano esemplari botanici alquanto imprecisi e indefiniti.

Mr Potter indicò un piccolo dipinto raffigurante una ciotola di narcisi e un calice da vino capovolto.

«Una volta il duca di Caith ne acquistò una copia» spiegò. «Fu il secondo anno in cui mettemmo in piedi quest'idea di Lafcadio di un'esposizione postuma, nel 1923, dev'essere stato sette anni fa. «Ma non ha mai più venduto. Da allora ne ho esposto una copia ogni anno. Il mercato dell'arte è molto difficile».

«È un materiale molto interessante» commentò Mr Campion sentendosi tenuto a dire qualcosa.

«A me piace» asserì Mr Potter con semplicità. «Già. Ma è una grande fatica» proseguì, congiungendo i palmi sottili come cembali. «Le matrici sono molto pesanti. Difficili da stampare, sa, e metterle e toglierle dall'acido è faticoso. La matrice di quella laggiù pesava diciotto chili, neanche tanto, in confronto ad altre. È spossante. be', andiamo a vedere il dipinto di Lafcadio. È eccellente; forse appena un filo acceso... un filo acceso nei toni, ma eccellente».

Si voltarono e attraversarono la stanza per raggiungere Belle che, liberato il dipinto dallo scialle, stava armeggiando con il dispositivo di luce indiretta attorno alla cornice.

«Questa è un'idea di Max» disse, districandosi dal groviglio di fili. «La gente si ferma fin tardi, e viene buio. Oh, ecco qua».

Il dipinto si impose immediatamente all'attenzione. Era una tela di grandi dimensioni, con soggetto il processo a Giovanna d'Arco. In primo piano c'erano i dorsi scuri dei giudici, e tra una manica cremisi e l'altra si scorgeva la giovane.

«Quella è mia moglie» disse Mr Potter inaspettatamente. «La dipingeva spesso, sa. Un'opera eccellente, vero? Tutte quelle masse cromatiche. Tipico. Colori in quantità. Gli dicevo sempre – ovvio, per scherzare – è una fortuna che a farli sia tu, John, altrimenti non potresti mai permettertelo. Vede l'azzurro della sciarpa di Giovanna d'Arco? È azzurro Lafcadio. Nessuno ne ha mai scoperto il segreto. Il segreto del cremisi ha contribuito a pagare le tasse di successione. L'ha comprato Balmoral & Huxley. Ora qualunque Tizio, Caio o Sempronio può acquistarne un tubetto per pochi scellini».

Belle rise. «A te e a Linda disturba tanto l'idea che chiunque abbia il segreto dei suoi colori. In fondo se il mondo ha i suoi dipinti perché non dovrebbe avere i suoi colori? A quel punto avranno la copia e i materiali, e se saranno a loro volta in grado di usarli, allora tanto più onore a Johnnie».

«Ah» disse Mr Potter, «pensate all'uovo di Colombo. Tutti sono riusciti a farlo star dritto dopo che lui aveva mostrato come incrinarlo alla base. Vedete, il segreto era semplice, ma Colombo fu il primo ad arrivarci».

Belle sorrise. «Albert» disse, «in qualità di uno dei più indaffarati investigatori dei nostri tempi, ti si è mai palesato il vero significato della storia di Colombo?»

Mr Campion fece un cenno di diniego.

«Quell'uovo era sodo, ovviamente» specificò Belle, e continuò a ridere, facendo tremare le gale della cuffia.

Mr Potter la guardò. «Non è cambiata» commentò. «Non è mai cambiata». Si voltò di nuovo verso il quadro. «Ora lo copro» disse. «Un tipo come Lafcadio lo si serviva volentieri. Era un grand'uomo, un grande pittore. Io ci andavo d'accordo. Altri no. Ricordo che mi diceva: "Potter, c'è più buon senso nel tuo *gluteus maximus* di quanto non ce ne sia nella testa del vecchio Charles Tanqueray e in tutte quelle della sua dannata commissione artistica messe assieme". Tanqueray era più popolare di Lafcadio, sa, tra il pubblico; ma era Lafcadio a distinguersi. Ora lo riconoscono tutti. Il suo lavoro è eccellente, assolutamente eccellente. Un po' acceso nei toni... giusto un po'. Ma assolutamente eccellente».

Stava ancora borbottando la sua formula magica quando Mr Campion si accomiatò per raggiungere Belle all'ingresso. Lei lo prese sottobraccio e rientrarono in casa.

«Povero Tennyson Potter» mormorò. «È davvero deprimente. C'è solo una cosa peggiore di un artista che non sa disegnare e pensa di saperlo fare, ed è uno che non sa disegnare e ne è cosciente. In tal caso nessuno ha nulla da guadagnarci. Ma a John piaceva. Credo fosse per tutte quelle lastre che usa. Johnnie andava piuttosto orgoglioso della propria forza. Gli piaceva spostarle qua e là».

Non appena la coppia varcò la soglia, i commenti cessarono all'improvviso per via dell'apparizione, in cima alle scale, di quella che Mr Campion scambiò a prima vista per una maschera in costume.

«Belle!» esclamò una tragica voce femminile. «Devi esercitare la tua autorità. Lisa... oh, vedo che sei in compagnia». L'apparizione scese le scale, e Campion ebbe modo di osservarla e di riconoscere donna Beatrice, colei che nel 1900 aveva gettato un certo scompiglio negli ambienti artistici.

Nel 1900, a trent'anni, in possesso di quella bellezza statuaria tipica dell'epoca, era discesa sul ristretto circolo di Lafcadio, una vedova dal reddito irrisorio capace di stare immobile in posa all'infinito, e irradiare avvenenza. Lafcadio, che riusciva a sopportare qualunque cosa posto fosse davvero bella, ne fu totalmente ammaliato, e la donna fu definita la sua "ispirazione" da quegli sciocchi romantici riluttanti a essere impietosi e allo stesso tempo incapaci di comprendere i fatti.

Due erano le leggende attorno a donna Beatrice. Secondo la prima, all'epoca in cui tutti chiacchieravano sul conto del bellissimo pavone che si aggirava sussiegoso nell'atelier, lei era andata da Mrs Lafcadio e, con quella sua voce dolce e inespressiva aveva mormorato: «Belle cara, fatti forza. Quando un uomo è eccelso come il maestro, un'unica donna non può pensare di colmare la sua esistenza. Dividiamocelo, cara, e collaboriamo per la causa immortale dell'Arte». Belle, rotondetta e sorridente, le aveva dato dei buffetti sulla spalla avvenente e sussurrato all'orecchio incantevole: «Ma certo, mia cara, certo. Purché Johnnie non venga mai a saperlo».

Secondo l'altra leggenda, Lafcadio non le permetteva mai di parlare in sua presenza, o per meglio dire l'aveva convinta a non farlo con il semplice espediente di dirle che giungeva all'apice della bellezza quando il viso era a riposo.

Per il resto, era un'inglese senza nessuna pretesa nei confronti del «donna» o del «Beatrice» che pronunciava alla maniera italiana, con la finale. Pochissimi conoscevano il suo vero nome; era un segreto che custodiva gelosamente. In ogni caso, se quando Lafcadio era in vita si era accontentata di essere bella e muta, alla sua morte aveva dato prova di un'inaspettata forza di carattere, al punto da dimostrare senz'ombra di dubbio che non aveva intenzione di rinunciare a brillare di luce riflessa come aveva fatto tanto a lungo. Nessuno sa quali argomentazioni avesse usato per imporsi su Belle e indurla a lasciare che si stabilisse nella villa, ma in ogni caso ci era riuscita, e occupava due stanze al secondo piano, dove si teneva occupata con i suoi passatempi: fabbricare gioielli «artistici» e dedicarsi alle varie forme di misticismo semireligioso a cui si era recentemente appassionata.

Al momento indossava un lungo abito di broccato rosa antico di foggia fiorentina, fortemente rievocativo di Burne-Jones ma con un taglio che strizzava l'occhio alla modernità, con il risultato che il carattere più autentico del vestito era andato perso, riducendosi a un indumento anonimo che copriva la figura sottile dalla gola alle caviglie. Completava l'abbigliamento una lunga sciarpa rosa e argento drappeggiata sulle spalle, le cui estremità ricadevano in ondulazioni con la grazia sciatta di una ninfa sulla copertina del «Punch».

I capelli erano smaccatamente 1900. Le ispide ciocche d'oro erano scolorite, e tra di esse vi erano ampie strisce d'argento, ma l'acconciatura era ancora quella di una donna Gibson, bizzarra in una combinazione non abbastanza antica da risultare romantica.

Una nota discordante era costituita da un filo nero che correva da sotto i capelli fino a una batteria sul petto, dato che l'udito, mai stato buono, era peggiorato con gli anni, e ora la donna era praticamente sorda come una campana, tranne quando era provvista di quell'affronto alla sua vanità.

Al collo aveva una catena in argento martellato, di sua fabbricazione, che le arrivava alle ginocchia, appesantita da una barocca croce smaltata. Era una figura dalla drammaticità vagamente sgradevole, e al giovane uomo ricordava inesorabilmente una rosa pressata, un po' scurita ai bordi e ormai di scarso valore sentimentale.

«Mr Campion?» Sentì una mano sorprendentemente dura e ossuta infilarsi nella sua. «Ha visto il quadro, naturalmente». La voce era carezzevole e volutamente vibrante. «Mi sono talmente emozionata nel rivederlo dopo tutti questi anni. Ricordo quando stavo sulla chaise-longue nello studio mentre il maestro lo dipingeva».

Nel pronunciare il nome abbassò gli occhi, e Campion ebbe la spiacevole impressione che la donna stesse per farsi il segno della croce.

«Gli piaceva avermi vicino mentre dipingeva. Ora so che ai tempi avevo un'aura azzurra, ed era quella a ispirarlo. Penso che ci sia talmente tanto nel colore, non crede? Naturalmente mi disse che doveva restare un segreto, anche per Belle. Ma Belle non se l'è presa a male. Cara Belle».

Sorrise all'altra donna con un misto di affetto e disdegno. «Sa, stavo parlando di Belle con la dottoressa Hilda Bayman, la mistica. Sostiene che Belle dev'essere un'anima antica, cioè, si intende, che è già stata molte volte sulla terra».

Campion cedette all'imbarazzo che le rivelazioni mistiche di donna Beatrice non mancavano mai di produrre sui suoi conoscenti. Trovava leggermente stomachevole il culto dell'egoismo supremo e di una vanità assecondata all'eccesso.

Belle rise. «Suona bene» disse. «Una cara anima antica, spero sempre. Una sorta di vecchia Queen Cole. È tornata Linda? È andata a trovare Tommy Dacre» proseguì, rivolgendosi a Campion. «È tornato da Firenze ieri sera, dopo tre anni di pittura murale. Non le sembra tragico?

Un tempo gli studenti dipingevano le volte delle cattedrali, oggi dipingono i soffitti dei cinema».

Il viso ancora avvenente di donna Beatrice assunse un'espressione petulante. «Di Linda non so nulla» disse. «È Lisa che mi preoccupa. Per questo volevo vederti. In pratica si rifiuta di indossare la tunica di Clitennestra, domani. L'ho fatta allargare. Dovrebbe prestarsi un po' di più, per l'occasione. Così com'è sembra semplicemente una cuoca italiana. Finiamo sempre per assomigliare a quel che abbiamo in testa. Che c'è da ridere, Belle?»

Mrs Lafcadio diede una strizzatina al braccio di Mr Campion. «Povera Lisa» disse, e riprese a ridacchiare.

Sugli zigomi di donna Beatrice apparvero due chiazze rosa acceso. «Insomma, Belle, non mi aspetto che tu capisca la sacralità dell'occasione» disse, «ma se non altro cerca di non rendermi le cose ancora più difficili. Domani dobbiamo servire il maestro. Dobbiamo rinverdirne il nome, mantenere viva la fiamma».

«Per cui la povera Lisa deve strizzarsi in un abito color porpora e lasciare la sua adorata cucina. Mi pare sia chiederle un po' troppo. Sta' attenta, Beatrice. Lisa discende dai Borgia per parte di madre. Ti ritroverai dell'arsenico nel minestrone, se la provochi».

«Belle, ma come ti permetti? E davanti a un investigatore, poi». Le chiazze sul viso di donna Beatrice si fecero ancora più accese. «E poi, anche se Mr Campion ne è al corrente, pensavo fossimo d'accordo nel mantenere segreta la posizione di Lisa qui da noi. Mi sembra terribile» proseguì, «che la modella preferita del maestro si sia ridotta a lavorare come cuoca in questa casa».

Belle prese un'aria sconcertata, e il momento di imbarazzo fu superato da uno scampanellio alla porta d'ingresso e dalla quasi contemporanea apparizione della stessa Lisa alla porta della cucina.

Lisa Capella, scoperta da Lafcadio sulle colline attorno a Vecchia un mattino del 1884, era stata portata in Inghilterra come sua prima modella e tale era stata finché la bellezza non era sfiorita. Era allora subentrata nel governo della casa a Belle, alla quale era molto affezionata. Ora, a sessantasette anni, sembrava molto più anziana, una vecchia vizza e piuttosto terribile con il viso bruno e rugoso, guizzanti occhi scuri e collerici, e capelli completamente bianchi ravviati all'indietro. Vestiva di nero, e i luttuosi panni che la avvolgevano erano ravvivati solo da una catenina e una spilla d'oro.

Scoccò un'occhiata arcigna e malevola a Beatrice, la superò in tutta fretta con piedi calzati da pantofole di feltro che scivolavano silenziose sul pavimento di mattonelle, e spalancò la porta d'ingresso.

Un flusso di aria fredda, un po' umida per il canale, si infilò nell'atrio, investendole, e all'istante una nuova personalità pervase l'intera casa in modo intenso e tangibile, come un odore.

Max Fustian irruppe in casa, non da incivile o facendo baccano, ma inesorabile e con la stessa autorità consapevole con cui un capocomico di successo fa il suo ingresso in scena al primo atto di una nuova commedia. Dalla porta giunse loro la sua voce profonda, strascicata, incredibilmente affettata.

«Lisa, hai un aspetto decisamente macabro, questa sera. Quando Ecate mi aprirà le porte dell'inferno sarà esattamente come te. Ah, Belle, tesoro! Siamo pronti? E donna Beatrice? E il seguio! I miei ossequi a voi tutti».

Emerse dall'ombra per posare affettuosamente una mano candida sul braccio di Belle e tenendo l'altra tesa, a suggerire un abbraccio che includeva Mr Campion, donna Beatrice e Lisa, che indietreggiava circospetta.

Se si rifletteva sull'aspetto di Max Fustian, sembrava

davvero straordinario che quella sua personalità così esotica e bizzarra non fosse mai sconfinata nel ridicolo. Era piccolo, moro, pallido, con un'ombra bluastra sul mento e il naso grosso. Gli occhi, vivaci e scimmieschi, si affacciavano su orbite cavernose così fosche da sembrare dipinte. I capelli neri senza brillantina erano tagliati in una zazzera che aveva la lunghezza giusta per sembrare una parrucca. Anche l'abbigliamento mostrava lo stesso mix di attenzione e anticonvenzionalità. La giacca nera doppiopetto era leggermente abbondante, e da sotto il colletto bianco di seta fluiva la morbida cravatta nera.

Aveva gettato l'ampio cappello e l'impermeabile, entrambi neri, sopra una cassapanca nell'ingresso, e ora sorrideva radioso alle donne, prolungando il gesto di benvenuto, compiaciuto della sua entrata a effetto.

Aveva quarant'anni ma ne dimostrava meno, e apprezzava la propria fortuna.

«È tutto pronto?» L'indolente spossatezza della voce aveva un che di soporifero, e ancor prima che se ne rendessero conto l'uomo le trascinò di nuovo all'atelier.

Potter se ne era andato, e il locale era immerso nell'oscurità. Max accese le luci e fece correre lo sguardo per la stanza con l'occhiata rapida e onnicomprensiva del prestigiatore che controlla i propri attrezzi di scena.

Un cipiglio gli increspò la fronte; si voltò verso la padrona di casa. «Belle cara, perché insisti con quelle stomachevoli litografie? Riducono l'evento a una vendita di beneficenza parrocchiale». Indicò sprezzante la sventurata esposizione di Mr Potter. «La bancarella dei lavoretti».

«Senti, Belle, sono d'accordo con lui». La voce grave e cantilenante di donna Beatrice era querula. «Laggiù ci sarà il mio tavolino con i gioielli dell'associazione, mi pare che sia sufficiente. Cioè... i quadri di altri artisti nello studio... è un sacrilegio, no? Le vibrazioni non saranno positive».

Ripensando a quella sera alla luce degli eventi successivi, spesso Mr Campion si maledì per la sua mancanza di distacco. Visto in retrospettiva, dopo la tragedia, gli pareva impossibile che fosse potuto restare tanto a lungo nel cuore del vulcano dormiente senza udire il rombo dell'eruzione in arrivo.

Ma quella sera non notò nulla, solo ciò che appariva in superficie. Max non aveva dato peso all'esternazione della sua alleata, e continuava a guardare Mrs Lafcadio con aria interrogativa.

Belle scosse il capo come se Max fosse un cane disubbidiente, e lasciò vagare lo sguardo per lo studio.

«Il pavimento è venuto bene, vero?» domandò. «Fred Rennie l'ha pulito a fondo, e Lisa l'ha tirato a lucido».

Max si strinse nelle spalle, un gesto quasi da contorsionista, ma una volta avanzate le proprie rimostranze cedette con grazia. L'attimo dopo era di nuovo se stesso, e Campion, osservandolo, capì in che modo era riuscito a insinuarsi nel ruolo di *entrepreneur* di Lafcadio.

Attraversò il locale a lunghi passi, tolse lo scialle dal dipinto e restò a poca distanza, rapito.

«A volte la bellezza è come una testa di Gorgone. Lo spirito di chi la guarda si trasforma in pietra» disse. La voce era sorprendentemente spontanea, e il contrasto conferì alla frase stravagante una sincerità appassionata che sorprese tutti, incluso, così parve, Max Fustian. Per lo stupore di Mr Campion, all'improvviso i piccoli occhi scuri si velarono di lacrime.

«Emaniamo vibrazioni verdi, quando pensiamo al dipinto» intervenne donna Beatrice con paralizzante idiozia. «Un bel verde mela, il colore della terra. Questo scialle è davvero utile, penso».

Max Fustian emise un risolino sommesso. «Verde è il colore dei soldi, no?» mormorò. «Illuminate il dipinto con una luce verde soffusa, e venderà alla grande. Bene, io ho fatto la mia parte. Domani saranno tutti qui. Militari, poeti, grassi sindaci che acquisteranno per le loro città, l'intelli- ghenzia, la diplomazia – questa sera ho saputo che verran- no gli ambasciatori – e naturalmente la Chiesa». Allungò una mano. «La Chiesa panciuta e con la sottana porpora».

«Il vescovo viene sempre» azzardò Belle bonaria. «Che caro uomo, lui veniva anche prima che ci fossero dei quadri».

«La stampa» proseguì imperterrito Max Fustian, «e i critici, i miei colleghi».

«Di sicuro al guinzaglio come segugi» commentò Belle, sempre più insofferente. «Ricordatemi di mettere uno scellino nel contatore o alle sei saremo tutti al buio. Vorrei non averlo mai fatto installare per quell'orribile corso di ballo durante la guerra».

Il respiro mozzo di donna Beatrice fu udibile. «Belle, avevi promesso di non parlarne mai più. È stata quasi una blasfemia».

Belle sbuffò sostenuta. «Le giacenze di Johnnie erano al minimo, versavamo in ristrettezze e il denaro ci ha fatto comodo» disse. «Se non avessi fatto installare il contatore non saremmo mai stati in grado di pagare le bollette della corrente elettrica così in fretta. E ora...» si interruppe all'improvviso. «Oh, Linda! Mia cara, come sei pallida!»

La nipote di John Lafcadio si stava avvicinando a lunghi passi; immediatamente tutti si voltarono. Figlia dell'unico figlio di Belle, ucciso a Gallipoli nel 1916, era, secondo donna Beatrice, «un'Ariete fatta e finita».

Opportunamente analizzata, quell'espressione rivelava un significato poco complimentoso, una figlia di Marte, un'ani- ma giovane e afferente a qualche umile piano astrale. All'oc- chio profano appariva come una ragazza robusta e tem- pestosa di venticinque anni, molto somigliante al nonno.

Aveva gli stessi indomabili capelli fulvi, la stessa bocca larga e gli zigomi alti. Era bella solo in base agli standard più moderni, e da ogni movimento traspariva una personalità irrequieta e impulsiva. Lei e Belle si capivano, ed erano legate da un forte affetto. Gli altri ne erano leggermente intimoriti, tranne forse Mr Campion, che di amici strani ne aveva tanti.

In quel momento il pallore del suo viso era quasi stupefacente, e sotto le folte sopracciglia gli occhi ardevano di un'emozione che rasentava la ferocia. Indirizzò un cenno a Campion e scoccò un'occhiata gelida, a malapena civile, a Max e donna Beatrice.

«Tom è nell'atrio» annunciò. «Arriva tra un attimo. Ha portato alcune foto del suo materiale per la biblioteca Puccini. Sono eccellenti. Immagino che tu non la pensi allo stesso modo, Max».

La sfida era ingiustificata, e i vecchi occhi di Belle guizzarono ansiosi come avevano fatto molto tempo addietro nei giorni delle mostre private.

Max sorrise. «Dacre ha tutti i requisiti del grande artista» dichiarò. «Ma dovrebbe attenersi alla sua tecnica. Riesce a esprimersi solo con il colore a tempera. A volte mi ricorda Angelica Kaufman».

«I pannelli per la biblioteca sono a tempera».

«Oh, davvero? Ho visto la fotografia di una figura. Pensavo fosse la pubblicità di un'acqua minerale». Nella sua pacata malignità, il tono di Max era magistrale. «Ho visto anche la modella. Se l'è portata dall'Italia. Per emulare Lafcadio, suppongo».

La ragazza si voltò verso di lui, adottando senza rendersene conto la bizzarra posizione spigolosa con l'anca protesa all'infuori tanto amata dai moderni. Il pallore si era intensificato. L'esplosione era imminente, e Belle intervenne.

«Ma insomma, dov'è finito?» chiese. «Non lo vedo da

tre anni, ed è un vecchio amico. Ricordo quando mise piede qui dentro per la prima volta da ragazzino, era così compassato, così solenne. Disse a Johnnie quel che pensava di uno dei suoi quadri, e Johnnie se lo mise di traverso sulle ginocchia e lo sculacciò per l'impertinenza... come si arrabbiò sua madre! Dopo però Johnnie modificò il quadro».

Al ricordo di un comportamento tanto ignobile da parte di John Lafcadio, donna Beatrice ridacchiò educatamente; proprio in quel momento la vittima in questione entrò nella stanza.

Thomas Dacre, trentasette anni, uomo di grande abilità, misconosciuto e ossessionato dai propri limiti, sembrava una versione malconcia e segnata dalle preoccupazioni dell'Apollo del Belvedere, con l'aggiunta di occhiali in corno. Faceva parte dello smisurato esercito di giovani a cui la guerra aveva sottratto cinque anni cruciali di vita e che ne risentivano moltissimo pur senza rendersene del tutto conto. La naturale sfiducia in sé di Dacre era accresciuta da un grave trauma da guerra che lo induceva a compiere qualunque sacrificio pur di soddisfare i propri bisogni materiali. Il fidanzamento con la tempestosa Linda era giunto come una sorpresa per tutti, quando era stato annunciato subito prima della sua partenza per l'Italia, ma la deduzione era stata che quei due spiriti infelici avessero trovato consolazione ognuno nella carità dell'altro.

Si avvicinò a Belle, che lo salutò con quella gioia che costituiva metà del suo fascino.

«Mio caro, che piacere vederti. Ho sentito che hai fatto cose splendide. Hai portato le fotografie? Johnnie lo diceva sempre che saresti diventato un grande».

L'uomo arrossì: Belle era irresistibile. Tuttavia, subito imbarazzato per il proprio compiacimento, scrollò le spalle e parlò in tono sgarbato.

«Sono un decoratore di interni cinematografici» disse.

«Chiedi a Max. Lui sa riconoscere un buon lavoro commerciale, quando lo vede».

Ma Belle proseguì indefessa. Prese sottobraccio il nuovo arrivato. «Raccontami tutto» lo esortò. «Sei stato nel vecchio studio di San Gimignano? E la povera Theodora è ancora viva? Non trovi che la sua cucina sia terribile? Sai, Johnnie obbligò uno dei suoi figli a mangiare fino all'ultimo boccone un'omelette che lei ci aveva mandato su per cena. E naturalmente tutto il giorno dopo quella vecchia strega dovette assistere il povero bimbetto».

Questa poco convenzionale informazione aggiuntiva sul carattere di un così grand'uomo fu accolta nel modo più appropriato, ma Max non aveva intenzione di cedere lo scettro della ribalta troppo a lungo. Con gli occhietti scuri che guizzavano maligni lanciò un'occhiata alla ragazza, che aveva acceso una sigaretta e osservava attentamente il dipinto del nonno con lo sguardo critico ma imparziale dell'addetto ai lavori, dopodiché si voltò di nuovo verso Dacre.

«Come si trova a Londra la deliziosa Rosa Rosa?» indagò. «Un nome così romantico, Rosa Rosa».

«La tua nuova modella?» chiese Belle, sempre concentrata sull'uomo più giovane.

Lui annuì. «È una Rosini. Te li ricordi? Illegittima, credo, figlia di un tedesco. Forme estremamente moderne. La vena teutonica le ha conferito una piattezza straordinaria. È da quasi un anno che lavoro con lei. Brutti piedi, però».

Belle, che aveva ascoltato quella descrizione piuttosto tecnica con grande partecipazione, fece ondeggiare il copricapo bianco con aria saputa. «Tutte le Rosini hanno i piedi corti e tozzi. Ricordi Lucrezia? Fece molto scalpore una trentina d'anni fa. Sosteneva di essere una discendente della modella di Del Sarto, ma si stancò alla svelta e le passò la voglia di lavorare».

«La ragazza dev'esserti molto utile» articolò Max con la

sua parlata strascicata, gettando un'occhiata a Linda. «Visto che l'hai portata a casa in barba a tutta la burocrazia ufficiale dei permessi e via dicendo».

Dacre gli scoccò un'occhiata di pigra sorpresa. «Ovvio che è molto utile» disse sostenuto. «Una modella affidabile che non abbia un carattere spaventoso non la si trova tutti i giorni. Questa ragazza resta in posa come una roccia».

«Un'aggiunta straordinaria al *ménage* di Drury Lane. E come reagisce al fascino della signora, lo stimabile D'Urfey?» Max, che sembrava parlare in modo deliberatamente offensivo, guardò di nuovo Linda in tralice.

D'un tratto, Linda parve accorgersene. «Rosa Rosa è la più bella creatura che io abbia mai visto» disse con pericolosa imperturbabilità. «Ha il personale di un John Gipsy, e il viso di un demonio. Matt e Tom trovano le sue uscite esilaranti. E tu sei un *orrendo, subdolo bastardo istigatore*».

Lo raggiunse a lunghi passi e gli assestò un violento manrovescio, che fece spuntare un segno rosso sulla guancia giallognola. L'aggressione fu così improvvisa e ingiustificata, e così tanto rivelatrice di lei, che nell'ampio locale il silenzio si prolungò finché Linda non fu scomparsa oltre il vano della porta.

Fu allora, e solo allora, che Mr Campion colse un barlume di qualcosa di pericoloso sotto la superficie di quella bizzarra prova di pantomima messa in scena in solenne ossequio al capriccio di un uomo morto.

Max rise ingrugnito e mise il drappo sul dipinto, così da voltare la schiena alla combriccola. Dacre, furente, seguì la ragazza con lo sguardo. Donna Beatrice commentò: «Ariete, Ariete» con il sublime autocompiacimento noto solo a chi ha la felice convinzione di essere diverso dagli altri, e Belle, le labbra increspate in una piccola smorfia compassionevole e gli sbiaditi occhi castani lucidi di lacrime, mormorò in tono di disapprovazione: «Mia cara... oh, mia cara».

2.
La Domenica dell'Esposizione

Nel decennio d'oro di fine Ottocento, quando per l'opinione pubblica Arte e Accademia erano sinonimi, la domenica precedente al giorno della spedizione si faceva festa. In ogni atelier del regno si teneva un'esposizione in gran pompa delle opere che si intendevano sottoporre alla commissione artistica. Poiché spesso i quadri venivano esposti per la prima e ultima volta, i raduni svolgevano una funzione utile, e mentre il tè e lo sherry scorrevano a fiumi numerosi misteri tecnici erano oggetto di discussione.

Il tramonto di questa sana usanza segnò la fine di un'epoca, e che Max Fustian fosse riuscito a trasformare l'annuale operazione all'atelier di Lafcadio in un evento sociale di rilevanza minore, una delle piccole cerimonie identificabili con l'inizio della stagione, la dice lunga sulle sue capacità comunicative.

Per la stampa era un'annuale manna dal cielo che dava il la alla fanfara iniziale prima del pezzo forte, l'apertura dell'Esposizione Estiva della Royal Academy. Lafcadio, sempre avanti sui tempi, era decisamente troppo moderno per il «Constant Reader» o il «Paterfamilias», e dall'elemento sorpresa legato al dipinto di ciascun anno e dal conseguente acquisto da parte del solito organismo pubblico o filantropo si ricavavano titoli roboanti di richiamo garantito paragonabili all'arrivo dell'equipaggio di Cambridge a Putney o alla Lista delle Onorificenze in occasione del compleanno del re.

Una domenica del marzo 1930 le finestre polverose delle case gialle e altrettanto polverose di Swallow Crescent riflettevano parte della loro gloria passata nella parata di automobili parcheggiate lungo la massiccia balaustra in pietra del canale.

Con Fred Rennie splendidamente disinvolto in grembiule di cuoio e maniche di camicia rosso vivo all'ingresso a ricevere gli ospiti, Little Venice smise di essere semplicemente scalcinata e divenne fascinosamente bohémien.

Fred Rennie era un altro virgulto ben acclimatato nel giardino di Lafcadio. Salvato da piccolo da una chiatta infestata dalle febbri malariche, era stato accolto nella casa come addetto alla preparazione dei colori. A educarlo sommariamente aveva provveduto Lafcadio stesso, e il ragazzo aveva servito il grand'uomo con devozione, riducendo in polvere i colori e sperimentando nuovi materiali nello stile grandioso dei secoli passati. Nella vecchia rimessa per le carrozze in fondo al giardino era stato allestito un piccolo laboratorio, e Fred Rennie abitava e dormiva nella stanza soprastante.

Quando Lafcadio morì, Fred rifiutò l'offerta di svariate aziende produttrici di colori e assieme a Lisa si confermò parte dello staff domestico di Little Venice.

Neppure il suo servizio militare nel conflitto l'aveva sradicato. Per la compagnia femminile si affidava alle chiatte del canale, ragion per cui i suoi affetti erano di natura necessariamente transitoria. Conduceva una vita tranquilla, e in tutta probabilità era lui più di chiunque altro ad amare quella cerimonia annuale, eccezion fatta per Max Fustian stesso.

Il suo costume era un'idea di donna Beatrice: gli stracci pittoreschi che indossava da ragazzo nello studio di Lafcadio difficilmente si sarebbero prestati per quelle occasioni ufficiali. Per il resto era un uomo minuto e asciutto con i capelli scuri, gli occhi mobili e le mani macchiate e corrose dagli acidi. Salutò Mr Campion come un amico. «C'è il pienone, signore» mormorò deferente. «Molta più gente dell'anno scorso, direi».

Campion attraversò l'atrio spazioso, e si sarebbe diretto all'atelier se qualcuno non lo avesse tirato per la giacca nell'angolo buio vicino alla base della scala.

«Mr Campion. Solo un momento, signore».

Era Lisa, una Lisa di cattivo umore e a disagio in un lustro abito color porpora dalle cuciture evidentemente lasciate andare. Era in ombra, e teneva fissi su di lui gli occhi scuri e brillanti; a Campion balenò la visione di come doveva essere apparsa a Lafcadio quel mattino sulle colline di Vecchia. Ma l'attimo dopo era quella di sempre, una donna anziana e piena di rughe.

«Deve venire su da Miss Linda?» L'accento straniero trasformò la dichiarazione in una domanda. «C'è Mrs Potter su da lei. Mrs Lafcadio mi ha chiesto di cercarla e di chiederle se può convincerla lei a scendere. Non c'è abbastanza gente a ricevere gli ospiti. Donna Beatrice non può lasciare il suo banchetto dei gioielli».

Lo sprezzo insito nelle ultime parole era indescrivibile. Non esistevano parole per esprimere l'opinione che Lisa aveva di donna Beatrice.

Mr Campion, a cui il ruolo di zio universale imponeva molti compiti bislacchi, accettò anche quello senza neanche pensarci, e dopo aver scambiato due parole con Lisa salì al volo le sei rampe di scale fino al terzo piano, dove in uno dei piccoli attici sotto le tegole d'ardesia Linda aveva il proprio studio.

La stanza dal nudo pavimento e con le finestre prive di tende puzzava orribilmente di colori a olio, e il consueto armamentario da laboratorio, diversamente da quello giù all'esposizione, era ammassato sul pavimento. Linda Lafcadio, i gomiti appoggiati al davanzale, guardava il canale.

Mrs Potter era al centro della stanza disordinata. Era un donnino scialbo con i capelli grigio ferro tagliati alla maschietta, mani esperte e un'aria di energica praticità che la inquadrava subito come una di quelle efficienti aiutanti tuttofare del campo artistico in grado di portare a termine qualunque piccola incombenza, dal trovare una stampa Currier & Ives a fare da chaperon a un gruppo di studentesse della buona società in giro per l'Europa. Era un'abile ricamatrice e rilegatrice, e manteneva se stessa e, così si diceva, il marito, dando lezioni di arte in scuole alla moda e a qualche studente privato.

Guardò Mr Campion con aria incerta, e lui si presentò.

«So cos'è venuto a dirmi. Che devo scendere» disse prima che lui potesse pronunciare una parola di spiegazione. «Belle mi vuole. Sa, sono stata io la modella di quel dipinto... non voglio neppure pensare quanti anni fa. Bene, la lascio parlare con Linda. Cerchi di convincerla a scendere. Dopotutto non vogliamo che niente vada storto, oggi, vero? Mille grazie, Mr Campion».

Uscì in tutta fretta lasciandosi dietro una scia di odore di aula scolastica. Dato che Linda non si muoveva, Mr Campion cercò un posto per sedersi.

Dopo aver tolto un mucchio di stracci sporchi di colore, un posacenere, una boccetta di colla e un piccolo calco in gesso dall'unica sedia, allargò un fazzoletto sulla seduta e si mise comodo. Restò lì per un po' con aria inoffensiva, anche se irrimediabilmente fuori luogo. La padrona della stanza non accennava a muoversi; allora Campion sfilò il portafoglio dal taschino e ne estrasse un ritaglio di giornale. Si sistemò gli occhiali e cominciò a leggere a voce alta.

MANO MORTA TORNA A PARLARE. *Oggi, in un*

angolino antico e dimenticato della nostra meravigliosa Londra, il fantasma di un grande artista, da alcuni reputato il più grande dei nostri tempi, intratterrà « lo specchio della moda e il modello d'eleganza » per l'ottava volta in un periodo prestabilito di dodici anni. Ambasciatori, prelati e dame dell'alta società faranno a gara nel commentare il nuovo quadro di Lafcadio, che ci giunge attraverso gli abissi del tempo.

Siete in imbarazzo quando incontrate una duchessa? Forse il vostro destino vi porterà a essere in contatto con la nobiltà, oppure potreste essere di più umile estrazione, ma qualunque essa sia, dovreste essere sempre pronti ad affrontare la più gravosa vicissitudine sociale. Cosa rispondereste, per esempio, se un membro della famiglia reale vi rivolgesse la parola? Rimarreste ammutoliti, scoppiereste in una risata isterica, sprecando per sempre un'occasione d'oro che non tornerà mai più... Oh, chiedo scusa; ho sbagliato articolo. Questo parla di un opuscolo gratuito. Fammi vedere... dov'eravamo? *Ho dato una sbirciata in un certo albergo sullo Strand e ci ho trovato lady Gurney che rideva di gusto per le avventure del marito in Oriente.*

Dalla figura alla finestra ancora nessun cenno. Disgustato, Campion gettò via il ritaglio.

«Nient'altro sull'argomento» disse. «Vuoi che ti canti qualcosa, magari?»

Seguì un lungo silenzio; poi Linda si voltò e andò da lui. Il suo aspetto lo colpì. Il pallore della sera prima era scomparso, rimpiazzato da un colorito acceso. Gli occhi apparivano pericolosi, la linea delle labbra esageratamente determinata, e tutto il corpo rigido e innaturale.

«Oh, sei tu» esordì. «Cosa sei venuto a fare?» Senza aspettare una riposta attraversò la stanza, prese un mestichino e cominciò a raschiare via piccole schegge di colore da una tela parzialmente finita, sul cavalletto. Era minuziosamente concentrata sul danno che stava facendo, il viso vicinissimo allo strumento.

Mr Campion, riconosciuto il sintomo, balzò in piedi e la prese per le spalle.

«Non fare la stupida» disse brusco. «E per l'amor di Dio, vedi di non fare una scenata».

L'inaspettata veemenza dell'intervento sortì l'effetto desiderato. Le mani di lei ricaddero lungo i fianchi.

«Che succede?» le chiese lui, questa volta più gentile. «Tommy?»

Linda annuì, e per un attimo nei suoi occhi rabbia e sprezzo balenarono sinceri.

Mr Campion tornò a sedere. «Una cosa grave?»

«Non lo sarebbe, se io non fossi così idiota».

Aveva parlato con furia, e la sua disperazione era tangibile. «Tu non l'hai vista» proseguì dopo una pausa silenzio, «vero?»

«Chi? la modella?» Mr Campion capì che si stava avvicinando al nocciolo della questione.

Il successivo commento lo lasciò sbalordito.

«A farmi uscire di testa è l'assurda interferenza di persone che neppure capiscono i fatti» disse. «Nell'ultima mezz'ora Claire Potter ha cercato di spiegarmi che a suo parere le modelle non sono quasi neppure umane, e solo perché un uomo se ne porta a casa una dall'Italia non significa che ne sia innamorato. Come se questo c'entrasse! Se Tommy si fosse innamorato di Rosa Rosa la situazione sarebbe molto più semplice, e io non avrei in corpo tutta la voglia di ucciderlo che ho ora».

Raggiunse una credenza e dopo avere rovistato tra il disordine che regnava all'interno tornò da lui con un album da disegno. «Guarda qui» disse.

Nel girare le pagine, l'interesse di Mr Campion si fece da superficiale a molto concentrato. Si tirò dritto a sedere e si sistemò gli occhiali. «Ehi, sono straordinari» disse. «Dove li hai presi?»

Lei gli strappò l'album di mano. «Sono di Tommy» rispose, «prima che partisse. Mentre ora il suo lavoro farebbe disonore alla copertina di una rivista. Ti rendi conto che ha portato qui quella ragazza per disegnare cartelloni pubblicitari di medicinali? Lo vedi anche tu che ha buttato tutto alle ortiche. Già è stata una follia abbandonare i colori a olio per quelli a tempera. Ma dedicarsi a questo genere di cose è semplicemente suicida».

Mr Campion, molto impressionato dai disegni, capiva bene ciò che l'amica intendeva, ma non riusciva a provare la sua indignazione nella stessa misura. Dopo tutto se nel cuore di un uomo il fuoco dell'arte suprema aveva smesso di ardere, il passaggio all'ambito commerciale non era poi così criticabile. Glielo disse.

Linda lo apostrofò con veemenza: «Difatti» disse. «Non ho niente contro il fare profitti. Ma pone un uomo su un piano diverso. È impensabile aspettarsi gli stessi sacrifici. Se non si fosse portato qui Rosa Rosa, probabilmente tutta quanta la faccenda non sarebbe mai saltata fuori, perlomeno non in questo modo così brutale».

«Se posso permettermi» disse il Campion pacato, «proprio non vedo cosa c'entri Rosa Rosa in tutto questo».

«Sei incredibilmente ottuso» commentò la ragazza. «L'ha sposata, è ovvio. Come credi abbia fatto a portarla in Inghilterra in pianta stabile, altrimenti? Era questo a cui alludeva Max l'altra sera. Ed è per questo che l'ho schiaffeggiato. Ripeto, se Tommy se ne fosse innamorato non sarebbe poi così grave».

Ecco un motivo di lagnanza che persino Mr Campion riusciva a comprendere. «Capisco» articolò con voce flebile.

Gli si avvicinò; per un istante gli apparve come una bambina scalmanata e in disordine.

«Lo capisci che se avesse continuato con il solito lavoro non avrebbe avuto importanza? Che non mi sarei sentita insultata, ieri sera, quando ha proposto di metter su casa tutti e tre assieme? Le complicazioni per far entrare quella ragazza in Inghilterra in modo permanente sarebbero state un motivo sufficiente a giustificare il matrimonio, ma se le serviva solo per fare del lavoro commerciale allora non ne valeva la pena. Dio, come vorrei vederlo morto!»

Per Campion era impossibile non provare solidarietà verso la ragazza, anche se il suo punto di vista non corrispondeva esattamente al proprio. Una cosa però era chiara: le sue rimostranze non erano infondate.

«Non parlarne a Belle» gli ingiunse. «Si infurierebbe e non porterebbe a niente di buono. Belle è molto convenzionale».

«Lo sono anch'io» puntualizzò Campion, e seguì una lunga pausa di silenzio. «Senti, sarà meglio che scenda» aggiunse infine. «Davvero non so cosa dire riguardo a questa spiacevole faccenda, ma se c'è qualcosa che posso fare non hai che da chiedere».

Linda gli rivolse un distratto cenno d'assenso, e Campion pensò che fosse tornata alla finestra. Ma non era ancora approdato al primo pianerottolo che lei lo raggiunse, e scesero assieme.

Diretti giù nell'atrio, videro che il flusso continuo di ospiti in entrata si era ormai assottigliato, e che tra questi si facevano largo coloro che andavano a formare un flusso minore in uscita. Mr Campion e la ragazza furono bloccati sulla rampa da due vecchi che avevano preso possesso del primo gradino per fare quattro chiacchiere.

Notando la giovane coppia che indugiava dietro di loro, i due si scambiarono una frettolosa stretta di mano; il generale di brigata sir Walter Fyvie uscì a passo svelto mentre Bernard, vescovo di Mold, attraversò l'atrio a lunghi passi, diretto all'atelier.

3.
Assassinio al ricevimento

La bruma serale che saliva dal canale si era infittita, notò Campion nel percorrere dietro il vescovo il vialetto asfaltato, e le luci dell'atelier sfolgoravano. Lisa aveva tirato le tende sulle alte finestre per chiudere fuori il malinconico cielo giallastro, e dopo l'oscurità del giardino il calore gradevole e l'aria profumata dello studio affollato erano confortanti.

Il ricevimento stava lentamente giungendo al termine. Gran parte degli ospiti se ne era andata, ma il chiacchiericcio e le risa discrete mantenevano l'atmosfera nell'ampio studio ancora vivace.

Max aveva ogni motivo di ritenersi soddisfatto dell'organizzazione. Il raduno era stato assolutamente brillante, nel suo genere. L'ambasciatore e i suoi tirapiedi stavano ancora indugiando davanti al dipinto, che dominava la sala, e tra il branco di soggetti più insignificanti da un punto di vista sociale e artistico c'era ancora una discreta presenza di personalità di spicco.

Nessuno avrebbe potuto negare che l'esposizione fosse un grande avvenimento. Sembrava impossibile che lo stesso Lafcadio non fosse lì presente a muoversi tra gli ospiti a lunghi passi, ad accogliere gli amici, insuperato in stazza e magnificenza.

Se per Max era un trionfo lo era anche per Belle. Stava al centro dell'atelier a salutare gli amici; l'abito di velluto era semplice e severo come sempre, ma l'inamidata cuffia di organza in stile contadino era impreziosita da un pizzo valencienne.

Il vescovo le si avvicinò a mani tese. Erano amici di lunga data. «Mia cara signora» esordì, la voce famosa che rimbombava come l'organo della sua cattedrale, malgrado tentasse di abbassarla un po'. «Mia cara signora, un trionfo! Un trionfo!»

Mr Campion scrutò la stanza attorno a sé. Era chiaro che per un po' non sarebbe riuscito ad avvicinarsi a Belle. Avvistò donna Beatrice, una visione sensazionale in verde e oro che blaterava di psicomanzia a un vecchio signore dall'aria sconcertata nel quale riconobbe uno scienziato di fama mondiale.

Dietro a tutti localizzò il malinconico Mr Potter, solo e derelitto, i cui occhi continuavano a tornare con smanioso tormento alla misera esposizione di stampe addossate alla tenda.

Sentendo Linda trattenere il respiro si voltò e vide il suo sguardo puntato al capo opposto dello studio. Seguendone la direzione, avvistò Tommy Dacre appoggiato al tavolo su cui era esposta la gioielleria delle *protégées* di donna Beatrice, l'Associazione delle Artigiane dei Metalli Preziosi. Dava la schiena al tavolo, anzi, stava mezzo seduto sul bordo. Era vestito in modo informale, ma si era premurato di uniformarsi allo stile che la superstizione popolare attribuiva agli artisti.

Al suo fianco c'era una ragazza dall'aspetto talmente straordinario, per non dire sensazionale, che in lei Campion riconobbe all'istante la causa dell'aspro risentimento nel cuore della giovane passionale al proprio fianco. Meno italiana di così Rosa Rosa non sarebbe potuta sembrare.

Aveva una figura curiosamente spigolosa, dai muscoli straordinariamente ben sviluppati che si indovinavano sotto il sottile vestito grigio. I capelli gialli e crespi erano divisi da una scriminatura al centro, e spiovevano obliqui attorno alla testa. Il viso era bello, ma bizzarro. Aveva gli stessi addolorati occhi scuri con le sopracciglia arcuate di una madonna fiorentina, ma il naso era lungo e aguzzo, e le labbra avevano gli angoli piacevolmente incurvati all'insù. Come tutte le modelle naturali si muoveva poco, e quando lo faceva era solo per passare da una posa all'altra, che manteneva con notevole fedeltà.

In quel momento stava ascoltando Dacre che parlottava con lei in italiano con la testa gettata all'indietro, le mani infilate in fondo alle tasche e il cappello nero schiacciato sotto un braccio.

Rosa Rosa era protesa in avanti, il mento leggermente inclinato, il peso spostato su un piede, le braccia lungo i fianchi. Era come un fermo-immagine, a suo modo perfetto, e assolutamente inaspettato e sensazionale.

Campion si disse che la ragazza non sembrava tanto un esemplare della razza umana quanto un oggetto di arte decorativa.

Linda attraversò lo studio per raggiungerli, e lui la seguì. Non appena Dacre la vide il suo sorriso svanì, ma non parve imbarazzato, e da profano Campion si meravigliò ancora una volta per le bizzarrie del temperamento artistico.

Quando Rosa Rosa gli fu presentata, comprese in parte il furore di Linda. La giovane aveva un altro tratto della modella perfetta: era incredibilmente stupida. Era stata addestrata a non pensare, per timore che la sua immaginazione errante potesse distruggere l'espressione che doveva tenere. Per gran parte della sua vita, dunque, la sua mente era rimasta del tutto vuota.

«Ho portato Mr Campion ad ammirare i gioielli» spiegò Linda.

Dacre scivolò giù dal tavolo e con aria pigra si girò a osservare l'esposizione. «Donna Beatrice mi ha chiesto di tenerli d'occhio» spiegò. «Voleva sgranchirsi le gambe, scambiare due chiacchiere con gli amici. Spero non pensi che qualcuno possa filarsela con questa paccottiglia... cleptomani, gente così. Non li trovate orribili?»

Abbassarono lo sguardo sui manufatti dell'operosa Associazione delle Artigiane, e la contemplazione dell'inutile e del brutto li contagiò con un senso di depressione.

«Se interpretato dall'esterno, con una mentalità di fine Ottocento, il design moderno può risultare un vero disastro, vero?» commentò Dacre indicando un paio di portatovaglioli ad anello di argento smaltato.

Rosa Rosa indicò un paio di orecchini di lapislazzuli.

«Attractif» sentenziò.

«Non toccare» le ordinò l'uomo spingendola via come se fosse una bimbetta incontenibile.

Lei lo ricompensò con uno sguardo vuoto, e ricadde in una posa che indicava rispettosa sottomissione.

Mr Campion sentì Linda fremere al proprio fianco. La situazione era carica di tensione.

«Che ne pensi del pezzo forte?» chiese la ragazza. Stava indicando un paio di forbici dalle sottili lame azzurre lunghe poco più di venti centimetri con manici talmente incrostati di pezzi di corallo e corniola che difficilmente si poteva ipotizzarne l'utilizzo.

«Giocattoli» disse una voce dietro di loro. «Giocattoli totalmente privi di senso».

Max indugiò per un istante dietro Campion. «Dovrebbe guardare il quadro, amico mio. Temo che uscirà dal paese. Al momento non posso dire di più... Lo capisce, vero? Ma, in confidenza, l'offerta è strabiliante».

Si allontanò di fretta, e il gruppetto ebbe la soddisfazione di vedere donna Beatrice che lo intercettava e poi catturava.

«Piccolo arrampicatore flatulento» inveì Dacre fissandolo.

Rosa Rosa sottolineò quel commento con un verso di tale sorprendente e impetuosa volgarità che colse tutti alla sprovvista.

Dacre arrossì e la ammonì bruscamente in italiano. Lei non parve avvilita, semplicemente sconcertata, e indietreggiò di qualche passo.

Linda stava ancora fissando le forbici. «Che spreco di buon acciaio» commentò. «Le lame sono ben fatte».

Per la prima volta il giovanotto con gli occhiali cerchiati in corno ebbe sentore del pericolo nell'aria. Non era qualcosa nel tono della ragazza, di quello era certo; ma senza un motivo preciso si era sentito investire da un'ondata di paura. Campion non era persona incline ai presentimenti, e il fenomeno lo irritò, per cui lo scacciò in fretta dalla mente. Ma l'impressione c'era stata, e molto forte.

A quel punto i suoi pensieri furono distolti da una risata sguaiata di Dacre.

«Max è caduto nella rete» disse. «Guardate».

Stava indicando una scena buffa. Donna Beatrice chiacchierava ciarliera con Max Fustian. Conoscendola, Mr Campion rabbrividì al pensiero di quale potesse essere l'argomento della conversazione. Era evidente che la vittima non aveva via di scampo.

Linda, che li stava fissando da un po', rise sprezzante. «Gli sta raccontando tutta la storia di quando ai bagni turchi l'hanno paragonata alla Venere di Rokeby. Quanto la fa lunga per un'inezia! Se parte non si riesce più a fermarla, e oggi Max non può neppure essere sgarbato a buon profitto, visto che si è tolta l'apparecchio per sentire. Lo fa sempre, nelle occasioni ufficiali, per cui è sorda come una campana, e altrettanto intelligente».

«Ora andrò al gabinetto» annunciò Rosa Rosa con l'ingenuità di un bambino, e se ne andò, lasciandoli tutti in leggero imbarazzo.

In mezzo alla stanza Mr Campion avvistò Belle, momentaneamente libera, e colse al volo l'occasione per porgerle i propri omaggi.

«Oh, mio caro» disse Belle stringendogli un braccio e rivolgendosi a lui con quell'affascinante stratagemma che dava a ogni nuovo arrivato l'impressione che lui, e lui soltanto, fosse il motivo di quel raduno. «Sono talmente felice che tu sia venuto. Hai visto che ressa? Sono così stanca. Non pensi anche tu che Johnnie l'avrebbe adorato? Guardalo lassù, con il sorriso che va da un orecchio all'altro». Fece oscillare la cuffia in direzione del ritratto di Sargent. «Spero non stia tormentando Charles Tanqueray attraverso un qualche spioncino del paradiso».

Si fermò per riprendere fiato, appoggiandosi pesantemente al braccio di lui, e osservò gli ospiti con aria ansiosa.

«Ci sono whisky e soda su in galleria» mormorò. «Credo che Max abbia allestito un cocktail bar anche lì. In teoria non avrei dovuto approvare. Non lo so se sia da fare o meno. Ma non riesco a scacciare la sensazione che il gin sia così volgare! Lo era sempre, quand'eravamo giovani. Ora invece, da quando frutta soldi, suppongo sia più accettato. Guarda laggiù il nostro caro vescovo» proseguì in pratica senza riprendere fiato, «non è un vero tesoro? Non dirlo ad anima viva, ma il suo stivalaio gli rialza i polacchini giusto un po'. Lo so perché una sera, quand'è venuto qui a cena, aveva i piedi così bagnati che glicli ho fatti togliere. Poi è rimasto seduto davanti al caminetto con un trapuntino sulle ginocchia. Ricordo che abbiamo parlato del peccato».

«John Lafcadio le sarebbe stato molto riconoscente» disse Mr Campion. «È un evento assolutamente ben riuscito».

Belle sospirò con un lieve mormorio di soddisfazione, e gli scoloriti occhi castani scintillarono.

«È meraviglioso» disse. «Mi riporta indietro a quando avevo trentacinque anni. Tutti qui... tutti ad ammirare Johnnie. E tutto fila liscio; tutti cordiali, tutti lusinghieri e sciocchi».

Non appena ebbe pronunciato l'ultima parola vi fu un flebile ronzio sopra le loro teste, e tutte le luci dell'atelier si spensero, facendo piombare gli illustri convenuti nel buio più totale, tranne che per il debole bagliore dei caminetti. La stretta di Belle sul braccio di Mr Campion si rafforzò involontariamente.

«Lo scellino nel contatore!» mormorò con voce rauca. «Oh, Albert, me ne sono scordata!»

Come sempre in questi casi, l'effetto immediato dell'oscurità improvvisa fu l'immancabile interrompersi delle conversazioni e qualche risolino allarmato; qualcuno sussurrò, e qualcun altro inciampò in qualcosa. Poi però la buona educazione si impose nuovamente, e il chiacchiericcio proseguì come prima, solo un po' più sommesso.

Mr Campion si frugò nelle tasche. «Ce l'ho io» disse. «Lasci fare a me».

Si avviò e attraversò il locale con cautela. Gran parte dei presenti era abbastanza intelligente da star ferma, ma qualcuno si muoveva, evidentemente senza una meta precisa.

Con qualche difficoltà, Campion riuscì a raggiungere il piccolo vano della porta sotto la galleria; impiegò più tempo del dovuto perché Mr Potter, stanco di restare in piedi vicino alle sue litografie aveva preso una sedia e l'aveva appoggiata alla porta.

Fu mentre toglieva di mezzo quell'intralcio che Campion notò una certa agitazione in fondo al locale, suppergiù vicino al banco dei gioielli. Ma al momento non ci badò più di tanto, e si affrettò a imboccare il freddo corridoio di calcestruzzo, dove con l'aiuto dell'accendino localizzò il contatore in cui inserì lo scellino.

Quando rientrò nella sala vivamente illuminata notò di nuovo il trambusto vicino al banco, e per un istante gli balenò alla mente la folle ipotesi di un furto.

Ma l'attimo dopo si rese conto che si trattava di uno svenimento. Un paio di persone si erano raccolte attorno a una figura accasciata vicino al banco. Il resto degli ospiti ostentava di ignorare l'incidente, e miracolosamente, così sembrava, si era già formata una lunga fila per accomiatarsi da Belle.

Max, un po' agitato per l'incidente ma con un formidabile autocontrollo, dava man forte alla padrona di casa, e donna Beatrice si stava dirigendo verso la porta per stringere la mano ai propri conoscenti dopo che si erano congedati da Belle.

Lisa e Fred Rennie erano nel gruppo presso il tavolo, e quando Mr Campion guardò verso di loro vide Rennie chinarsi e sollevare una figura maschile e poi trasportarla nel camerino della modella oltre la porticina che aveva appena varcato. Il giovane, non vedendo altro modo in cui rendersi utile, si accodò alla fila.

La faccenda dei saluti sembrava interminabile, la coda avanzava a passo di lumaca.

L'attenzione di Campion vagava ormai altrove, e dovevano essere passati sette minuti, durante i quali era avanzato di un paio di metri nella fila, quando si accorse di Lisa con lo sguardo fisso puntato su di lui, come a voler richiamare la sua attenzione mediante la pura forza magnetica. Non appena intercettò il suo sguardo, la donna gli indirizzò dei cenni frenetici.

Campion abbandonò la fila e andò rapido da lei. Con dita ossute che gli artigliavano il braccio, Lisa lo condusse alla porticina sotto la galleria, e quando furono al riparo da sguardi indiscreti e lui si voltò verso la donna con aria interrogativa, il suo aspetto lo lasciò sbigottito. Il donnino con addosso l'aderente abito color porpora gli piantò gli occhi nei suoi, e il viso giallognolo era una maschera di orrore. Quando parlò, le labbra si mossero con rigidità, la voce era strozzata.

«Si tratta del giovane Mr Dacre» disse. «È morto. E le forbici... oh, Mr Campion, le forbici!»

Avanzò barcollando verso di lui, e il giovane la cinse con le braccia.

4.
«Non sono stata io!»

Il flusso costante di ospiti si riversava lento fuori dall'atelier. Un'atmosfera cupa era calata sui presenti, sebbene gran parte di essi non avesse minimamente idea che fosse successo qualcosa di insolito, ancor meno che uno di loro giacesse senza vita nel camerino della modella, circondato da un gruppo atterrito e piantonato da un medico sconcertato.

L'atmosfera era più improntata a una fredda inospitalità che all'orrore, come se la luce non avesse mai riacquistato l'originario fulgore e l'evento si fosse in qualche modo rivelato deludente.

Probabilmente però tutti, tolti gli abitanti della casa e Mr Campion, avrebbero potuto lasciare Little Venice senza alcun sentore della tragedia se non fosse stato per Rosa Rosa, che apparve all'improvviso sulla porticina sotto la galleria, urlando.

Lo strepito richiamò l'attenzione generale, e il suo aspetto fece il resto.

L'addestramento le aveva reso il viso espressivo, e ora ostentava un'immagine di puro terrore, impossibile da ignorare. I capelli gialli, ondulati come quelli di un angelo del Botticelli, spiovevano rigidi attorno al volto; gli occhi, sgranati all'inverosimile, erano nere pozze di orrore, e la bocca larga era arricciata a formare una «O» bluastra sul viso pallido.

«*Santa Maria! Madre di Dio! È morto! Come farò? Mio marito è morto... assassinato!*»

La stridula parlata italiana terminò, e la donna cominciò a strepitare in inglese. «Assassinato! Assassinato! Pugnalato allo stomaco. Con le forbici».

Max impiegò tre secondi per attraversare la stanza e afferrare la ragazza per il braccio, mentre il silenzio scioccato si trasformava in una crescente sensazione di orrore.

Max parlò alla ragazza in tono sommesso e ciarliero nella sua stessa lingua. Questa scoppiò a piangere, emettendo profondi singulti animaleschi che andarono a sferzare i nervi già scossi dei presenti, portandoli allo stremo.

Alcuni irriducibili delle buone maniere si attennero ai consueti standard e parlarono tra loro a bassa voce, fingendo di non avere notato quel secondo motivo di sconvolgimento e portandosi il più discretamente possibile verso l'uscita.

La maggior parte invece perse il controllo al punto da restarsene ammutolita e a bocca aperta, fissando Max che con piglio determinato conduceva la ragazza verso la porta.

Costoro furono ricompensati dall'inconsueto spettacolo di sir Gordon Woodthorpe, eminente medico dell'alta società, presente al ricevimento, che si precipitava fuori dallo stretto corridoio di calcestruzzo, i fluenti capelli bianchi scompigliati e due chiazze rosse che spiccavano ai lati della gola, passandosi agitato la lingua sulle labbra, un'abitudine nervosa che si trascinava dall'infanzia.

Raggiunse rapido Belle, al proprio posto presso la porta, straordinariamente intrepida e imperturbata in quell'incubo. Le parlò per qualche attimo, e persino gli irriducibili occhieggiarono curiosi nella loro direzione.

Dopo qualche istante, sir Gordon sembrò intavolare una

discussione con la donna, offrendosi, così parve, di toglierle un fardello dalle spalle, ma lei rifiutò. Prendendogli il
braccio, Belle si appoggiò pesantemente a lui e alzò la voce,
ancora limpida e morbida malgrado l'età e l'emozione.

«Signore e signori» esordì, e la voce le vacillò, poi rimase a guardare gli ospiti, le vecchie labbra scosse da un leggero tremito.

Il silenzio fu istantaneo. Il momento era drammatico, e
coloro che avevano liquidato l'uscita di Rosa Rosa come
un deplorevole incidente da isterica o da ubriaca all'improvviso le si fecero attorno per affrontare la paura che
nell'intimo li aveva assaliti tutti quanti.

«Miei cari» disse Belle in tono pietoso, «è accaduta una
cosa terribile. C'è stata... c'è stata una disgrazia».

Ora la voce le tremava senza pudore, e l'uso involonta-
rio di quell'espressione d'affetto aveva reso l'annuncio estremamente reale, l'appello estremamente personale. Sempre
appoggiandosi pesantemente al braccio del medico, proseguì, mentre gli ospiti la ascoltavano col fiato sospeso e con
lo smarrimento e il leggero senso di nausea che assalgono
subito prima di ascoltare il peggio.

«Un giovane che solo pochi minuti fa era qui in mezzo
a noi ora è morto. È morto qui, quando è andata via la
luce. Sir Gordon pensa che... nessuno debba andarsene
finché non sarà arrivata la polizia».

Si guardò attorno supplichevole, come per implorarli a
capire. Bizzarro come la sua figura facesse impressione,
un'anziana donna robusta con la gonfia cuffia bianca e il
lungo vestito nero.

«Naturalmente non posso costringervi a stare, se volete
andare» proseguì. «Sarebbe assurdo. Date le circostanze
posso solo appellarmi a voi. Non posso dirvi di più. È
tutto quello che so io stessa».

Terminò, e sir Gordon, molto attento alle proprie responsabilità e al ruolo di paladino di Belle, la accompagnò a una sedia in fondo alla sala.

Un'altra donna anziana, lady Brain, amica di lunga data di Belle, la raggiunse rapida, e sir Gordon, senza neppure scusarsi, si girò verso la porta con un sospiro di sollievo evitando abilmente l'occhio dei conoscenti intenzionati a tendergli un agguato.

Le stranezze dell'omicidio a Little Venice erano più d'una. Non ultima la qualità e la varietà delle intelligenze che avevano condiviso lo choc iniziale.

In Inghilterra si conta una media di circa centocinquanta omicidi l'anno. Gran parte sono di natura semplice e sordida, e l'insieme delle capacità intellettive di coloro presenti alla loro scoperta è di norma sotto la media.

Ma lì a Little Venice, nel momento in cui era stato commesso il crimine era radunato un insieme di persone considerate in diversa misura tutte ragguardevoli, per lo più provenienti dagli ambienti professionali più affermati. Una volta recepito il verificarsi della tragedia, e lo choc assimilato, la reazione fu piuttosto comune: la metà maschile dei presenti formò un gruppo di personaggi dal viso arcigno e dalla voce grossa, ansioso di fare muro e proteggere le donne, mentre queste si rifugiavano dietro di loro e parlottavano a gruppetti, tenendo bassi gli occhi e la voce.

Non appena emerse che la vittima della tragedia era un giovane quasi sconosciuto, anche solo di vista, a chiunque, le peculiarità di quel raduno cominciarono a palesarsi.

La maggior parte dei presenti avevano colto il senso delle parole di Belle, più che il loro significato letterale, avevano cioè inteso che vi era stato un omicidio; un omicidio misterioso avvenuto a due passi da loro, e a eccezione di due o tre anime rare e alquanto innaturali, ciascuno degli ospiti cominciò a considerare la faccenda come qualcosa che lo toccava molto da vicino.

Alcuni erano atterriti al pensiero della pubblicità che avrebbe procurato loro, altri spudoratamente eccitati; all'improvviso i fili si tesero con uno strattone, le rotelline cominciarono a girare e cinquanta commediole vennero messe in scena.

Il dignitario dell'ambasciatore, tarchiato, dalla pelle scura e piuttosto stupido – i cui occhi si erano sgranati a dismisura all'annuncio di Belle e il cui cervello era rapido ad afferrare le implicazioni di qualunque situazione – si concesse il pensiero che un agente di polizia ottuso avrebbe potuto arrischiarsi a superare i limiti e porre un'improvvida domanda a sua eccellenza, e allora ci sarebbe magari scappato un piccolo insulto, nonché uno spiacevole incidente diplomatico, che solo la sagacia e il tatto del dignitario stesso avrebbero potuto scongiurare.

Intanto, in fondo alla sala, un uomo dal portamento militare, la cui intelligenza poco appariscente ma acuta e raffinata lo aveva reso prezioso al ministero degli Esteri, fissava il dignitario dell'ambasciatore e si diceva che era necessaria una telefonata tempestiva al quartiere generale; nel frattempo si doveva ricorrere a qualunque mezzo per far uscire da quella casa l'Ambasciatore con relativo dignitario prima che qualche cretino di un poliziotto ci mettesse dentro piede. Perciò, senza dare nell'occhio, si avviò verso la villa.

Max Fustian, ritto nell'ombra dietro la porta sotto la galleria, fece correre lo sguardo per la stanza e scoprì gratificato che l'unico giornalista rimasto dell'orda che era calata sullo studio nel primo pomeriggio era il grosso Mr Cleethorpe dell'insignificante «Daily Paper».

Quell'anima normalmente insicura era in procinto di piombare su Belle quando Max si lanciò fuori, bloccandolo. «Forse posso dirle io quello che vuole sapere, Mr Cleethorpe».

Nel mormorio untuoso di Max risuonò una nota metallica, scaturita dalla disperazione. «Deve fare molta attenzione a quello che scrive, sa».

Essendo la legge inglese sulla diffamazione quello che è, l'indole timorosa di Mr Cleethorpe lo convinse a lasciarsi distrarre; i due si immersero in una fitta conversazione.

In fondo allo stretto passaggio di calcestruzzo, ritto accanto al contatore in cui con tanta spensieratezza aveva infilato uno scellino solo quindici minuti prima, Campion esitava. Alla sua destra c'era lo stanzino della modella, da cui era appena uscito, e il ricordo della scena all'interno era ancora vivido. L'ambiente era soffocante e polveroso. La specchiera era smontata, e il divano tappezzato di tessuto verde aveva un'ombra scura, come il mobilio esposto a un mercatino dell'usato. Su quel divano giaceva il corpo.

Nonostante una conoscenza del crimine di lunga data, Mr Campion non era così insensibile da non restare colpito di fronte allo spettacolo di un giovane uomo morto all'improvviso.

Rifletteva inoltre sulla propria posizione. Erano in pochi a essere bene informati sul conto di Mr Campion. Innanzitutto quello non era il suo vero nome. Gran parte degli amici e conoscenti avevano la vaga idea che fosse il figlio minore di un qualche personaggio e avesse seguito l'avventurosa vocazione di investigatore privato inizialmente per hobby, poi per professione. Vantava numerosi casi risolti, ma per i migliori motivi al mondo restava nell'ombra ed evitava la pubblicità come la peste.

Secondo alcune voci insistenti apparteneva al vasto esercito di discreti agenti di Scotland Yard il cui lavoro avveniva totalmente dietro le quinte, ma Mr Campion stesso lo avrebbe negato con vigore. Era comunque innegabile che a Scotland Yard avesse molti amici.

Al momento aveva un dilemma. Si trovava in casa di

amici. Naturalmente era suo dovere fare tutto il possibile. Conosceva abbastanza le leggi e la giustizia inglesi per capire che in caso di omicidio la caccia era inesorabile, la pena inevitabile.

Tra sé non nutriva dubbi sull'autore del crimine. Ora con l'occhio della mente rivedeva Linda voltarsi dalla finestra e andare verso di lui. Temporanea infermità mentale, ovvio.

Passò rapidamente in rassegna le possibilità di un'insufficienza di prove. Gli anelli delle forbici dalle lame lunghe e strette sporgevano ancora dal pullover grigio. Sir Gordon Woodthorpe era stato abbastanza intelligente da non rimuovere l'arma prima dell'arrivo del medico legale. I disagevoli anelli dell'impugnatura, molto elaborati, non presentavano superfici lisce, per cui le probabilità di trovare impronte erano minime. Ma del resto tutto sarebbe stato molto difficile.

Quando pensava a Linda si sentiva male. Era proprio il tipo emotivamente selvaggio incline a soccombere all'impulso del momento. Incredibile come fosse riuscita ad attendere quell'istante di buio.

Ovviamente, se anche le cose fossero andate per il meglio e le accuse lasciate cadere per mancanza di prove, Linda sarebbe stata comunque sottoposta a misure restrittive.

Campion si passò la mano sulla fronte. Era sudata, e lui aveva freddo. Dio santo, che cosa terribile! Povera ragazza. E povera anche la tragica, insopportabile, giovane canaglia che giaceva senza vita nel camerino lì accanto.

E c'era anche la modella, probabilmente innamorata di lui. Ora Lisa stava provando a calmarla, parlandole nella sua stessa lingua, lucide lacrime incredule sulle guance sfiorite.

Mr Campion si riscosse. Bisognava darsi da fare al più presto, prima che qualche agente di ronda si presentasse a peggiorare la situazione. Ricordava che il telefono era sul pianerottolo, e che la porta alla sua sinistra conduceva in giardino. L'uomo da contattare era l'ispettore Stanislaus Oates; il più abile e allo stesso tempo più gentile funzionario di tutta Scotland Yard. Era domenica pomeriggio, doveva essere a casa. Mentre correva, Campion ripassò tra sé il numero: Norwood 4380.

Nell'atelier l'atmosfera si faceva insostenibile. Sporadici silenzi aleggiavano pesanti nell'enorme locale. Un paio di persone si stavano abbandonando all'isteria. Nessuno si lamentava apertamente, soprattutto per rispetto verso Belle, che con notevole forza d'animo e tipico buon senso rimaneva al proprio posto, consapevole che solo la sua presenza avrebbe impedito un'aperta protesta.

Le piccole commedie continuavano, alcune tendenti al tragico.

Herbert Wofgang, uomo vigoroso, roseo e paffuto che si gloriava sempre di mettere il proprio nome in cima alle rubriche mondane – e la cui carriera alquanto movimentata stava giungendo a un'ignobile conclusione, secondo quanto scrivevano gli ex amici – si tastò il foulard da collo e considerò la situazione. Ecco che gli pioveva dal cielo un inaspettato colpo di fortuna. E con tutti presenti, poi.

Guardò i volti pallidi e ansiosi attorno a sé e per poco non sorrise. Era troppo bello per essere vero. Una delle sue attività secondarie più redditizie era quella di agente promozionale per signore dell'alta società. In quella stanza erano presenti almeno quattro delle sue clienti. E ora, probabilmente per la prima volta da che le conosceva, per un valido motivo erano tutte e quattro dentro la notizia. Che fortuna sfacciata. Le dita gli prudevano dalla smania di battere sui tasti della macchina da scrivere.

Prese nota mentale. C'era persino Bernard, vescovo di Mold! E quella non era forse la donna che recitava al Daly? C'era anche sir Jocelyn, che coincidenza!

Mr Wolfgang si fece pensoso. Sir Jocelyn era in procinto di ricevere una nomina alla Household Cavalry. Se Mr Wolfgang non si sbagliava, sir Jocelyn si dava da fare da anni per ottenere tale onore. Quella nomina era una faccenda complicata. Sir Jocelyn doveva dunque essere ansioso di evitare qualunque pubblicità, tanto più se avesse collegato il suo nome, per quanto molto alla lontana, con qualcosa di sgradevole. Chissà se il ricco e ambizioso cavaliere era interessato a eliminare il suo nome dai dettagliati trafiletti?

Il piccolo, cherubico furfante sgattaiolò verso la vittima.

In disparte, con le mani dietro la schiena e le gambe leggermente divaricate per meglio bilanciare il ventre pronunciato, l'uomo che aveva comprato il dipinto osservava sconfortato il suo acquisto. Chissà se quella dannata faccenda avrebbe avuto conseguenze sul valore dell'oggetto. E cosa aspettava la polizia ad arrivare? Era uno scandalo: un uomo ricco e importante tenuto lì ad aspettare in quel modo a causa di uno stramaledetto problema con cui non aveva ovviamente niente a che fare.

Campion tornò nell'atelier in modo così discreto che nessuno notò il suo rientro e, inosservato, parlò con Belle per qualche istante.

«Mi sono messo in contatto con l'ispettore Oates di Scotland Yard» mormorò. «È tutto sistemato. Dice che verrà immediatamente, ma che nel frattempo non ha senso tenere qui tutta questa gente. In fondo sono qui tutti su invito, e chiunque fosse stato particolarmente ansioso di andarsene dopo... be'... dopo che le luci sono state riaccese, avrebbe potuto farlo senza problemi. Io stesso ho visto andar via una ventina o trentina di persone».

Nel parlarle evitava il suo sguardo. Non riusciva a costringersi ad affrontare quei caldi occhi castani inondati di lacrime.

Lei gli si appoggiò al braccio e si tirò in piedi.

«Ora li avverto» rispose.

Si diresse alla porta, una figura solitaria molto coraggiosa e malinconica, e restò in piedi accanto al ritratto del marito sorridente.

Un po' alla volta il chiacchiericcio sommesso si smorzò, e tutti gli occhi si volsero interrogativi su di lei. Belle aprì la bocca per parlare, ma le parole le vennero meno; raggiunse la porta, la spalancò e aggrappandosi alla maniglia restò in attesa.

Il flusso di persone dirette all'uscita ricominciò, questa volta più rapido di prima.

Belle, dritta come un fuso, elargiva strette di mano in modo meccanico, sorridendo debolmente ai mormorii di compassione e rammarico e mostrandosi esattamente per quel che era, una vecchia signora molto coraggiosa.

Mr Campion dominò l'impulso di rimanerle al fianco. C'erano altre cose da fare. Scomparve oltre la porta sotto la galleria, scivolò fuori in giardino passando per il retro, quindi, per evitare di incrociare gli ospiti in uscita, si imbucò nella porta della cucina nel seminterrato.

Immaginando l'esistenza di una scala sul retro, la trovò e raggiunse il pianerottolo dello studio di Linda senza incontrare anima viva. Si mise in ascolto davanti alla porta. Nessun rumore.

Campion non era uno sciocco. Quel pomeriggio Linda versava in condizioni di squilibrio psicologico, e lui non si faceva illusioni sul probabile stato mentale del momento. Entrò preparandosi ad affrontare una pazzoide.

Bussò e, non ricevendo risposta, aprì piano la porta e avanzò nell'oscurità. «Linda» chiamò sottovoce.

Non rispose nessuno; Campion allungò la mano oltre la porta in cerca dell'interruttore. Non appena la luce inondò la stanza capì che, tolto lui, era vuota.

Stava per uscire di nuovo quando una porta sull'altro lato della stanza si aprì e apparve la ragazza. Era ancora pallida, ma in apparenza molto composta. Quando lo vide si portò un dito alle labbra.

«Zitto» bisbigliò. «Rosa Rosa è in camera mia, sta dormendo. Le ho dato una dose massiccia di bromuro. Dormirà per un bel po'».

Mr Campion si era preparato al peggio, e quelle parole gli mandarono a correre un brivido di orrore giù per la schiena. «Dio santo, Linda! Cos'hai fatto?»

Le parole gli erano sfuggite di bocca; superò di corsa la ragazza ed entrò nella piccola camera da letto.

Rosa Rosa, il viso rosso e gonfio per il pianto, sdraiata sul letto dormiva in modo piuttosto naturale. Campion le si avvicinò, la osservò e le sentì il polso abbandonato sul copriletto. Quando finalmente si raddrizzò e si voltò, vide Linda sull'uscio che lo osservava; lo sguardo, inizialmente sconcertato, adesso era di puro orrore.

Quando Campion tornò nel piccolo studio, Linda lo seguì e lo prese per il braccio. «Cosa intendevi dire?» chiese col fiato sospeso.

Campion la fissò; gli occhi chiari dietro gli occhiali erano turbati.

«Cosa intendevi dire?» insistette la ragazza.

Lui si passò la mano sulla fronte. «Non lo so cosa mi è passato per la testa, Linda».

Linda si afferrò allo sportello della credenza. «Albert» disse, «non penserai che l'abbia ucciso io, vero?»

Di fronte al suo silenzio, Linda si portò la mano alla bocca come per soffocare un grido. «E adesso cosa faccio?» disse a voce bassa. «Cosa faccio?»

All'improvviso si fece avanti e lo prese per le spalle. «Amavo Tommy... o almeno così credevo. Ed ero infuriata con lui. Ma non così infuriata... non pazza. Quando la luce è andata via mi ero già allontanata. Ero dall'altra parte del tavolo. Ho avvertito qualcuno muoversi al buio, e ho sentito Tommy cadere a terra, pur senza rendermi conto dell'accaduto. Oh, Albert, mi credi, vero? Dimmi che mi credi!»

Campion abbassò lo sguardo su di lei. Il mondo girava vorticosamente. Quello era l'ultimo sviluppo che si sarebbe aspettato, l'ultima evenienza che avrebbe mai pensato di dover affrontare. La guardò in faccia, vide la disperata preghiera nei suoi occhi e parlò con sincerità.

«Sì, mia cara» rispose. «Che il cielo mi aiuti, sì, ti credo».

5.
I fatti

Seduto nella biblioteca di Little Venice con un bloc notes davanti a sé, l'ispettore Oates aveva un'espressione cupa sul viso compassato e piuttosto stanco. Era reduce da tre ore impegnative. Ma se certi investigatori di Scotland Yard si divertivano a estorcere segreti da testimoni reticenti e a puntare dita infallibili sul sospettato più probabile, specialmente la tarda sera della domenica, Stanislaus Oates non era tra questi.

L'ultimo testimone – lasciato il salotto, dove si era radunata la famiglia – stava per presentarsi e Mr Oates era impaziente di parlargli. Così, quando la porta si aprì e un agente in divisa si affacciò per annunciare Mr Campion, l'ispettore chiuse il blocco e alzò lo sguardo con vivo interesse.

Albert Campion cominciò ad aggirarsi per la stanza con l'aria distratta e affabile di sempre. E se negli occhi c'era un pizzico di ansia, era nascosta dagli occhiali.

L'ispettore lo guardò con piglio severo, e a Campion venne in mente una scena analoga, avvenuta molti anni prima, nell'ufficio del preside, quando aveva percepito lo stesso senso di apprensione, la stessa atmosfera di calamità, benché per fortuna le questioni in gioco non fossero neanche lontanamente altrettanto gravi.

«Ebbene?» disse Oates, «come ha potuto finire immischiato in questa faccenda? Ha un vero fiuto per il crimine. Si sieda».

Il fatto che Mr Campion e l'ispettore Oates fossero amici di vecchia data non si era mai messo di mezzo, quando c'erano in ballo questioni professionali.

Per i primi due o tre minuti il colloquio avvenne in termini decisamente formali, e la preoccupazione di Campion aumentò.

«Oates» disse, «per come si comporta si direbbe che sia già stato tutto risolto e manchi solo l'arresto. È così?»

Oates si strinse nelle spalle. «Temo di sì» rispose. «Mi pare tutto chiaro. Ho paura che non sarà facile per lei, un amico di famiglia. In ogni caso» proseguì in tono più vivace, «dobbiamo raccogliere le prove. Per ora non credo di avere niente di decisivo per una condanna. E in effetti, nessuno l'ha vista farlo, non ci sono testimoni».

Mr Campion batté le palpebre. Un'ondata improvvisa di paura, per quanto attesa, giunge sempre come uno choc. Si appoggiò all'indietro sulla sedia e guardò l'ispettore con aria molto seria. «Oates» disse, «sta seguendo la pista sbagliata».

L'ispettore lo fissò incredulo. «Ci conosciamo da tanti anni» disse. «Ci conosciamo da tanti anni e lei tenta deliberatamente di intralciarmi nell'esercizio delle mie...be', di quel che è».

«Funzioni» replicò Mr Campion come disarmato. «No. Mi conosce abbastanza bene» proseguì, «per sapere che non mi faccio scrupoli di coscienza, in casi del genere. La coscienza non c'entra niente. Se credessi che Linda Lafcadio avesse ucciso il fidanzato e pensassi di ottenere qualcosa di buono gettandole polvere negli occhi, potendo lo farei».

L'ispettore grugnì. «Be', se non altro sappiamo come stanno le cose» disse benevolo. «Come fa a sapere che sono convinto che sia stata la ragazza?»

«Be', è la teoria più facile» rispose Campion. «Senza

offesa, Stanislaus, lei segue sempre la pista più comoda».

«Non mi offendo» rispose l'ispettore adombrandosi. «Ma solo perché ha avuto la fortuna di imbattersi in alcuni casi particolarmente interessanti non può pensare che ogni volta le cose le vadano allo stesso modo».

Ma le parole di Mr Campion l'avevano messo a disagio. Nell'ultimo caso in cui avevano collaborato la bizzarra teoria di Mr Campion si era rivelata corretta, e l'ispettore, uomo superstizioso in barba alla sua professione, aveva cominciato a considerare l'amico come una sorta di portatore di iella la cui presenza bastava a trasformare i casi più semplici in tortuosi labirinti irti di sviluppi inaspettati.

«Senta un po'» disse in tono convinto abbandonando definitivamente i modi da preside, «una ragazza passionale e leggermente squilibrata va a prendere il suo fidanzato al treno che carica i passeggeri del traghetto. Vede che ha portato a casa una bella ragazza italiana, poi scopre che sono sposati. Il giovane farabutto propone allegramente di metter su un *ménage a trois*, che lei molto giustamente rifiuta. Il giovane va a un ricevimento. Per caso lei gli si ritrova vicino, pazza di gelosia, quando le luci si spengono. Quelle dannate forbici sono lì a portata di mano. Un'arma turpe, Campion! Le ha ben viste. Le lame si sono divaricate leggermente proprio nel cuore. È morto all'istante, ovvio. Aspetti, dov'ero rimasto? Ah, sì. Ebbene, si ritrova al buio. Vede l'arma, vede la sua occasione. Poi perde semplicemente la testa, ed eccoci qui, Campion. Cosa potrebbe esserci di più semplice, di più chiaro? È talmente ovvio. Sa, in Francia potrebbe farla franca. Per come stanno le cose, qui potrebbe essere infermità mentale».

Mr Campion puntò lo sguardo sull'amico. «Sa bene che non otterrebbe mai una condanna solo su questo» disse. «Non sono neppure prove indiziarie. Ha in mano solo un possibile movente, niente di più».

L'ispettore lo guardò infastidito. «L'ho detto anch'io che non ci sono prove sufficienti» specificò. «L'ho detto o no?»

Mr Campion si sporse in avanti. «Escludendo per il momento la ragazza» proseguì, «quali elementi certi ha in mano? Avete trovato delle impronte sulle forbici? Potrebbe, un colpo del genere, essere stato inferto da una donna? Non trova incredibilmente abile, da parte dell'assassino, aver sferrato un unico colpo al buio centrando esattamente il cuore di Dacre?»

Stanislaus Oates si tirò in piedi. «Se ha intenzione di proporsi come avvocato difensore...» cominciò.

«Le sto rendendo un servizio utile, caro amico. Perché accanirsi su una teoria che non promette niente di buono solo perché è la prima che le viene in mente? o perché le ricorda un caso analogo? C'erano o no, queste impronte?»

«Ma le ha viste le forbici?» replicò l'ispettore, e mentre Mr Campion annuiva l'altro scrollò le spalle. «Perciò sa già la risposta. Ovvio che non c'erano. Non ho mai visto un oggetto più assurdo in tutta la mia vita. Decisamente uno spreco di buon acciaio».

Mr Campion sgranò gli occhi. Aveva già sentito una frase molto simile, e gli tornò vivida alla memoria la scena di lui e Linda che chiacchieravano con Dacre e quella sua strabiliante moglie. Per un attimo sentì vacillare la sua fede in Linda, ma non appena gli balenò alla mente l'episodio di poche ore prima nello studiolo di lei, si sentì di nuovo sicuro.

«Bene, questo è sistemato» disse contento. «Quanto al colpo? Potrebbe averlo inferto una donna?»

«Ho analizzato a fondo la faccenda con sir Gordon Woodthorpe e il nostro vecchio Benson». L'ispettore stava già ricadendo nello sconforto. «È stato un colpo straordinario, Campion. Non riesco a capacitarmi di come qualcuno abbia potuto sferrarlo al buio. In pratica è l'unico tipo di ferita da taglio in grado di uccidere un uomo all'istante... cioè, prima che la vittima possa emettere anche solo un gemito. Le lame sono penetrate appena sotto lo sterno, poi sono salite dritte, trafiggendo il cuore. Erano abbastanza larghe e massicce da distruggere l'organo all'istante. Non capisco come qualcuno abbia potuto farlo con premeditazione. Cioè, come potesse esser certo che sarebbe filato tutto così liscio. Entrambi i medici hanno ammesso che neppure loro stessi avrebbero avuto la certezza di fare un lavoro così pulito. Immagino che gli artisti ne sappiano parecchio, di anatomia, ma anche considerato questo la ragazza ha avuto una fortuna sfacciata».

«È davvero certo che avrebbe potuto farlo anche una donna?» insisté Campion.

«Be'...» l'ispettore allargò le braccia, «mia madre non avrebbe mai potuto farlo, e immagino neppure la sua. Ma queste ragazze moderne sono muscolose come i maschi. Il colpo è stato poderoso, lo ammetto, ma non certo paragonabile al calcio di un cavallo. E poi, Campion» e abbassò la voce, «non c'è una forse una vena di follia, in famiglia?»

«Follia? No, nel modo più assoluto. La cosa mi giunge nuova. Sta seguendo una pista completamente sbagliata, Stanislaus».

Prima di riprendere a parlare, l'ispettore rifletté per un istante. Sedette al tavolo e si strofinò i baffi contropelo, una sua fastidiosa abitudine.

«La donna che abita nella casa, è una zia o cosa?» Consultò i suoi appunti. «Ecco qui: Harriet Pickering, alias donna Beatrice. Ho capito che se avessi dovuto stare ad ascoltare anche solo i fatti salienti avrei finito per restare alzato per metà notte, perciò l'ho rimandata a più tardi. Be', il classico tipo isterico, non ci piove. Al limite estremo della maniacalità, direi. Sa di chi parlo, vero? Quella con l'apparecchio acustico» proseguì spazientito vedendo l'espressione vuota di Campion. «Non sono riuscito a cavarle niente di utile, perciò l'ho affidata ai dottori. Mi ha raccontato una storia inverosimile sull'aver visto una luce attorno alla mia testa. Qualcosa sull'indaco, sulle emozioni più basse. Oltretutto sembrava in costume. Forse non è ancora pronta per il manicomio ma... be', di sicuro non è neppure *compos mentis*, poveretta. È una delle cose che volevo chiederle. Chi è? Che ruolo ha?»

Mr Campion fece del suo meglio per ragguagliare l'ispettore con una breve descrizione della carriera di donna Beatrice per quanto ne sapeva, nel corso della quale gli occhi di Oates si spalancarono e i baffi si trovarono in pericolo di finire sradicati a furia di strofinii.

«Sul serio?» disse infine. «L'"ispirazione" di Lafcadio? Non avrei mai detto che fosse quel tipo d'uomo».

«Non lo era» rispose Mr Campion. «Dubito che abbia mai trattato la donna con qualcosa che non fosse la massima correttezza».

«Oh, insomma, in tal caso l'infermo di mente è lei» commentò l'ispettore tranquillamente. «Tutti gli abitanti della casa sono decisamente strambi. C'è quella cuoca che un tempo faceva la modella, e gli strani personaggi che vivono nel capanno in giardino. Va bene essere bohémien, ma qui c'è una vernice di rispettabilità. Scoprirà una vena di follia, da qualche parte, si fidi di me. Che corre ovunque, ecco come la penso».

«Che mi dice di Mrs Lafcadio?» si avventurò Campion.

L'ispettore sorrise. «Lei non rientrava nel discorso» disse. «C'è qualcosa di molto attraente in una vera McKie, quando ne incontri una. Le ho consigliato di andare a stendersi un po'. È stato uno choc, temo. Vorrei che lei l'aiutasse a prepararsi al peggio. Penso che dovremo arrestare la ragazza».

«Se lo farà commetterà un errore molto sciocco, come quando stava per arrestare "Zio" William a Cambridge».

L'ispettore restò in silenzio per un po'.

«Se vuole sbarazzarsi di quei baffi perché non se li rade?» disse Campion.

L'ispettore rise e tolse la mano. «Oh, be'» commentò, «alla fine seguiremo la solita routine. Quel Rennie mi sembra un tipo intelligente. Gli ho chiesto la lista degli ospiti. E chiederemo a tutti di rilasciare una dichiarazione, chissà mai che salti fuori qualcosa. Ma temo che non ci siano dubbi. La ragazza aveva il movente e l'occasione. So che non è decisivo, ma sono nove punti su dieci. Campion, può andar lei da Mrs Lafcadio mentre io parlo con Rennie? Oh, a proposito, lei non ha visto niente, giusto? Non c'è la sua dichiarazione. Dov'era quand'è successo?»

«Nel corridoio, stavo mettendo uno scellino nel contatore».

«Ma certo!» esclamò l'ispettore amareggiato. «In tutta probabilità l'unico occhio addestrato tra i presenti, e nel momento decisivo si trovava fuori dalla sala».

Accompagnò Campion alla porta.

«Vede, quel contatore è un altro elemento» aggiunse. «Nessuno potrebbe avere orchestrato di far andar via la luce proprio in quel momento. Tutto ci indica un gesto irriflessivo, insano, sull'impulso del momento. Lavori sulla vena di follia. Vedrà che la troverà, da qualche parte».

«Può anche arrestare quella ragazza, ma non riuscirà mai a provare nulla contro di lei» disse Campion, la mano sulla maniglia.

«È questo il guaio» rispose l'ispettore. «Che non saremo in grado di condannarla, ma tutto il mondo saprà che è colpevole».

«È esattamente quello che mi preoccupa» disse Mr Campion, e uscì.

6.
La manovra

Mr Campion salì lento le scale diretto in salotto, riflettendo su quella situazione impossibile. Paventava l'incontro con la famiglia. Sapeva che Belle si sarebbe rivolta a lui in cerca di consolazione, e date le circostanze ne aveva ben poca da offrire.

L'aria fredda della calamità permeava tutta la casa. Persino l'atmosfera nell'atrio era gelida e stranamente soffocante al tempo stesso.

Gli sarebbe toccato avvertirli delle intenzioni dell'ispettore, era inevitabile, e in più c'era la questione della pazzia. Tanto più rifletteva sul suo compito tanto più la prospettiva lo scoraggiava.

Aprì la porta del salotto ed entrò.

Erano tutti lì, tranne Linda e Rosa Rosa. Belle era sulla sua poltrona accanto al fuoco, proprio come la sera prima, quando aveva chiacchierato così allegramente con Mr Campion. Ora aveva un'espressione seria, ma sul viso non c'era traccia di debolezza. Le mani erano raccolte in grembo, gli occhi abbassati sul fuoco e la bocca serrata in una piccola smorfia pietosa.

Lisa, rannicchiata su una sedia bassa di fianco a Belle, piangeva sommessamente. O così sembrava, dato che di tanto in tanto si tamponava gli occhietti neri con un voluminoso fazzoletto bianco. Sull'altro lato del caminetto donna Beatrice, l'unica a essersi cambiata d'abito, sedeva fasciata in crêpe georgette, un pendaglio d'argento alla cinta e una grossa croce d'argento attorno al collo.

Max, spazientito, percorreva la stanza a lunghi passi. Come donna Beatrice, era stato rapido a cogliere le possibili implicazioni drammatiche della faccenda, e pur senza essere lui in primo piano quel dramma gli aveva comunque dato un pizzico di soddisfazione. Se non altro sembrava che su quel piccolo palcoscenico che era la sua vita stesse accadendo qualcosa di nuovo. Si poneva anche la domanda cruciale se lo scandalo avrebbe avuto ripercussioni positive o negative sulla fama di Lafcadio.

Quando Campion entrò lo guardò con indifferenza e gli rivolse un gesto di impotenza. Se avesse detto: "È terribilmente snervante, vero? Eppure gli eventi inaspettati capitano" non avrebbe potuto esprimere il suo pensiero in modo più chiaro.

Il saluto di donna Beatrice fu più teatrale, e Campion ricordò con subitaneo compiacimento che il suo vero nome era Harriet Pickering. La donna si alzò in piedi.

«La sua aura» disse. «La sua aura... quand'è entrato sembrava una fiamma, una potente fiamma cosmica».

Lisa emise un mormorio di protesta nella propria lingua, e Belle alzò una mano per quietarla.

Donna Beatrice risprofondò nella poltrona. «In questa casa ci sono vibrazioni terribili» proseguì. «L'aria pullula di spiriti maligni che si ammassano l'uno sull'altro. Sento che mi opprimono, mi sfibrano. A te va bene, Lisa. Ti passano oltre. Io invece recepisco la coscienza superiore e so che siamo tutti in pericolo. Questo atto malvagio ha scatenato milioni di vibrazioni. Dobbiamo essere molto forti. Io devo essere molto coraggiosa».

Belle distolse a forza gli occhi dal fuoco e posò lo sguardo mite sull'altra donna. «Harriet» disse, «non gioirne».

Era il primo commento sgarbato che le avessero mai sentito pronunciare, e il rimprovero parve ancora più sferzante.

Max lasciò che un sorriso gli balenasse in viso, Lisa smise di tirar su col naso e donna Beatrice stessa fece un verso da gallina starnazzante. Poi, con deliberata, maestosa dignità si impose nuovamente.

«Belle cara, dovresti andare a stenderti. Questo fatto tremendo sta avendo un brutto effetto sui nostri nervi. In quanto anima antica io posso reggere. Probabilmente nel corso di incarnazioni precedenti ho già avuto parecchie esperienze di questo genere».

Belle, consapevole che l'isteria cronica era incurabile, la ignorò e allungò una mano verso Campion.

«Vieni a sederti, mio caro» lo invitò. «Dimmi, chi pensano di arrestare?»

Campion le scoccò un'occhiata penetrante. La sagacia della donna non mancava mai di stupirlo. Si accorse che gli occhi di tutti erano puntati su lui, in attesa di notizie. Rifletté che era l'unico loro amico, l'unico collegamento personale con quel terrorizzante organo di giustizia, la polizia.

Campion aveva affrontato molti pericoli nella sua vita, ed era uscito illeso da molte peripezie, ma in quel momento era decisamente in imbarazzo. Si schiarì la gola.

«Senta, Belle» disse, senza lasciarle la mano, «devo farle una domanda piuttosto sgradevole, ma conosce qualcuno che era al ricevimento oppure...» e qui esitò, «qualcuno della casa che è soggetto ad attacchi incontrollati di collera? Voglio dire, si sono mai verificati episodi di violenza, in passato? Non violenti a livello verbale – capisce? – insomma, qualcuno ha mai commesso un atto pericoloso?»

Qualunque fosse la risposta che si era aspettato, la reazione immediata alla sua domanda fu parecchio sorprendente. Un gemito di angoscia e terrore gli riecheggiò nell'orecchio, e Lisa, col viso cinereo, si alzò e si precipitò fuori dalla stanza incespicando. Quando la porta si spalancò vi fu una folata di aria fredda, e il piccolo scatto che fece il fermo nel chiudersi risuonò desolato nella stanza silenziosa.

«A quanto pare anche Lisa è in grado di percepire la coscienza superiore» commentò Max con voce strascicata, infastidito al punto da essere sgarbato, mentre a donna Beatrice si mozzò il respiro e la mano di Belle rafforzò la presa su quella di Mr Campion.

Donna Beatrice scrollò le spalle.

«E così è venuto fuori, alla fine. Quando ho visto le forbici ho subito pensato che avessero qualcosa di strano. Quando le ho toccate ho avvertito un che di ripugnante. Avrei dovuto immaginarlo... avrei dovuto immaginarlo!»

Campion guardò Belle. Dietro alle lenti lo sguardo era penetrante, il piglio autoritario. «Credo che dovrebbe dirmelo» la esortò. «Di cosa si tratta?»

Belle sembrava riluttante a parlare, ma donna Beatrice si intromise con foga decisamente ingenerosa.

«Alcuni anni fa» cominciò, «Lisa mi aggredì in modo del tutto ingiustificabile giù nello studio. Fu la manifestazione di una furia irrefrenabile».

«Beatrice!» Belle allungò una mano.

«Oh, che assurdità. Non si può nascondere una cosa come questa. Mr Campion ha chiesto la verità e ora l'avrà. E poi è quanto meno giusto nei confronti di noi tutti. Se hai a che fare con un'anima giovane e squilibrata, devi pur proteggerti dal punto di vista pratico».

Mr Campion ascoltava pazientemente, e persino Max aveva sospeso il suo andirivieni per fermarsi dietro la sedia di Belle, da dove osservava il viso placido di donna Beatrice ostentare un'espressione compiaciuta. La donna, ben cosciente del suo pubblico, raccontò la storia con una manierata parvenza di riluttanza che gli altri trovarono insopportabilmente irritante.

«Fu ai tempi in cui il maestro era ancora vivo» cominciò, abbassando lo sguardo come al solito nel pronunciarne il nome. «Lisa stava cominciando a perdere la propria bellezza... Mi confidò che la cosa la preoccupava, e io cercai di aiutarla parlandole della bellezza dello spirito. Naturalmente all'epoca ero inesperta, altrimenti avrei riconosciuto in lei un'anima giovane, incapace di trarre quel tipo di beneficio. Comunque, la povera donna perse le staffe e mi aggredì. Allora non ne feci un dramma, sapendo quanto il maestro ci tenesse, ma non ho mai dimenticato. Avevo sollevato le braccia per proteggermi il viso e mi ritrovai un taglio profondo quasi un centimetro di traverso su entrambi gli avambracci. Posso farle vedere la cicatrice sul braccio sinistro. Aveva cercato di sfigurarmi, capisce».

Campion la fissò stupito. La donna sembrava incapace di comprende la piena portata della sua accusa.

«Ecco a cosa stava pensando quando è corsa fuori dalla stanza» proseguì la donna. «Comprensibile, no?»

Belle sbirciò verso Mr Campion con aria ansiosa. «È successo molto tempo fa» disse. «Sono passati venticinque anni. Credevo ce lo fossimo tutti lasciato alle spalle. Ai tempi Johnnie ne fu sconvolto, e la povera Lisa se ne pentì amaramente. Che bisogno c'è di rivangare questa storia?»

Mr Campion si mostrò rassicurante. «Nessun bisogno» disse. «In fondo sono due cose diverse, no?»

Donna Beatrice puntò un lungo dito nella sua direzione. «So che dobbiamo essere indulgenti» disse. «E capisco che dobbiamo fare la cosa giusta. Ma c'è una cosa che Belle non le ha detto, una cosa a mio parere molto significativa. Sa, Lisa mi aggredì con un paio di forbici. Quella volta le aveva già in mano».

«Oh, Beatrice!» Nella voce di Belle c'era una nota di aspro rimprovero. «Come hai potuto?»

Mr Campion non restò impressionato più di tanto. Si disse che poteva benissimo immaginare quasi qualunque donna, nella situazione descritta da donna Beatrice, spingersi a chiudere quella bocca irritante con qualunque arma si fosse ritrovata tra le mani. Scosse il capo con decisione.

«No» dichiarò. «L'ispettore Oates non è particolarmente interessato a Lisa».

«Certo che no» gli fece eco donna Beatrice. «Non è interessato a nessuno, voglio sperare. È assolutamente ovvio che il povero, fuorviato Dacre si è suicidato. L'ho ben detto all'ispettore che ieri sera attorno alla testa del ragazzo c'erano collerici raggi marrone chiaro e indaco. Leggetevi quello che le autorità in materia dicono sui raggi marroni e indaco. Immagino che persino l'ispettore non oserebbe mettere in dubbio l'autorità di esperti come Kunst e Higgins. Raggi marroni e indaco significano violenza, depressione e un abbassamento del tono cosmico. Un caso lampante di suicidio. Dopo tutto, è l'unico modo indulgente di guardare alla faccenda».

«Davvero hai visto i raggi?» chiese Max puntandole addosso gli occhi scuri e irremovibili. «Saresti disposta a giurare in tribunale in qualunque momento di aver visto quei raggi di luce colorata attorno alla testa del giovane Dacre?»

Lo sguardo di donna Beatrice vacillò per un istante, ma tornò subito fermo. «Sì» rispose esasperante. «Anche ora vedo dei raggi attorno alla vostra testa. Nella tua aura c'è un eccesso di colori scuri, Max».

Lui continuò a fissarla con sconfortata irritazione. Poi si inchinò ironico.

«Mia cara signora, sei insuperabile» mormorò, e si voltò con un gesto di esagerata esasperazione.

Ma donna Beatrice non aveva problemi a rendere pan per focaccia.

«E tu smettila di fare la ruota come un pavone».

Belle sembrava ignara di quello scambio di battute. I vecchi occhi castani si erano fatti introspettivi, e le labbra si muovevano come a rimuginare. D'un tratto si rivolse a Campion.

«Mio caro» disse, «prima o poi verrò a saperlo, no? Di cosa si tratta? Di chi sospettano? Linda?»

Mr Campion strinse la mano ancora posata nella propria. «È solo un'idea strampalata che si è fatto Stanislaus» spiegò poco convinto. «Non c'è nulla di cui preoccuparsi, ti assicuro».

Belle annuì. Ma non gli stava dando retta. «Santo cielo» disse in tono infelice. «Santo cielo».

Quello sviluppo ebbe il potere di distogliere sia Max sia donna Beatrice dalla posa che avevano assunto.

«Linda?» esclamò l'"ispirazione" di Lafcadio. «Oh, che brutta cosa! Che orrore! Oh, Belle, dobbiamo fare qualcosa. Oh, che brutta cosa!»

Max affrontò Campion. Appariva meno affettato e più umano di quanto il giovane ricordasse di averlo mai visto.

«Un altro abbaglio di Scotland Yard?» domandò tagliente.

Avendo ormai toccato la nota dolente, Mr Campion andò fino in fondo. «Be', sa» disse, «c'è il movente. Certo, è assurdo, ma il fatto che Dacre avesse sposato Rosa Rosa in quel modo ha fatto pensare all'ispettore che...» Si interruppe, lasciando la frase in sospeso.

«Dacre sposato a quell'insulsa modella?» esplose donna Beatrice.

«Oh, che brutta cosa! Oh, povera Linda! Lo capisco, come dev'essersi sentita. Povera ragazza! Devo andare da lei?»

Max e Campion parvero agire come un sol uomo: balzarono su contemporaneamente, come intenzionati a trattenere la donna con l'uso della forza, se necessario.

Belle permise a un'espressione severa di insinuarsi tra le linee del viso. «Non essere sciocca, Harriet» disse. «Dobbiamo restare calmi e pensare a come agire per il meglio. Ovvio, nessuno di noi dubita dell'innocenza di quella povera figliola, ma non tutti la conoscono bene come noi. Albert, mio caro, cosa dobbiamo fare?»

Donna Beatrice cominciò a singhiozzare. Quel lezioso tirar sul col naso, forse il rumore più irritante al mondo, aumentò la tensione nella stanza, portandola a livelli insostenibili. Belle tremava. Campion la vide lottare contro le lacrime, sforzarsi di ragionare con pensieri logici.

Momentaneamente dimenticato, Max aprì bocca, e la sua parlata fin troppo affettata li fece sussultare tutti.

«Miei cari» disse, «non preoccupatevi. La faccenda è da chiarire immediatamente, e se mi permetti di usare il telefono, Belle, credo che si potrà sistemare tutto in modo soddisfacente».

Muovendosi con il solito sussiego andò all'apparecchio, una derivazione dell'atrio, si sedette e compose un numero.

I presenti lo ascoltarono come sempre si tende ad ascoltare una conversazione telefonica, quell'origliare mezzo consentito che risulta irresistibile.

«Pronto, è lei, Mrs Levy? Sono Max Fustian. Posso parlare un attimo con Isadore?» Fece una pausa e si voltò a guardarli con un sorriso rassicurante.

Campion ricordò che Isadore Levy era il gentiluomo scaltro e tarchiato che assisteva Max Fustian nella gestione dell'attività di Bond Street.

«Pronto, sei tu, mio caro ragazzo? Ascolta, ho poco tempo. Manda immediatamente Miss Fisher alla mostra di Picasso. Lei sa come la penso. Deve scrivere lei il mio articolo, questa settimana. E ora ascolta...»

E proseguì, evidentemente ignorando le domande attutite all'altro capo del filo.

«L'americano, sai chi intendo, verrà domani, probabilmente. Fagli vedere solo il Degas. È chiaro? Nient'altro, solo il Degas. Dovrai andare all'asta di Leamington Castle senza di me. La nostra offerta massima è quindicimila, non un penny di più. Basta così... non discutere».

Si fermò per ascoltare, e quando riprese a parlare – e il suo tono era così noncurante che le parole quasi non erano del tutto articolate – Campion capì che l'uomo era in preda a una terribile agitazione. «Sì» disse Max Fustian nell'apparecchio. «Sì, dovrò assentarmi. Due o tre giorni; forse di più. Cosa? Una questione importante? Sì, diciamo pure così. Immagino di sì».

Sollevò il ricevitore e guardò il gruppo sconcertato accanto al caminetto. Una volta soddisfatto dell'attenzione generale, si concentrò di nuovo sull'apparecchio. La mano gli tremava, i piccoli occhi neri danzavano qua e là.

«Amico mio, perché insisti tanto? E va bene, non lo so, quando sarò di ritorno. Diciamo che il mio rientro sarà problematico. Sì. Vedi, sto per scendere da un poliziotto lugubre che mi aspetta nella sala da pranzo dei Lafcadio».

Sollevò gli occhi e parlò per metà alla stanza e per metà nel telefono: «Sto andando a confessare un omicidio. Ecco tutto».

7

La confessione

«Perciò ha ucciso la vittima deliberatamente, Mr Fustian? D'accordo, allora spero non le spiacerà sedersi e raccontarci in modo chiaro e conciso, con parole sue, come esattamente ha agito e perché».

Nella sala che ancora riverberava dell'annuncio così eloquente e drammatico di Max Fustian, la voce dell'ispettore suonava sorprendentemente pratica. Ma, strano a dirsi, ora il dramma si era fatto più intenso, più serio, evidenziando la differenza tra vita reale e commedia, con l'agente di polizia seduto a un capo del lungo tavolo di mogano, il casco diligentemente posato davanti a sé, che respirava con affanno, in attesa, penna alla mano, pronto a scrivere sotto dettatura.

Oltre all'ispettore e al reo confesso nella stanza c'era Mr Campion, appoggiato con noncuranza alla libreria, la bionda testa china e le mani affondate nelle tasche.

La luce sembrava fastidiosamente fioca, e l'atmosfera era fredda e soffocante.

Max era eccitato, per non dire esagitato. Sulle guance olivastre spiccavano rosse chiazze febbrili, e gli occhi erano insolitamente lucidi. «Immagino, ispettore, che voglia una confessione formale. Be', è ovvio. Mi chiamo Max Nagelblatt Fustian. Ho quarantotto anni...»

«Va bene così, Mr Fustian».

Di nuovo la voce paziente e compassata dell'ispettore contrappose una nota genuina all'istrionismo di Max.

«Questo lo sappiamo già. Non riporterò nulla sul modulo finché non avremo chiarito bene i fatti. È molto importante procedere con calma, in questioni del genere. Non vogliamo commettere errori in partenza. Se si comincia in modo corretto, alla fine sarà più facile per tutti. Non vada troppo in fretta, perché il qui presente Bainbridge prenderà nota. E rifletta bene, prima di parlare. Quello che succede in seguito si basa quasi sempre sulla dichiarazione iniziale, e una parola pronunciata ora avrà più peso di una dozzina di parole pronunciate domattina. Dunque, cominciamo dal momento in cui ha deciso di uccidere quell'uomo».

Max guardò sprezzante ed esasperato il poliziotto dall'espressione grave e dalla parlata lenta. Come pubblico ammirato l'ispettore dava ben poca soddisfazione.

«Questo suo atteggiamento formale mi infastidisce» proruppe. «Non lo vede che sto cercando di aiutarla? Se non avessi deciso di farmi avanti, a quest'ora lei brancolerebbe nel buio. Ho deciso di uccidere Dacre ieri sera. Non sapevo quando né come, ma ieri sera, quando ho sentito che l'insopportabile idiota aveva sposato quella Rosa Rosa facendo un affronto a Miss Lafcadio, ho deciso che l'uomo doveva essere tolto di mezzo. Il mio movente è puramente altruistico. Sono una di quelle persone che hanno avuto il dono, o il difetto, di un'indole impicciona. Se vedo che una cosa va fatta, io la faccio».

Nel parlare si aggirava per la stanza a lunghi passi, mitragliando brevi frasi esplosive con l'arroganza spontanea di un bambino.

L'ispettore lo osservava serio; l'agente prendeva appunti senza mai alzare la testa. Mr Campion sembrava sovrappensiero.

«Non ho avuto tempo di pianificare tutto con cura. Mi è capitata l'occasione e l'ho colta al volto. Quelle forbici mi hanno affascinato fin da subito. E quando è andata via la luce ho visto l'opportunità. Il resto è molto semplice. Ho attraversato la stanza senza far rumore, ho preso le forbici e ho sferrato il colpo. Il ragazzo ha rantolato ed è crollato a terra. Avevo l'arma ancora in mano. Ho pulito gli anelli dell'impugnatura, l'ho lasciata cadere sul corpo e mi sono allontanato. È stato tutto molto semplice. Credo non ci sia altro da aggiungere. Vuole che venga direttamente con lei? All'angolo c'è un posteggio di taxi. Forse Mr Campion potrebbe essere così gentile da chiedere a Rennie di chiamarne uno».

L'ispettore grugnì. «Ogni cosa a suo tempo, Mr Fustian» disse pacato. «Deve lasciarci fare a modo nostro, capisce. Ci sono ancora un paio di cose che dobbiamo chiederle. Bainbridge, rilegga cos'ha detto Mr Fustian riguardo alla pugnalata vera e propria».

L'agente, che senza casco appariva indignitoso e incredibilmente giovane, si schiarì la gola e lesse le frasi senza punteggiatura né intonazione.

«Ho attraversato la stanza senza far rumore ho preso le forbici e ho sferrato il colpo. Il ragazzo ha brontolato ed è crollato a terra avevo l'arma ancora in mano ho pulito gli anelli dell'impugnatura e l'ho lasciata cadere sul corpo».

«Ah» disse l'ispettore. «La parola è "rantolato", Bainbridge, nella seconda frase. "Rantolato"».

«Grazie signore» ripose l'agente, e corresse gli appunti.

«Sì, bene» riprese l'ispettore, «tutto giusto, per quel che vale». Prese un lungo righello e con aria solenne lo porse all'uomo. «Ora, Mr Fustian, fingiamo che questo righello siano le forbici. Le spiace impugnarlo, per favore?»

«Ora, per cortesia, Mr Campion, le dispiacerebbe venir qui e impersonare la vittima? Dacre era seduto sul bordo del tavolo dei gioielli; vi si era appoggiato sorreggendosi parzialmente alle mani, suppongo. Le dispiace mettersi in quella stessa posizione, per cortesia, Mr Campion?»

Servizievole, Mr Campion andò da lui e si mise nella posizione indicata. Ci volle qualche istante prima che l'ispettore si dichiarasse soddisfatto, ma alla fine questi fece qualche passo indietro e tornò da Max.

«Ora, Mr Fustian, può per favore dimostrarci utilizzando il righello come esattamente ha inferto il colpo?»

«Ma questo è ridicolo... assurdo». La voce di Max era stridula per l'esasperazione. «Ho confessato. Sono qui davanti a lei, reo confesso. Che altro vuole?»

«Semplice questione di routine, signore. Vogliamo fare tutto per bene. Così alla fine ci saremo risparmiati un sacco di problemi. Ora, ci spieghi di nuovo con precisione come ha agito nell'atelier, al buio. È andato da lui. Suppongo che abbia afferrato le forbici».

Max fissava l'uomo con occhi luccicanti. Tremava per l'emozione e la furia repressa, e per un istante parve che stesse per perdere il controllo e ricorrere alla violenza fisica. Poi però riacquistò il dominio di sé, e con una superba scrollata di spalle si concesse uno dei suoi famosi sorrisi sbilenchi.

«Oh, be', d'accordo, se vuole mettersi a giocare, perché no? Guardi attentamente, le mostro com'è avvenuto l'orrendo delitto».

Afferrò il righello, sollevò il braccio sopra la testa e lo calò a pochi centimetri dal gilè di Campion.

«Ecco fatto» disse. «Semplicissimo, no? Dritto tra le costole e dentro al cuore. Un colpo ben assestato, in effetti. Ne sono piuttosto compiaciuto».

Il cenno del capo dell'ispettore fu evasivo. «Ancora una volta, per cortesia» disse.

Max ubbidì, tornando a mostrare l'iniziale sprezzante

divertimento. «Ho sollevato il braccio, così, poi l'ho calato con tutta la mia forza».

«Ha avvertito resistenza?» domandò Oates inaspettatamente.

Max inarcò le sopracciglia. «Be'... ho avvertito la leggera resistenza del tessuto del gilè, e credo di avere incontrato un osso, ma è stato tutto così rapido... temo di non avere la sua stessa mente prosaica, ispettore».

«Evidentemente no, Mr Fustian». Nel tono di Oates non c'era era traccia di acidità. «E a quel punto cos'ha fatto, dopo avere avvertito la resistenza dell'osso, intendo?»

«Ho sentito l'uomo cadere. Poi... aspetti, mi faccia pensare... poi ho pulito l'impugnatura delle forbici con il fazzoletto e le ho lasciate cadere sul corpo. Quindi mi sono allontanato. Vuole sapere altro?»

Oates rifletté. «No» rispose infine. «No, mi pare sia tutto, Mr Fustian. Spero non le spiaccia sedersi».

«Senta, è proprio necessario tirarla tanto per le lunghe?» La voce strascicata di Max stava assumendo un tono querulo. «Dopo tutto, ispettore, è parecchio snervante, per me, e vorrei finire alla svelta».

«È il desiderio di noi tutti, Mr Fustian». Il tono di Oates era di bonaria riprovazione. «D'altro canto è una faccenda seria. Le ricordo che l'omicidio è un reato da pena capitale, e come dicevo non vogliamo fare errori in partenza. Mi passi quegli appunti, Bainbridge, le spiace? Grazie. Quindi, ha attraversato la stanza al buio e ha preso le forbici. Il blackout è stato puramente accidentale, cogliendo di sorpresa tutti i presenti. Su questo punto non ci sono dubbi. Testimoni ci hanno riferito che quando la luce se n'è andata lei stava parlando con Miss Harriet Pickering a una distanza di circa cinque metri dal tavolo su cui sedeva la vittima. Abbiamo tre diverse dichiarazioni che lo comprovano. Secondo quanto lei sostiene, ha raggiunto il tavolo e ha preso le forbici. Un attimo soltanto, signore» proseguì, liquidando con un gesto l'impetuosa eccitazione di Max. «Poi ci ha detto – ci siamo concentrati particolarmente su questo punto, che lei ci ha mostrato e anche descritto – che ha alzato il braccio sopra la testa e calato l'arma, constatando la resistenza del tessuto robusto del gilè della vittima e una leggera resistenza che lei pensa sia stata causata dalle lame che cozzavano contro un osso.

«Ma questo ci porta a un altro punto. Il colpo che ha ucciso Thomas Dacre è stato un affondo dal basso verso l'alto inferto in modo estremamente scientifico. Poiché la vittima indossava un maglione di lana e non un gilè vi è stata ben poca resistenza alla lama a opera del tessuto. L'arma è entrata nel corpo appena sotto l'ultima costola e si è fatta strada dritta fin nel cuore, provocando la morte pressoché istantanea».

Max sedeva rigido e pallido, gli occhi luccicanti fissi sul viso dell'ispettore. Oates continuava a ostentare una leggera preoccupazione e un'assoluta serietà.

«Ma torniamo alla sua dichiarazione, signore. Quindi poi ha rimosso l'arma, ha pulito i manici e l'ha lasciata cadere sul corpo. Dubito di questo perché l'arma è rimasta conficcata nel corpo di Dacre finché il medico legale non l'ha estratta. E inoltre i manici non erano stati ripuliti.

«Direi che è tutto, a parte la questione del movente. Abbiamo molti omicidi all'anno, molti dei quali commessi per ragioni ovvie, alcuni per ragioni valide. L'omicida altruista è raro, e naturalmente non saprei dire quante possibilità vi siano che lei sia uno di questi finché il medico della polizia non ci avrà delucidato sulle sue condizioni mentali. Ma direi che si può evitare il fastidio di indagare in tal senso, date le circostanze. Credo non sia necessario, alla luce delle discrepanze che ho menzionato».

Max gli puntò gli occhi addosso. «Devo dedurre che si rifiuta di accettare la mia confessione?» domandò glaciale.

Prima di rispondere Oates ripiegò gli appunti dell'agente e li infilò nel taccuino. Poi sollevò lo sguardo. Gli occhi piuttosto stanchi erano bonari come sempre.

«Sì, Mr Fustian, è così».

Max non replicò, e dopo un istante di silenzio l'ispettore riprese a parlare.

«Ascolti, Mr Fustian» disse. «Penso che possa capire la nostra posizione. Dobbiamo arrivare alla verità. Indubbiamente ha fatto quel che ha fatto per le migliori ragioni al mondo. Credeva che stessimo per arrestare una giovane donna, e pensava di renderle un buon servizio. Probabilmente era convinto che stessimo per compiere uno stupido errore, e non è andato troppo per il sottile per impedirci di infliggere un'inutile sofferenza. Apprezzo le sue motivazioni e penso che sia stato un gesto generoso, in un certo senso, ma deve capire che questa è una perdita di tempo per noi e per lei stesso, e che così non ci aiuta a fare progressi.

«Oh, prima che se ne vada, vorrei dirle anche che in base alla dichiarazione resa, Miss Pickering sostiene di avere parlato con lei per tutta la durata del blackout; capisce, perciò, che il suo gesto era destinato a fallire fin dall'inizio. Buonasera. Mi spiace che sia andata così, ma lo vede anche lei come stanno le cose».

Dopo che l'ispettore ebbe finito di parlare calò il silenzio per qualche istante, poi Max si alzò lentamente e uscì dalla stanza senza proferire parola. Udirono il rapido ticchettio dei suoi passi allontanarsi lungo il corridoio.

L'ispettore rivolse un cenno all'agente, che prese il casco e uscì.

Mr Campion e l'amico si scambiarono un'occhiata.

«Una pessima recitazione» buttò lì l'uomo più giovane.

L'ispettore grugnì. «Tipi così ne incontriamo tanti» rispose. «E a me non piacciono. Esibizionisti, si chiamano così, no? Per cui ci ritroviamo ancora al punto di partenza. Non vedo come possa uscire qualcosa di buono, da tutto questo. Darò alla ragazza altre ventiquattr'ore, nel caso salti fuori qualcosa. Ora sarà meglio che torni a fare rapporto. Proprio una bella cosa da capitare, di domenica pomeriggio!»

Mr Campion si accese una sigaretta. «La faccenda è incomprensibile» commentò. «Come dice anche lei, l'unica persona al mondo che potrebbe aver avuto un valido motivo per uccidere una persona insignificante come quel Dacre è la ragazza, ma le assicuro che è innocente. Ci scommetterei fino all'ultimo scellino».

«Certo» aggiunse speranzoso, «potrebbe essere stato tutto un incidente. Cioè, esiste pur sempre la possibilità che Dacre non fosse l'uomo che l'assassino intendeva uccidere. Dopo tutto c'è un elemento di aleatorietà, in tutta la faccenda; il colpo sferrato al buio, l'avere centrato esattamente il cuore, cose del genere».

«È un bell'enigma» commentò l'ispettore sconsolato. «Me lo sono sentito subito, appena è suonato il telefono oggi pomeriggio».

Parlava da spiritato, e come se credesse alle premonizioni. Batté qualche colpetto sui documenti sotto mano.

«A giudicare da queste dichiarazioni si direbbe che siamo sbarcati in un manicomio. Di tutte quante le deposizioni solo due o tre sono sensate. Quella donna, la Potter, mi sembra una con la testa a posto. Mentre il marito è la persona più vaga della terra. Sa, Campion, a volte mi chiedo come alcuni di questi individui riescano a sopravvivere. Sa Dio se non è già abbastanza difficile sbarcare il lunario quando si hanno tutte le rotelle a posto. Ma questi tizi non muoiono. Qualcuno veglia su di loro».

Campion accompagnò l'ispettore alla porta d'ingresso; mentre attraversavano l'atrio l'oggetto delle cupe congetture di Oates si affacciò sull'uscio della sala da pranzo per parlare con loro.

Sul viso rosso di Mr Potter campeggiava un'espressione ancora più infelice del solito, e gli occhi erano spaventati.

«Oh, sentite, vorrei tornare nel mio studio» disse. «Mi sembra inutile restare qui. È tutto quanto mai triste e assurdo, certo, ma noi dobbiamo vivere. Voglio dire, la vita deve pur continuare, no? Qui non sono di nessuna utilità».

Parlava restando sulla soglia della sala da pranzo; durante quel discorsetto si era lanciato un paio di volte un'occhiata apprensiva alle spalle, dentro la stanza. Era così visibilmente allarmato e preoccupato che d'istinto i due uomini ne seguirono lo sguardo.

Ciò che videro giunse loro completamente inaspettato. Distesi sul tappeto davanti al focolare, e ritagliati nella visuale permessa dall'angolazione della porta aperta, c'erano un paio di piedi calzati da comode scarpe marroni.

L'ispettore entrò nella stanza liquidando gli esitanti e inefficaci tentativi di protesta di Mr Potter.

«È tutto a posto, Mr Potter» rispose. «Non vedo motivo per cui non dovrebbe tornare al suo studio, ora. Tanto si trova qui in giardino, no?

«Sì, sì, d'accordo». Mr Potter stava ancora facendo il suo balletto davanti al poliziotto nel tentativo di schermare la persona a terra.

Ma i suoi sforzi furono del tutto vani, e Campion, che aveva seguito Oates, si ritrovò a fissare Mrs Potter che giaceva a terra supina, il viso paonazzo e i lucidi capelli scompigliati. Aveva il respiro rantolante, gli occhi chiusi.

Mr Potter rinunciò a qualunque altro tentativo di nasconderla accennando una piccola, patetica scrollata di spalle; quindi, quando il silenzio divenne insostenibile, disse in tono di scuse: «È mia moglie. Vede, non ha retto allo choc. È parecchio emotiva. A volte queste donne energiche lo sono».

«Sarà meglio che la metta a letto» disse l'ispettore in tono distaccato. «Ce la fa?»

«Oh, sì, sì. Non è niente». Mr Potter li stava già indirizzando alla porta. «Buonanotte».

«Buonanotte» disse Oates. «Sta uscendo anche lei, Campion?»

Mentre scendevano i gradini dell'ingresso diretti in strada, l'uomo più anziano lanciò un'occhiata all'amico.

«Ha visto?» chiese. «Bizzarro, vero? Mi domando cosa ci sia sotto».

Sul viso amichevole dell'uomo più giovane c'era un'espressione leggermente perplessa.

«Non mi sono avvicinato troppo» spiegò, «ma ho avuto l'impressione che fosse...»

«Oh, era ubriaca, non ci piove» concluse Oates. «Non ha visto la boccia sul buffet? Deve averne buttato giù un bicchiere pieno fino all'orlo, per ridursi in quello stato. Sa, alcuni lo fanno. È come se si drogassero. Perché mai, mi chiedo? Cos'ha in mente, a cosa non vuole pensare? C'è qualcosa che non mi torna, in tutto questo, Campion. Sì, è una faccenda ben strana».

8.
Piccole cose

La vicenda di Little Venice avrebbe potuto trascinarsi fino a diventare un argomento tabù a Scotland Yard e un trito scandalo a Bayswater, non fosse stato per la conversazione che l'uomo dalla faccia severa del ministero degli Esteri ebbe con il suo dipartimento.

In quei giorni pieni di riunioni, i dettami della diplomazia erano tenuti in grande considerazione, e così il ministro dell'Interno prese provvedimenti e la stampa si disinteressò all'omicidio. Dopo un'indagine discreta vi fu un funerale tranquillo, e le spoglie di Thomas Dacre furono deposte nel cimitero di Willesden senza ulteriori attenzioni da parte della polizia.

Il nucleo famigliare di Lafcadio si tranquillizzò, e avrebbe potuto non emergere mai più dall'isolamento se non fosse stato per l'impressionante e del tutto inaspettata tragedia del secondo omicidio.

Dopo circa tre settimane dalla morte di Dacre, quando l'ispettore Oates aveva ormai smesso di sospirare di sollievo per l'intervento dei poteri superiori, Mr Campion, ricevette la visita di Linda nel suo appartamento di Bottle Street.

Irruppe in casa, il cappotto aderente alla figura giovane e snella. Aveva un'aria moderna e distinta, e per l'ennesima volta Campion notò la somiglianza con l'impetuoso

Lafcadio. La ragazza aveva la stessa leggera aura di ribellione, la stessa nonchalance, la stessa evidente consapevo-
lezza di essere una persona privilegiata.

Non era sola. Con lei c'era un giovane della sua età.
Campion lo trovò simpatico ancor prima che gli fosse presentato. Non era molto diverso dalla ragazza: costituzione
forte ma longilinea, spalle larghe e fianchi stretti, capelli
scoloriti, naso grosso e importante e occhi azzurri timidi e
danzanti.

Parve felice di conoscere Campion, e tributò alla stanza
un'occhiata di aperta approvazione, come quella di un
bambino in cerca di amicizia.

«Lui è Matt D'Urfey» disse Linda. «Condivideva lo
studio con Tommy».

«Ma sì, certo. Devo aver visto da qualche parte i suoi
disegni a penna, giusto?» disse Campion rivolgendosi al
visitatore.

«Molto probabile» rispose D'Urfey senza traccia di
orgoglio. «Devo pur vivere. Ehi, che bell'appartamento».

Attraversò la stanza e osservò un piccolo Cameron
sopra lo scaffale dei libri, lasciando a Linda il compito di
portare avanti la conversazione. Cosa che la ragazza non
esitò a fare, affrontando la questione che le stava a cuore
senza giri di parole, come sempre.

«Ascolta, Albert» disse, «riguarda Tommy. Sta succedendo qualcosa di molto strano».

Campion le scoccò un'occhiata penetrante, gli occhi
chiari improvvisamente seri dietro le lenti.

«Di nuovo?» chiese, aggiungendo: «Intendo dire, è successo qualcos'altro?»

«Be', credo proprio di sì». Dalla voce di Linda trapela-
va ancora una traccia della vecchia spavalderia. «Smi-
nuisci pure tutta la faccenda, se ti va, ma dai fatti non si
scappa. Per questo ho portato Matt con me. Voglio dire,

guardalo, ti sembra una persona che si immagina le cose?»

Il destinatario di quel complimento piuttosto dubbio sorrise deliziato, gettò loro un'occhiata voltandosi appena, quindi tornò a concentrarsi sull'acquaforte, che evidentemente gli piaceva molto.

«Mia cara ragazza» fece Campion in tono tranquillizzante, «devo ancora sentirli, i fatti. Cosa succede?»

«Non ci sono dei fatti veri e propri. È questo a mandarmi in bestia».

D'un tratto, sopra gli zigomi pronunciati i grandi occhi grigio-azzurri si velarono di lacrime impotenti.

Campion sedette. «Perché non racconti tutto al tuo amico segugio?» suggerì.

«È quello che voglio fare. Per questo sono venuta qui. Albert, chiunque abbia ucciso Tommy non si è accontentato di portargli via la vita. Lo sta anche cancellando, ecco».

Campion aveva un temperamento mite e gentile, ed era dotato di infinita pazienza. Un po' alla volta riuscì a calmare la ragazza e a farsi raccontare tutta la bizzarra storia.

«I primi a sparire sono stati i disegni di Tommy che ti ho fatto vedere il giorno dell'esposizione» spiegò. «Te li ricordi? Erano nello studio, dentro la credenza. Dodici, forse quattordici. Schizzi, perlopiù, ma li avevo tenuti perché erano davvero buoni. La scorsa settimana sono andata a prenderli, volevo allestire una piccola esposizione dei lavori di Tommy da qualche parte, niente di ambizioso, giusto qualcosina di suo in una piccola galleria. Non volevo che lui sparisse completamente; capisci, perché lui... lui... aveva qualcosa, non credi?»

La sua voce, mai particolarmente ferma, minacciò di incrinarsi, ma la ragazza riprese il controllo di sé e proseguì determinata: «Innanzitutto ho scoperto che i disegni non c'erano più. Ho messo a soqquadro la stanza, ho cercato in lungo e in largo, ma niente, erano svaniti nel nulla.

Tutti insieme, come non fossero mai esistiti. Inoltre, naturalmente, non sono riuscita a trovare una galleria».

Si fermò e osservò Campion con espressione grave.

«Ci credi che in tutta Londra non c'è neppure una piccola galleria in cui poter esporre le opere di Tommy? E non si può dire che non sia un buon periodo, o che manchi il denaro. È una cospirazione, Albert, un misero, meschino tentativo di cancellare per sempre Tommy dalla memoria collettiva».

Mr Campion parve a disagio. «Mia cara ragazza» disse infine, «non pensi che... be', che le sventurate circostanze della morte del giovane Dacre possano averci qualcosa a che fare? I galleristi non sono certo rinomati per il loro tatto, ma non credi che forse vogliono evitare di esporsi alle accuse di sensazionalismo? Perché non lasciare le cose come stanno per un anno o due dopodiché presentarlo al mondo libero da sgradevoli associazioni?»

La ragazza alzò le spalle. «Forse» rispose. «È la stessa cosa che dice quella bestiolina di Max. E comunque questo è solo una parte della storia. Perché vedi, Albert, non sono scomparsi solo i disegni. Sono sparite tutte le sue opere, tutto quello che ha fatto nella vita. Qualcuno lo odia al punto da voler cancellare ogni sua traccia su questa terra».

Matt, completata l'osservazione delle pareti, tornò a passo indolente al fianco di Linda.

«Mi è parso piuttosto strano che qualcuno abbia voluto svaligiare il nostro studio» commentò. «Voglio dire, cosa possedeva Tommy? Niente, solo i colori e una camicia di scorta. Di mio non è stato toccato nulla. Grazie al cielo!» aggiunse poco altruisticamente.

«Furto con effrazione?» domandò Campion.

«Buon Dio, sì. Non gliel'ha detto Linda? Credevo fossimo venuti per questo». D'Urfey sembrava sbalordito.

«L'altro ieri sera, mentre ero al Fitzroy, qualche pazzoide è entrato da noi e ha portato via tutto quello che apparteneva a Tommy. I suoi vestiti, una o due vecchie tele, tutti i colori, i pennelli, gli altri suoi arnesi. Piuttosto strano, non crede? In un certo senso mi ha fatto comodo liberarmi di quella roba – sa com'è, il ciarpame altrui – ma mi è sembrato talmente strano che ne ho parlato con Linda, e visto che tutta la roba di quel povero ragazzo si sta volatilizzando Linda ha pensato di venire da lei».

Mr Campion ascoltò con interesse quell'annuncio alquanto sorprendente.

«Quando dice che tutta la sua roba si sta volatilizzando, che cosa intende di preciso?» volle sapere.

«Esattamente questo». Fu Linda a rispondere. «Seigals, in Duke Street, aveva alcuni suoi disegni, e subito dopo la sua morte li ha esposti nella piccola teca a sinistra dell'ingresso. Sai, hanno poco spazio in vetrina. Ebbene, è stata portata via l'intera teca, rubata, deve essere successo durante l'ora di pranzo, quando la via era quasi deserta. Nessuno ha visto niente. Poi c'era il materiale nello studio di Firenze. Qualcuno ha comprato l'intero lotto a nemmeno ventiquattr'ore dalla sua morte. Ho scritto loro la settimana scorsa e ieri ho ricevuto la risposta».

Parve esitare, poi proseguì impacciata.

«Era parecchio in arretrato con l'affitto, per cui il proprietario è stato ben contento di accettare la prima offerta arrivata per tutta la roba che Tommy aveva lasciato lì. A quanto pare non conoscono l'acquirente. Ho telegrafato per avere altri dettagli, ma non mi hanno ancora risposto».

Campion sedette sul bracciolo della poltrona, le lunghe gambe magre distese davanti a sé. «È davvero strano» disse. «Riguardo a... be', all'effrazione ai vostri locali. Mi state dicendo che è stata portata via solo ed esclusivamente la roba di Dacre?»

«Oh, be', si sono presi anche un mio vecchio grembiule» buttò lì D'Urfey, «ma tutto il resto era roba sua. E non è stato molto difficile» proseguì schietto. «Dacre era un tipo ordinato, e per giunta era appena rientrato dal suo viaggio, per cui gran parte delle cose erano impilate in un angolo dello studio, quasi tutte ancora imballate. Quello che mi è parso strano» proseguì, evidentemente lanciandosi in un discorso più lungo di quanto non fosse abituato a fare, «è perché qualcuno abbia voluto entrarci, nello studio. È facilissimo, volendo. Ma perché prendersi la briga?»

«Dove si trova lo studio?» chiese Mr Campion.

«Christian Street. Quella che sbuca contromano in Shaftesbury Avenue» rispose prontamente D'Urfey. «La viuzza maleodorante sulla destra, di fronte al Prince's Theatre e parallela a Drury Lane. Si tratta di due stanze all'ultimo piano dell'edificio dove c'è il rigattiere. Ora che si arriva in cima la puzza non la senti più, oppure ti ci sei fatto il naso, non l'ho mai capito bene» aggiunse con sincerità. «Non è male. Niente servizi igienici ma in posizione centrale, cose così. Chiunque potrebbe entrare e portare via tutto in qualunque momento, naturalmente, ma nessuno l'ha mai fatto. Perché dovrebbe?»

«Immagino nessuno abbia visto salire uno sconosciuto? Gli inquilini dei piani sotto, per esempio?»

«No. Mrs Stiff abita al piano sotto. Fa la fioraia a Piccadilly, ed è stata fuori tutta la sera. Il rigattiere chiude alle cinque, e dopo le otto in tutta la zona è buio pesto. Non ci teniamo troppo ai lampioni, nel nostro quartiere – i ragazzini li rompono – perciò avrebbe potuto entrare chiunque. Non che importi molto, però è strano, non trova?»

Mr Campion si mise a riflettere. Linda lo fissava con espressione grave, ma lo sguardo danzante di Mr D'Urfey si era già spostato su una stampa Currier & Ives che lo aveva colpito; il ragazzo si allontanò per studiarla da vicino.

Campion pose una domanda delicata.

«C'è la moglie di Dacre» azzardò infine. «Non potrebbe aver pensato che ora fosse tutto di sua proprietà?»

«Moglie?» Matt si distolse a malavoglia dalla stampa. «Oh, Rosa Rosa. Me ne ero dimenticato. Sì, abbiamo pensato subito a lei. Sono andato a parlarle, ma non ne sa niente. Anzi, è infuriata per la sparizione del baule di Tommy. A quanto pare c'erano dentro un paio di bustini che lui si rifiutava di farle indossare. Lei ci teneva particolarmente. È parecchio ottusa, sa, ma in base a quanto ho capito quegli oggetti erano dei cimeli, per lei. Tu hai capito quello che ha detto, Linda?»

«Non è stata Rosa Rosa a portare via la roba di Tommy». La ragazza parlò con la tranquilla convinzione che stronca sul nascere qualunque obiezione. Per qualche istante cadde il silenzio. «Non so perché sono venuta da te, Albert. Non lo so cosa mi aspetto che tu faccia» aggiunse all'improvviso. «Ma sta succedendo qualcosa di strano; qualcosa che mi sfugge».

Le mani brune e forti svolazzarono in un gesto bizzarro e impotente.

«Sai, non mi capacito all'idea che a questo mondo non esista più qualcosa che gli sia appartenuto su cui io possa mettere le mani... non un frammento di disegno, neppure un pennello».

Campion si alzò e le diede qualche colpetto sulla spalla.

«Se è per questo sappi che sono in grado di fare qualcosa» dichiarò con una punta di soddisfazione nella voce. «Nella camera qui accanto ho un suo disegno. Puoi tenerlo, se vuoi».

Uscì svelto dalla stanza per tornare quasi immediatamente con un pacco grosso e piatto avvolto in carta marrone, che posò sullo scrittoio.

«Temo di dover confessare anch'io un acquisto interessato» spiegò mentre tagliava lo spago. «Ho telefonato a Max Fustian in ufficio il giorno dopo... ecco... dopo l'esposizione, e gli ho detto che avevo visto dei lavori di Dacre e ne ero rimasto colpito. Immagino sia andato da Seigals, perché quando l'ho raggiunto alla galleria me ne ha fatti vedere una mezza dozzina. Ne ho acquistato uno, e dato che quel pomeriggio dovevo partire per Parigi, l'hanno tenuto loro e me l'hanno consegnato ieri. Non l'ho ancora aperto. Lo trovo straordinario. È una testa di ragazzo, un ragazzo spagnolo, credo». Detto questo fece scivolare indietro la carta marrone, che rivelò al di sotto il compensato dell'imballaggio.

«Ecco qui» proseguì, sollevando l'involucro e togliendo gli strati di carta velina, «già incorniciato e tutto...»

La voce gli venne meno, e la ragazza si lasciò sfuggire un'esclamazione allarmata: la cornice, intatta, era vuota, e per quanto continuassero a cercare all'interno del pacco, della *Testa di ragazzo* di Thomas Dacre non c'era traccia.

9.
L'arte della vendita

«Mio caro signore, ma è incredibile! Assolutamente incredibile!»

Max Fustian camminava avanti e indietro sul lussuoso tappeto che rivestiva il pavimento della sala principale della piccola, squisita galleria, offrendo quell'opinione con una profusione di gesti.

Quando aveva rilevato la Salmon Gallery di Bond Street l'aveva fatta rinnovare, e ora rendeva giusto onore al suo gusto e fiuto per gli affari. A eccezione di qualche quadro abilmente esposto, la mercanzia era tenuta discretamente in secondo piano; un visitatore sprovveduto avrebbe potuto credere di essersi inavvertitamente intrufolato nell'abitazione privata di un personaggio favolosamente ricco, dal gusto così elegante e raffinato da avere quasi raggiunto il punto di negazione.

Le pareti insonorizzate tenevano fuori i rumori della strada, e in quell'atmosfera attutita comune alle gallerie d'arte, alle cattedrali e alle banche la melodiosa pronuncia strascicata di Max sembrava meno fuori luogo di quanto non fosse nel salotto di Belle.

Mr Campion si appoggiò al bastone e osservò l'uomo con interesse. «Be', ho pensato di informarla, sa» disse quasi in tono di scusa; gli pareva infatti un sacrilegio menzionare una cosa così volgare come il contenuto di un pacco avvolto in carta marrone in un'atmosfera così rarefatta.

«Naturalmente, mio caro Campion». Max era maestosamente condiscendente. «Ho mandato a chiamare il commesso che l'ha imballato. Niente disegno nella cornice, ha detto? Ma è incredibile. Del resto stanno accadendo cose straordinarie, in relazione alla morte di quel povero ragazzo; le cose più assurde. Io stesso ho avuto un'esperienza sbalorditiva. Ora gliela racconto. Se ha visto Linda – povera figliola, com'è decorativa nel suo lutto! – sarà al corrente di quel che è successo da Seigals alla teca con i disegni. In effetti fino a questa mattina credevo che lei, Mr Campion, fosse l'ultima persona a Londra, forse in tutto il mondo, a possedere un'opera di Dacre».

Con movenze da ballerino classico si tuffò su uno scrigno d'acciaio mirabilmente cesellato, unico oggetto su un tavolo di noce squisitamente istoriato che condivideva con due sedie William e Mary il privilegio di essere il solo mobilio presente nella sala.

Mr Campion rifiutò una sigaretta egiziana dall'aspetto strano e sgradevole, e probabilmente costosissima.

«Allora lei è d'accordo con Linda, qualcuno sta cercando di cancellare dalla faccia della terra il lavoro di Dacre?» domandò.

Max inarcò le sopracciglia e allargò le mani bianche e affusolate.

«Chi può dirlo?» commentò. «Sa, Campion, nulla è impossibile. Personalmente non me ne preoccuperei. Dacre aveva del talento, già, ma chi non ne ha, oggigiorno? Era uno tra mille... tra mille. Il talento non basta, Campion. I moderni estimatori pretendono il genio. Povero Dacre! Povero, mediocre Dacre. Solo la morte l'ha reso interessante».

Mr Campion sorrise. «Una caratteristica che condivide con molti altri pittori» commentò.

I vivaci occhietti neri dell'altro guizzarono per un istante. «Che sublime verità» disse. «Ma dovremmo essere grati a Dacre che almeno la sua morte sia stata autenticamente interessante. E tutte le sue opere volatilizzate in questo modo... che cosa romantica. Anche la mia esperienza è stata interessante. Sa, non ero un estimatore dell'arte di Dacre, ma c'era una cosuccia – era solo lo studio di una mano – una cosuccia di nessun valore, ma mi piaceva. C'era qualcosa nel tocco... qualcosa di... come dire? illuminato, capisce? L'avevo fatta incorniciare in modo molto grazioso. Una mia nuova idea; la cornice era di pietra scolpita. Si abbina ottimamente a certi disegni a matita. I grigi armonizzano. L'ho appesa in sala da pranzo, sopra una deliziosa madia di epoca Stuart.

Fece una pausa, e dal suo atteggiamento Campion capì che stava visualizzando una scena piacevole.

«Era un mio vezzo» proseguì, sommamente ignaro di qualunque impressione che non fosse quella da lui voluta, «tenere una rosa di un determinato colore in un vasetto di peltro a sinistra del quadro. Creava un piacevole insieme, spezzava le linee, era appagante. L'altra notte, quando sono tornato all'appartamento, mi sono accorto immediatamente che qualcuno era stato lì. Sa, dettagli di poco conto. Una sedia non perfettamente allineata, un cuscino all'estremità sbagliata del divano. Piccoli dettagli che offendono l'occhio. Per quanto niente fosse effettivamente in disordine, capisce. Ho subito immaginato che qualcuno si era intrufolato in casa, e mi sono precipitato in camera mia.

«Lì, stessa storia. Giusto qualcosina fuori posto. La cosa mi è saltata all'occhio nel momento in cui sono entrato in sala da pranzo. Il vasetto di peltro con la rosa era stato posizionato proprio sotto il quadro. Mi precipitai in quel punto e vidi la cornice vuota. Il disegno era stato rimosso con grande abilità.

«Con lei, Campion, non ho problemi ad ammettere che all'inizio ho sospettato di Linda, per quanto non avessi idea di come avesse fatto a intrufolarsi nell'appartamento. Ma dopo essere andato da lei e averle parlato mi sono reso conto che non ne sapeva nulla, e che era sconcertata quanto me. È una storia totalmente assurda, non trova?»

«E il disegno non c'era più?» chiese Mr Campion, apparentemente colpito da improvvisa stupidità.

«Sparito». Max agitò le mani nell'aria. «Volatilizzato. Assurdo, no?»

«Sbalorditivo» disse Mr Campion schietto.

La conversazione fu interrotta dall'arrivo di un ragazzotto dalla carnagione giallastra e dall'aria piuttosto impaurita che sembrava essersi travestito con uno dei completi di Max.

«Ecco Mr Green, è lui che si occupa di imballare i nostri quadri» disse Max con l'aria di chi sta presentando una creatura rara e privilegiata. «Ha saputo del nostro inconveniente, Mr Green?»

Il giovane parve sconcertato. «Proprio non capisco, Mr Fustian. Il disegno era al suo posto, quando l'ho imballato».

«È sicuro che fosse lì?» Max puntò sul giovane gli occhi piccoli e lucenti.

«Lì, signore? Dove, signore?»

«Voglio dire» specificò Max con gentile insistenza, «voglio dire, mio caro Mr Green, è sicuro che c'era un disegno nella cornice che lei ha imballato con tanta cura e poi spedito a Mr Campion?»

Le guance giallastre del ragazzo si imporporarono. «Certo che sì, signore. Non sono mica stupido. Cioè, sì sono certo che c'era, Mr Fustian».

«Ecco qua, Campion». Max si rivolse al visitatore con il gesto di un illusionista che solleva il drappo nero.

Ora fu Campion a rivolgersi al ragazzo.

«Cos'è successo al pacco dopo che l'ha imballato? L'ha subito spedito?»

«No, signore. Sapevamo che lei non voleva la consegna immediata, perciò è rimasto per una settimana sulla rastrelliera al piano inferiore, nella stanza dove facciamo il tè».

«La stanza dove fate il tè, Mr Green?» domandò Max glaciale.

Il ragazzo che, Campion decise, non poteva avere più di quattordici anni, si dimenò penosamente. «Be', la stanza dove ci laviamo le mani, signore» mormorò.

«Nello spogliatoio del personale?» chiese Max con freddo stupore. «Il bel disegno di Mr Campion è rimasto sulla rastrelliera nello spogliatoio del personale per una settimana? Dev'essersi sicuramente trattato di un errore, Mr Green».

«Be', da qualche parte doveva pur stare» rispose lo sventurato Mr Green, spinto alla ribellione da quel misto di ingiustizia e incomprensibilità.

«Capisco» rispose Max glaciale. «Per cui in qualunque momento della settimana chiunque potrebbe aver messo mano al bel disegno di Mr Campion. È tutto, Mr Green».

Mr Green si allontanò con aria sconsolata, e Max si rivolse a Mr Campion con un gesto dolente.

«Il personale!» esclamò. «Ah, il personale!»

Mr Campion sorrise educatamente, ma gli occhi chiari dietro le lenti erano pensierosi. Tutto considerato, quel nuovo sviluppo dell'omicidio a Little Venice era decisamente sconcertante. All'inizio era stato propenso a sospettare che Linda soffrisse di fantasie morbose. Dopodiché gli era balenato il pensiero che vi fosse dietro una speculazione per il rialzo dei prezzi. Ma per quanto vi fossero collezionisti disposti a comprare tutte le opere di un pittore morto tragicamente, ben pochi sarebbero stati disposti a commettere un furto con scasso per appropriarsi di indumenti smessi.

D'altro canto, visto nel suo ambiente, Max sembrava un personaggio più plausibile di quanto non fosse apparso a casa Lafcadio. La sua conversazione decisamente fuori dagli schemi appariva meno bizzarra, lì nella galleria.

Mr Campion, che aveva abbastanza acume da saper studiare gli uomini ma non si considerava un intenditore del genere umano, cominciò a guardarlo con nuovo interesse. L'ispettore, si disse, non gli aveva reso giustizia.

Fu a quel punto delle sue riflessioni che Mr Isadore Levy, pingue e intelligente, si avvicinò a Max con urgenza per mormorargli qualcosa all'orecchio.

Campion vide gli occhietti neri illuminarsi.

«È arrivato?» chiese Max. «Sono subito da te».

Mr Campion si affrettò a congedarsi. Negli ultimi istanti aveva avvertito nella galleria un'eccitazione repressa, l'avvicinarsi di un evento importante.

«Tornerò più tardi» disse. «O forse le andrebbe di telefonarmi?»

«Mio caro signore, non se ne vada». Il tono di Max era chiaramente sincero. «C'è un cliente». Abbassò la voce. «Sir Edgar Berwick... sì, il parlamentare. Si pregia di essere un'autorità in materia d'arte fiamminga».

Fece scivolare il braccio sotto quello di Campion e lo condusse al capo opposto della stanza, lontano dalla porta, parlandogli in tono sommesso.

«È piuttosto divertente. Desidera fare una donazione alla galleria d'arte della sua zona, e io ritengo di avere qualcosa che gli interessa. Venga, deve ascoltare. Fa parte della sua formazione. Insisto. Inoltre» aggiunse con improvvisa ingenuità, «do il meglio di me, quando ho un pubblico. Lei si interessa di psicologia, no? Lo troverà un caso di studio interessante».

Quando seguì Max nel locale più piccolo, che completava l'area espositiva della galleria, Campion si rese immediatamente conto che l'arte della vendita era già in atto. La stanza alta e stretta, con l'illuminazione a soffitto e la *boiserie* di pino grezzo, era stata preparata per l'occasione. Il dipinto era stato posto su un cavalletto in fondo alla sala, e l'unica altra nota di colore era costituita da una lunga tenda di velluto drappeggiata ad arte davanti a una seconda porta. Per fortunata combinazione, o ingegnoso intento, il vivido azzurro del quadro era richiamato dal tendaggio. L'effetto era molto piacevole.

Quando Mr Campion entrò dietro a Max senza dare nell'occhio, sir Edgar era già davanti al quadro, il capo grigio chino.

Era un uomo avanti negli anni, grosso e dall'aspetto molto distinto. La carnagione era rosea, la naturale espressione battagliera. Al momento emanava un'aria di importanza e di grande saggezza. E sembrava esserne consapevole.

Simulando interesse per un gruppo di incisioni del primo periodo tedesco, Mr Campion ebbe modo di osservare i saluti. Pensò che Max fosse magnifico. Era andato incontro a quel cliente un po' pomposo con la giusta dose di deferenza e cordialità, e ora gli stava al fianco in silenzio, osservando il quadro con una sorta di cosciente soddisfazione, manifestamente consapevole di guardarlo in qualità di conoscitore e non di un qualunque osservatore.

Prima che cominciasse il colloquio, sir Edgar restò assorto in contemplazione così a lungo che Mr Campion ebbe modo di dare un'occhiata non solo a quel quadro ma anche a tutti gli altri nella galleria.

Pur inesperto di dipinti a olio, constatò che l'opera era un interno fiammingo in stile Jan Steen. Raffigurava un rinfresco di battesimo in una sala linda e accogliente in cui si stavano svolgendo una serie di scenette. Tolta una brutta screpolatura che attraversava un angolo, il dipinto sembrava in buone condizioni.

Finalmente, quando Mr Campion ebbe terminato il giro della galleria, ritrovandosi di nuovo alle stampe a colori, sir Edgar si riscosse e si voltò verso Max.

«Interessante» si pronunciò. «Molto interessante».

Max sembrò emergere da una trance. Distolse a fatica lo sguardo dalla tela e permise a un leggero, enigmatico sorriso di attraversargli il viso.

«Sì» disse con voce sommessa. «Sì».

Dopo quell'approccio alla contrattazione così magnificamente conciso, cadde di nuovo il silenzio. Sir Edgar si accovacciò sugli augusti talloni e osservò con una piccola lente la tessitura del pigmento nella parte inferiore della tela.

Poco dopo si alzò in piedi e chiese in tono brusco: «È possibile toglierla dalla cornice?»

«Certo». Max alzò una mano, e come per magia apparvero due assistenti con il grembiule di panno verde, uno di loro l'onnipresente Mr Green; questi tolsero l'antica, preziosa cornice, e il dipinto, ora dall'aspetto sorprendentemente meno importante, si offrì nudo all'ispezione della lente di sir Edgar.

Seguì un minuzioso esame della tela, davanti e dietro, punteggiato da lievi grugniti e sussurrati tecnicismi da parte dei due contendenti.

Poco dopo la cornice fu rimessa a posto, e i due ripresero la precedente posizione di fronte al cavalletto, sir Edgar, ora di un rosa un po' più acceso e appena scompigliato dallo sforzo fisico, Max più che mai enigmatico e tranquillo.

«Niente firma né data» commentò l'amatore.

«No» disse Max. «Solo prove interne».

«Naturale» convenne rapidamente l'altro. «Naturale».

Cadde di nuovo il silenzio.

«Nel catalogo delle opere di Steen non è menzionata quest'opera di un battesimo» azzardò infine sir Edgar.

Max fece spallucce. «In tal caso il dubbio non avrebbe ragion d'essere» rispose con una breve risata.

Sir Edgar gli fece eco. «Certo» convenne. «Il periodo è senz'ombra di dubbio quello giusto».

Max annuì. «Abbiamo solo il dipinto, su cui basarci» disse, «ed è naturale che sorgano parecchi dubbi. Vi sono però alcuni piccoli tocchi che lei, in qualità di esperto, non può non riconoscere, sir Edgar: la bizzarra tela a trama trasversale, la figura seduta in primo piano. Tutto tipico di Steen. Interessante come quegli uomini ci tenessero a inserire il loro autoritratto.

«Naturalmente» proseguì Max con una scrollata di spalle, «non ne so più di lei. Come ho detto, mi è arrivato tra le mani in modo del tutto ortodosso. L'ho acquistato da Theobald, a gennaio. L'ho pagato millequattrocentocinquanta sterline. L'ho comprato dopo averlo esaminato attentamente, capisce, basandomi sul mio solo giudizio. Non sono in grado di stabilire se sia un autentico Steen. Non so. Sarei incline a optare per il no. In fondo colpi di fortuna del genere non capitano più, oggigiorno. Non a me, in ogni caso. Nella stessa asta uno Steen firmato è stato venduto per duemilasettecento sterline, e A.T. Johnson, l'acquirente del quadro, mi ha costretto a rilanciare fino a millequattrocentocinquanta, per averlo. Ma naturalmente» proseguì con un gesto improvviso inteso a liquidare un argomento di così poco conto come il denaro, «la cosa che conta è il dipinto in sé. Questo gruppetto, per esempio» e le lunghe dita descrissero un cerchio in aria, «qui c'è spirito, c'è letizia. C'è qualcosa di indescrivibile. Non l'ha notato?»

«Oh, altroché». Sir Edgar era chiaramente impressionato. «Altroché. Anzi, rispetto a lei, Fustian, sarei propenso a spingermi un passo più in là. Lei è sempre stato troppo prudente. Il disegno del bambino, quel pezzetto di panneggio, mi fanno pensare a Steen».

«Sì» convenne Max con noncuranza. «Sì. Oppure a un allievo».

«Un allievo?» Sir Edgar rifletté su quella eventualità e scosse il capo. «Del resto» proseguì, pensando forse di essersi spinto troppo in là, «come lei dice, non possiamo esserne certi».

«No» rispose Max. «Nel primo catalogo si fa menzione di un dipinto intitolato *Il primo compleanno*». Se il bambino fosse più grande... invece no. Anche ipotizzando che i primi cronisti non siano stati troppo accurati, presumo che la scoperta di un nuovo reperto con quel nome metterebbe in dubbio un dipinto con lo stesso titolo appartenente alla collezione viennese».

Una volta di più sir Edgar estrasse la lente, quindi prese a scrutare il piccino a lungo e con aria assorta.

«Ebbene, Fustian» disse, «le farò avere una risposta definitiva. Millecinquecento, ha detto? Nel frattempo le chiedo di tenermelo da parte».

Max esitò, quindi, con l'aria di chi ha preso una decisione, si produsse in quello che d'un tratto Mr Campion capì trattarsi del colpo di genio di quell'arduo percorso portato avanti a suon di insinuazioni.

«Sir Edgar» rispose, «mi spiace deluderla, ho riflettuto bene sulla faccenda mentre sono rimasto qui con lei, e le dico francamente che non credo che questo sia uno Steen. Di conseguenza non posso venderlo con una garanzia. È affascinante, è simile – è molto simile – ma in mancanza di prove esterne non penso di potermi impegnare a un tale pronunciamento. No, no. Lasciamo le cose come stanno. Non credo sia uno Steen».

Gli occhi azzurri di sir Edgar, luminosi e alquanto avidi, sorrisero.

«Ufficialmente» mormorò.

Max si concesse una smorfia di disapprovazione.

«No, non voglio dire neppure questo» dichiarò. «Temo che debba lasciarmi esprimere con molta chiarezza. Non credo sia uno Steen. Ma glielo venderò a millecinquecento, oppure lo rimetterò in vendita con questa riserva».

Sir Edgar rise e pulì accuratamente la lente col fazzoletto prima di rimettersela in tasca.

«Prudente» disse. «Troppo prudente, Fustian. Dovrebbe candidarsi al Parlamento. Me lo tenga da parte».

Mr Campion si spostò nell'altra sala. Aveva capito che il colloquio era terminato.

Max tornò dopo qualche minuto, euforico. Gli occhietti neri erano infinitamente felici, e pur non nominando direttamente il colloquio appena avvenuto, Campion sentì di doverlo considerare un trionfo.

Si separarono tra molte esternazioni di rammarico da parte di Max, assieme all'incauta promessa di recuperare la *Testa di ragazzo* fosse anche stata in capo al mondo.

Mr Campion gironzolò per Bond Street. Aveva la mente inquieta. La faccenda dei disegni di Dacre era strana e irritante, ma lui era consapevole che non c'era quella, all'origine della fastidiosa impressione che lo assillava. Si trattava piuttosto di qualcosa accaduto negli ultimi istanti, qualcosa che il suo subconscio aveva afferrato e ora cercava di fargli notare.

Indispettito, si costrinse a pensare ad altro.

10.
La chiave

Quando Mr Campion andò a trovare Belle tre giorni dopo aver fatto visita alla Salmon Gallery, il suo interesse per l'omicidio era ancora perlopiù accademico.

La polizia, nella personificazione dell'ispettore e del suo sergente, si era fatta un'opinione ben precisa del caso. Che però l'archiviazione dell'indagine aveva cristallizzato, placando la loro curiosità.

D'altro canto, ogni volta che Campion rivedeva Linda si convinceva sempre più che non avesse niente a che fare con l'omicidio di Dacre e nulla da nascondere.

Per lui l'interrogativo rimaneva, e mentre saliva le scale diretto in salotto provava una sensazione bizzarra, lì nella vecchia casa. Era come se ci entrasse per la prima volta e notasse un che di misterioso, di inospitale, come se le pareti stesse si ritirassero con geloso riserbo al suo passare.

Ma il salotto sembrava quello di sempre. Nel camino era stato acceso il fuoco per difendersi dal pungente clima primaverile, e Belle sedeva lì accanto sulla sua bassa poltroncina, le mani paffute tese verso la fiamma. Appena la vide, Campion avvertì la prima fitta di animosità nei confronti dell'assassino.

Nelle poche settimane trascorse dal fattaccio Belle era invecchiata. Sembrava dimagrita e più fragile di prima. La mus-

sola della cuffia era floscia, e anche gli angoli delle labbra
erano piegati all'ingiù. Gli occhi castani erano più sbiaditi, e
il suo benvenuto, per quanto caloroso, fu un filo tremulo.

In quei primi minuti, seduti vicini accanto al focolare in
attesa che Lisa portasse il tè, badarono a non far parola del
fatto, ma la sua eco era distintamente percepibile; persino
la cospicua rassegna dei trofei di John Lafcadio dissemi-
nati per la stanza sembrava aver perso la sua magia, accanto a quel frammento di realtà sordida e violenta che ne
aveva sconvolto la stabilità.

Quando Lisa, il tè e l'immancabile donna Beatrice arri-
varono tutti assieme, non fu più possibile tenere lo sche-
letro pudicamente nascosto nell'armadio. Anzi, donna
Beatrice lo tirò fuori con uno squillo di trombe e la stessa
aria di coraggio ipocrita con cui alcuni rivelano i dettagli
più ripugnanti delle proprie malattie.

«Mr Campion» disse infilando una mano sorprendentemente forte in quella di lui, «se non altro lei non ci considera degli appestati sociali. Appena sono entrata nella stanza ho subito visto un'intensa aura azzurra in quest'angolo,
vicino a Belle, e mi sono detta: "Be', se non altro qui c'è
un amico"».

Campion, che si era scordato di quel suo complesso
dell'arcobaleno, fu colto alla sprovvista.

«Neanche a dirlo» mormorò poco felicemente, e si alzò
per aiutare Lisa ad apparecchiare la tavola del tè. La vecchia donna italiana gli lanciò una riconoscente occhiata di
intesa da sotto le palpebre olivastre, espressione a cui fece
subito seguire un truce sguardo colmo di odio rivolto all'i-
gnara "ispirazione" che aveva preso posto su una sedia con
lo schienale alto in stile Stuart davanti al caminetto.

Donna Beatrice stava ancora riducendo la situazione a
un dramma degno del National Theatre. Il pesante velluto
nero, la croce cesellata e il raffinato fazzoletto di pizzo

erano come da copione. Gli occhi gentili e un po' stanchi di Belle si posarono su di lei.

«Nessuna notizia, nessuno sviluppo. Il segreto comincia a opprimerci» commentò donna Beatrice compiaciuta mentre accettava una tazza di tè. «Mi dica, Mr Campion, la polizia ha lasciato davvero cadere il caso, o si è solo acquattata e ci osserva, pronta a balzarci addosso?»

Mr Campion guardò in direzione di Belle in cerca di sostegno, che lei gli offrì generosamente.

«Non mi va di parlarne, Beatrice, se non ti dispiace» disse in tono mesto. «Sto invecchiando. Non ho voglia di pensare a cose sgradevoli».

«È sempre una debolezza, Belle cara» disse l'irrefrenabile "ispirazione" con deliberata gentilezza. «Ma se è questo che vuoi, cambiamo argomento. Mi dica, Mr Campion, pensa che la nuova tendenza dell'arte moderna dia segni di degenerazione o stia tornando al primitivo?»

Mezz'ora dopo, mentre Campion si domandava perché con un assassino a piede libero a Little Venice donna Beatrice avesse dovuto sfuggire all'omicidio, arrivò Max.

Fece la sua solita entrata trionfale, baciò la mano a Belle, si inchinò alla donna più giovane, accennò a un buffetto sotto il mento a Lisa, e parve leggermente spiazzato dalla presenza di Campion.

«Del tè, Lisa» disse. «Tè, quel patetico, ordinario stimolante che sorseggiamo per alleviare i nostri pomeriggi. Dammi del tè».

Con il suo arrivo, la conversazione passò ad argomenti più generali, e donna Beatrice fu eclissata.

«Linda passa parecchio tempo con il giovane D'Urfey» sbottò Max d'un tratto. «Li ho appena visti uscire assieme, mentre entravo dopo aver fatto un saluto a Claire Potter».

«A me sembra un bravo ragazzo» disse Belle. «Mi ricorda il povero Will Fitzsimmons prima che diventasse famoso».

Donna Beatrice fece un gesto. «Tipico di Belle, vero?» chiese. «Io sono più schizzinosa, temo. L'infatuazione di Linda per l'amico del fidanzato assassinato ha un che di morboso, a mio parere».

Gli occhi di Belle si fecero duri.

«Mia nipote non è né morbosa né infatuata» dichiarò con improvviso vigore, e Max, che aveva aperto la bocca, la richiuse senza proferire parola.

Mr Campion si scoprì sempre più interessato a Max. L'uomo non era soltanto un vuoto *poseur*, ed egli credette di cominciare a capire come avesse fatto a ritagliarsi una nicchia nel mondo della critica senza avere nessuna dote particolare. Il suo era un cervello tortuoso, sottile, imprevedibilmente agile e smaliziato.

Guardandolo ora, aggraziatamente appoggiato all'indietro sul divano, lo scarno viso scuro con l'ombra bluastra sul mento e gli occhi rivolti verso il fuoco, Campion lo vide per quella personalità formidabile che era.

«Confido che l'esito della sua magistrale dimostrazione dell'arte della trattativa sia stato positivo, l'altro pomeriggio» si informò.

Max si girò con aria pigra, ma il sorriso rivelava tutto il proprio compiacimento. «Estremamente, grazie» disse. «L'affare si è concluso senza una parola di più».

Campion si rivolse a Belle. «L'altro pomeriggio ho avuto il privilegio di vedere Fustian all'opera mentre vendeva il dipinto di un grande maestro» spiegò. «Un'esperienza molto interessante. Mi dica» aggiunse, dando un'occhiata alla figura indolente sul divano, «che grado di dubbio vi era riguardo all'autenticità dell'opera?»

«Assolutamente nessuno». Lo strascico della voce era molto pronunciato. «Nessuno, nel modo più categorico».

Belle gli scoccò un'occhiata penetrante.

«Di quale dipinto si trattava?» volle sapere.

«Niente di particolarmente interessante, mia cara signora». Max sembrava impaziente di lasciar cadere l'argomento. «Un dipinto con gruppi di persone in conversazione alla maniera di Steen, tutto qui».

Ma la sua noncuranza non trasse in inganno l'anziana donna. Che si sporse in avanti, puntandogli gli occhi addosso. «Era per caso una scena di battesimo?»

Inizialmente Max ne evitò lo sguardo, poi però rise e la guardò dritta in faccia.

«C'era raffigurato un bambino» ammise.

«È molto azzurro, con una figura inginocchiata in primo piano?» insistette Belle.

Max lanciò un'occhiata a Campion.

«Ebbene sì, confesso tutto» rispose ridendo.

Mrs Lafcadio si appoggiò all'indietro sulla sedia, gli occhi spalancati e colmi di biasimo, una vampata di rossore sulle guance vizze.

«Max, è vergognoso» disse. Davvero vergognoso. Il povero vecchio Salmon si rivolterebbe nella tomba, se venisse a saperlo... anzi, probabilmente lo sta già facendo. Insomma, mio caro, è disonesto!»

«Mia adorabile Mrs Lafcadio» Max ancora sorrideva, «tu non vuoi capire. Mai, neppure per un istante, ho insinuato che il dipinto del battesimo fosse autentico. Campion può confermare. Sono stato inequivocabile nel dichiarare che non pensavo fosse uno Steen. L'ho venduto sottolineando che non potevano esserci garanzie di sorta. L'ho detto di fronte a testimoni, non è così Campion?»

A Mr Campion fu risparmiato il dover rispondere grazie a Belle, che proseguì imperterrita.

«Come sai bene, Max» disse, «quel dipinto è opera del vecchio Cornelius van Pijper. Ricorderai sicuramente la sua vedova. Abitava in Cromwell Road. A me e a Johnnie faceva una tale pena. Ricordo bene quand'è morta. È stato molto tempo fa, naturalmente, dato che il padre di Linda non era ancora nato».

Sul viso di Max comparve l'ombra di un sorriso. «Be', in tal caso è comunque un quadro antico» commentò.

Per un attimo lo sguardo di Belle si rannuvolò, poi anche lei sorrise.

«Dimentico quanto son vecchia» disse. «Naturalmente mi riferisco al periodo della povera Hester van Pijper, molto prima che arrivassi tu. Però quel dipinto lo ricordo. Ce n'erano una mezza dozzina, e Johnnie disse a Salmon di comprarli. Van Pijper era un copista, ma quel dipinto era una sua creazione alla maniera di Steen. Van Pijper non se ne sarebbe mai separato, ma quando morì, e la vedova si ritrovò nella più totale indigenza, Johnnie disse a Salmon di comprare anche quello. Povero caro, com'era contrariato di doverlo pagare quanto le copie. Capite, avrebbe potuto vendere le copie per quel che erano, ma un dipinto unico fatto da un artista sconosciuto imitando lo stile di un maestro non valeva quasi niente. Ma Mrs van Pijper fu felice del denaro. Ricordo come scoppiò a piangere, quando lo vide, povera donna».

Max continuava a sorridere, ora con aria birichina, gli occhi che brillavano.

«Cara Belle, che gran dono!» disse. «Sai toccare ogni cosa con le dita fatate del romanticismo. Si immagina la scena, Campion? L'anziana vedova olandese in lacrime che si porta agli occhi l'angolo del grembiule, e il mio robusto predecessore, nei panni del benefattore in redingote, che le fa scivolare le ghinee d'oro nella scollatura dell'abito!»

«Max, non te la caverai in questo modo». Belle scosse il capo irritata. «Intanto il vecchio Salmon non avrebbe mai fatto scivolare delle ghinee nel vestito di chicchessia, sebbene non c'è dubbio che portasse la redingote. Mrs Pijper non metteva mai il grembiule, ma se l'avesse avuto addosso, e l'avesse usato per asciugarsi le lacrime, allora sarebbe stato impossibile metterle del denaro nella scollatura. Ma non è questo il punto. Quanto hai guadagnato con quel quadro?»

Mr Campion guardò altrove.

Max chiuse gli occhi. «Quindici» disse.

«Ghinee?» domandò Belle, un po' rabbonita.

«Pezzi da cento» rispose Max.

«Millecinquecento? Oh Max, vattene da qui. Sono disgustata».

Donna Beatrice rise con una punta d'invidia. «Molto astuto da parte di Max, direi» affermò.

«Non incoraggiarlo». Belle era furibonda. «Oh» riprese poco coerentemente, «che manna sarebbe stato per Hester quel denaro. Aveva una figlia molto bella... ma era malata di tubercolosi, ricordo».

Max scoppiò a ridere. «Belle, mia preziosa vestigia del passato» disse. «Mi fai torto. Io l'ho detto al mio cliente che a mio parere quel dipinto non era uno Steen».

«E allora perché avrebbe pagato millecinquecento sterline per averlo?»

«Perché» rispose Max maestoso, «quell'uomo era un imbecille pomposo convinto che io mi sbagliassi».

«Spero tu abbia lasciato intendere che si trattava di un dipinto contemporaneo» insistette Belle.

«Io non ho lasciato intendere un bel niente» rispose Max. «È stato sempre lui a tener banco. Non è così, Campion? Di sicuro ha detto che era dipinto su una tela dello stesso periodo di Steen, e io gli ho dato ragione. Perché era vero. Il tuo amico van Pijper doveva possedere una bella scorta di tele antiche. Molto utile».

La cuffia di mussola di Belle tremolò nell'aria calda. «Sei molto scaltro, Max» disse, «ma non sei buono».

La reazione di Max a quella sintesi del suo carattere fu

tipica. Scivolò su un ginocchio al fianco di lei e proruppe in un fiume di parole.

«Lascia che ti spieghi, mia cara signora. Mi stai giudicando ancor prima di ascoltarmi. Se avessi visto quell'uomo avresti approvato. Saresti stata mia alleata. Lo avresti convinto che era uno Steen, l'avresti venduto per tremila sterline e avresti dato quei soldi ai discendenti di Hester van Pijper. E avresti fatto bene».

Allungò un braccio. «L'uomo era lì, un ignorantone pasciuto e presuntuoso con quella sua ridicola, patetica lente d'ingrandimento – la stessa che userebbe il detective di una farsa – che strisciava carponi sul mio pavimento, blaterando di tessiture e pigmenti come se conoscesse il significato di quelle parole. E sai perché lo faceva?»

Max balzò in piedi e attraversò la sala a lunghi passi, animato da infervorata eloquenza, gli occhi ardenti di un fuoco virtuoso.

«Perché cercava di accaparrarsi per pochi soldi un dipinto importante da regalare alla galleria d'arte di una schifosa città i cui milioni di cittadini denutriti lui spera di rappresentare in Parlamento. Con quel regalo pretenzioso vuole far colpo sugli snob sottoistruiti del consiglio comunale, mentre ai tremanti bambini dei poveri, a cui tocca pagare imposte e tasse, dei dipinti non importa un bel niente. Loro vogliono cibo. Sai cos'ho intenzione di fare con quelle millecinquecento sterline, Belle? Comprerò un'automobile. Il candidato rivale di quel tizio ha una fabbrica che dà lavoro a centinaia, a migliaia di uomini. Io comprerò una delle sue auto, e il denaro che quell'idiota del mio cliente avrebbe dovuto spendere per i bambini poveri del suo collegio elettorale tornerà comunque a loro, ma con il quadro in sopraggiunta».

Concluse la perorazione, una mano allargata in un gesto espressivo.

Il silenzio che seguì quell'argomentazione alquanto singolare fu spezzato da un manierato e buffo: «Senti senti, il nostro Max!» pronunciato da donna Beatrice.

«Sono totalmente d'accordo con Max» proseguì. «C'è troppa gente che crede di saperne di arte».

Belle inarcò le sopracciglia. «A me pare invece» disse, «che qui oltre al danno ci sia la beffa, e in sopraggiunta sia in arrivo un'automobile di gran lusso».

Solo Mr Campion non interveniva. Stava assimilando i fatti appena ascoltati, e li paragonava al colloquio di cui era stato testimone alla Salmon Gallery. Aveva l'impressione di essere vicinissimo a una scoperta stupefacente, fondamentale.

Poco dopo lui e Max uscirono assieme e percorsero la strada a mezzaluna diretti a un posteggio di taxi sul ponte della ferrovia. Pioveva, e per quel periodo dell'anno era insolitamente buio. Max sembrava di ottimo umore. Camminava a lunghi passi con aria allegra, l'enorme cappello nero inclinato ad angolo. Campion, che torreggiava su di lui, non riusciva a scorgerne il viso coperto dall'ampia tesa.

«La memoria dei vecchi!» commentò Max. «E che coincidenza, poi! Straordinario, vero? Un pomeriggio decisamente istruttivo».

Campion rifletteva rapido. L'idea che covava in fondo alla mente da quando era uscito dalla Salmon Gallery e aveva percorso Bond Street gli era diventata improvvisamente chiara, e il suo significato gli fece correre un insolito brivido giù per la schiena.

Quello che il suo subconscio aveva notato alla Salmon Gallery era un'inconfondibile affinità tra il colloquio di Max col politico e la confessione fatta all'ispettore Oates.

A parte l'ovvia differenza di tono emotivo, i punti di somiglianza erano notevoli: l'apparente sincerità, la teatralità, l'assoluto coraggio, lo spingersi fino in fondo.

Aveva visto l'altra faccia della medaglia dell'episodio della vendita del quadro, e ora un pensiero lo colpì, lasciandolo sconcertato. E se vi fosse stata anche un'altra faccia della medaglia della confessione? E se anche quella fosse stata la prova di un inganno nell'inganno?

Occhieggiò la figura che camminava al suo fianco lungo la via deserta di Londra, e sperimentò quel bizzarro fenomeno fisico comunemente descritto come «sentirsi gelare il sangue nelle vene». Più ci pensava, più chiaro gli diventava. L'ispettore aveva liquidato la confessione di Max con troppa facilità. Era stata la confessione di quell'isterico e manierato egocentrico che Max sembrava a prima vista, e che l'ispettore ancora presumeva che fosse.

Ma ora Campion la sapeva più lunga dell'ispettore. Sapeva che Max non era un idiota qualsiasi; inoltre sembravano esserci ragionevoli possibilità che fosse una di quelle menti bizzarre e leggermente truffaldine che non solo imboccano la strada più ardua ma si rendono cieche al pericolo e alla verità. Per come Campion la vedeva ora, la confessione di Max sarebbe potuta essere un menzogna doppiamente ingegnosa, e se le cose stavano così la verità era terrificante.

A quel punto fu distolto dalle sue riflessioni da un taxi che accostava e dalla premurosa domanda di Fustian se volesse un passaggio. Campion declinò, e Max salì a bordo e si allontanò sulla vettura. Mr Campion rimase sotto la pioggia a osservarla finché non fu scomparsa alla vista, momentaneamente folgorato da quella che non poteva non considerare una specie di rivelazione.

Nel taxi Max si tolse il cappello, si appoggiò all'indietro e fece una breve risata.

Per qualche tempo si accontentò di contemplare la propria abilità, ma dopo un po' si accigliò, e gli occhi vivaci si ridussero a fessure. Stava pensando a Mrs Potter.

11

Prima del fatto

La mattina del martedì in cui morì, Mrs Potter si alzò un po' prima del solito perche aveva una quantità di cose da sbrigare.

Scese dal letto che di giorno era un divano e si fermò un momento a pensare. Sulla camicia da notte, copiata dalla veste di una figura su un piatto dell'antica Grecia, portava una liseuse pesante e sgraziata che le copriva la gola e le braccia, lasciate fuori dai panneggi della camicia.

I capelli grigio ferro erano arruffati, il viso pallidissimo. Aveva dormito male.

Mr Potter si era già ritirato nel piccolo capanno addossato al retrocucina dove incideva e stampava le sue litografie. Sarebbe stato tranquillo per un'altra ora almeno.

La donna si vestì con gesti meccanici; rughe di apprensione le increspavano la fronte.

Lo studio era pieno di spifferi e non particolarmente accogliente, per cui l'atmosfera di meticolosa anticonvenzionalità risultava piuttosto triste. Ora lo stile decorativo creato con le bottiglie di Chianti e gli scialli zingareschi non faceva tanto pensare alla *Vie de Bohême* quanto al set di una produzione dilettantistica di *Trilby*, e lo squallore pittoresco tanto coraggioso in gioventù nella mezza età risultava semplicemente deprimente.

Claire Potter si affrettò, infagottandosi in un grembiule per i lavori di casa. Era il giorno in cui William andava alla Blakenham, la scuola di Chelmsford abbastanza ottimista da assumerlo come esperto d'arte. Doveva spedirlo fuori casa in tempo utile.

Nel tentativo di scacciare il pensiero fondamentale e terribile che aveva tormentato le sue notti e i suoi giorni nelle ultime tre settimane, Mrs Potter si costrinse a concentrarsi sulle incombenze della giornata. Bisognava far recapitare alla commissione i biglietti della mostra di acquerelli dell'Associazione Antica Roma affinché li distribuisse. Poi bisognava dare il voto ai lavori del Circolo di Disegno Gypsy e buttar giù un giudizio sommario sul retro di ognuno; sì, i giudizi sarebbero stati molto sintetici: *Valori cromatici! Attenzione!* oppure: *Strato di colore non ancora uniforme! Evitare il verde-azzurrognolo.*

Claire Potter li prendeva molto sul serio, il che, essendo pagata per farlo, andava a suo onore, oltre a fornirle quasi una scusante.

Una volta che il letto fu coperto con il semplice copriletto a righe e i cuscini infilati nelle fodere da giorno e disposti in modo da dare «un tocco di colore» alla stanza, Mrs Potter si lavò all'acquaio del cucinino.

Non aveva mai abbracciato la filosofia di una scarsa igiene, e si lavò con cura, dandosi l'ultimo ritocco con la cipria di riso, che confezionava da sé e a volte vendeva in graziosi barattoli decorati a mano.

Si muoveva con scioltezza e metodicità, unico modo per riuscire a fare le cose malgrado i tanti disagi domestici, sebbene quel mattino in particolare gran parte della sua consueta, alacre efficienza le facesse difetto.

Si fermò per qualche istante quando un'ondata improvvisa di calore le corse su per la schiena fino alla testa, facendole formicolare il cuoio capelluto e rendendole gli occhi appiccicosi e irritati. Aveva vissuto così a lungo in un mondo fatto di piccolezze che la sua mente conscia faticava a registrare l'intrusione di una cosa così grande, e ne risentiva con un bizzarro effetto a livello fisico.

Prima di preparare la colazione tolse i pennelli dalla trementina e li pulì accuratamente, poi però, nell'udire dei passi fuori dalla porta dello studio, li fece cadere tutti quanti e rovesciò il vasetto.

Si irritò nel ricordare che probabilmente erano Lisa o Fred Rennie che lasciavano il «Morning Post», recapitato sull'uscio di casa Lafcadio.

Prima di riuscire a guardare il giornale dovette far passare un po' di tempo. Era l'ultima persona al mondo ad abbandonarsi ai presentimenti, ma la sensazione di inquietudine e terrore che era montata lenta nel corso della settimana quel mattino sembrava insostenibile. Le sembrava quasi di sentire l'alito della tragedia sulla guancia.

Infine afferrò il giornale e scorse le notizie di cronaca, mentre un crescente senso di sollievo dilagava in lei via via che ai suoi occhi non si presentavano nomi familiari.

Tornò risoluta alle incombenze della giornata. C'era tanto da fare, e in poco tempo. Era una vita terribile. Per chi era dotato di temperamento artistico era un tale spreco dover trascorrere tutto il tempo a sfaccendare.

Cominciò a pensare all'Italia, a un paesino sulle colline dietro Sanremo, dove si poteva piazzare il cavalletto accanto alla chiesa, sedere all'ombra e godere della luce. Era tutto così pulito e limpido e coraggioso, come colori spremuti direttamente dal tubetto.

Lo ripeté tra sé come se vi trovasse chissà quale consolazione. Non fosse stato per William, e per quella loro spaventosa povertà, e per la lista infinita di cose da fare, sarebbe tornata in quel villaggio.

Solo per un istante, mentre allargava la tovaglia rustica

sul vecchio tavolo a ribalta in stile Old England, fu colta dall'impulso di partire, di partire immediatamente, di lasciare tutto e fuggire in fretta e furia. Sfortunatamente quel pungolo dell'istinto di autoconservazione fu rapidamente accantonato.

Tuttavia ci avrebbe pensato. Se i nervi non avessero retto forse ci sarebbe andata in autunno. Intanto però doveva vedere Fred Rennie per dei colori. E alle tre e mezza sarebbe venuta Miss Cunninghame per la lezione. La giornata si preannunciava frenetica.

A volte Mrs Potter amava il giovedì. Le piaceva essere affaccendata, le piaceva l'importanza che le dava il ruolo di segretaria dell'Associazione Antica Roma, e le piaceva far notare alla raffinata, ricca Miss Cunninghame dove esattamente il gusto, che aveva piuttosto antiquato, le faceva difetto.

Ma quel giorno era diverso.

Mr Potter rientrò dal capanno nell'esatto momento in cui le aringhe affumicate venivano messe in tavola.

Quando si presentò sulla porta, Mrs Potter lo guardò come se lo vedesse per la prima volta, e si convinse più che mai che in quella terribile situazione il marito non le sarebbe stato di alcun aiuto. Non aveva mai avuto una un'alta opinione di lui, e nel guardarlo ora a mente fredda si chiese come avesse potuto arrivare a sposarlo. Perché doveva essere stato evidente, già in quei giorni idilliaci di trent'anni prima a St Ives, che il fardello che quel giovane dalla faccia triste si portava nell'animo non era genio ma la cupa convinzione della sua assenza.

E il tutto era ancor più triste perché Mr Potter era molto felice. Era senza colletto, con i vecchi pantaloni di tela sformati sulle ginocchia e sul fondoschiena, e i piedi nudi infilati nelle babbucce turche senza tacco. Ma l'uomo era euforico. L'infelicità era quasi completamente svanita dal suo volto; stava sventolando un foglio umido di carta di riso alla volta della moglie con un'espressione simile al trionfo.

«Una meraviglia» disse. «Una meraviglia. Claire, mia cara, l'ultima matrice è un vero portento. Temo di essere un po' sporco. Sai, l'inchiostro. Ma guarda! Sarebbe impossibile ottenere lo stesso effetto sulla pietra comune. L'arenaria è un materiale nuovo e importante. Lo dico da sempre, ed ecco la dimostrazione».

Spinse in là le stoviglie e posò la stampa sulla tovaglia, lasciando una macchia sul tessuto col pollice sporco di inchiostro.

La vista di quella chiazza fu il primo neo della mattina di Mr Potter, e svelto la coprì con la mano, sbirciando la moglie con la coda dell'occhio.

Con suo sollievo vide che non lo stava osservando; guardava fuori dalla finestra con un'espressione che non ricordava di averle mai visto prima. Sembrava come impaurita, mite, quasi.

Per qualche motivo a lui incomprensibile, la cosa gli fece piacere. La tirò per la manica.

«Guarda» le disse. «È ottima, vero? Volevo intitolarla *Scorcio della vecchia Bayswater*, ma preferirei optare per qualcosa di un po' più moderno, dato il risultato. C'è il ponte della ferrovia, vedi? È venuta una meraviglia, non trovi? E che belle quelle ombre».

Ma lei ancora non parlava, e l'uomo continuò a esultare per la sua litografia. «Pensavo di incorniciarla e appenderla qui, al posto della stampa dei Medici. In fondo un originale è sempre meglio di una riproduzione».

«Oh, William, non essere sciocco. Finisci la colazione. Ho tante di quelle cose da fare».

Mrs Potter posò la stampa sul divano e spinse di nuovo il cibo davanti al marito.

«Oh, sta' attenta, mia cara. Non è asciutta. Una così bella stampa. Mi ci è voluta tutta la mattina».

Nella voce di Mr Potter era tornata a insinuarsi la disperazione; ora, seduto ubbidiente a sbocconcellare l'aringa, che nel frattempo era diventata fredda e poco invitante, aveva un'aria vecchia, trascurata e piuttosto sporca.

Mrs Potter mangiò la colazione come se, qualora l'avesse realmente assaporata, non l'avrebbe trovata di suo gradimento. Una volta di più l'espressione impaurita che la faceva apparire mite trasse in inganno il marito, che, dopo un'occhiata furtiva per verificare che la stampa fosse al sicuro, si sporse in avanti.

«Stai bene, Claire? Dal giorno del ricevimento sembri nervosa, non sei la solita».

Fu sorpreso di vedere la moglie rivolgersi a lui con ingiustificato vigore.

«Non è vero. Sto benissimo. E comunque il ricevimento non c'entra niente. Sbrigati. Devi prendere il treno delle dieci e mezza a Liverpool Street».

«D'accordo». Mr Potter era stato riassalito dallo sconforto. «Mi spiace dover andare, oggi» disse. «Avrei voluto fare una o due altre stampe. A Mrs Lafcadio piacerebbe averne una, lo so. Insegnare è una fatica micidiale» proseguì. «È già abbastanza difficile insegnare a chi ha voglia di imparare, ma a quei ragazzi non interessa niente. Questo rende tutto molto difficile».

Mrs Potter non rispose; si limitava a sorseggiare il caffè dalla tazza con filtro comprata in Belgio, ed era evidente che non badava minimamente a lui.

Di nuovo lo sguardo di Mr Potter corse furtivo alla litografia. «Starebbe un gran bene qui dentro» disse. «La luce è buona, e l'opera è interessante. Penso che la incornicerò e l'appenderò qui, se non ti dispiace, mia cara».

«Qui non ce la voglio, William. Mi sono data molto da

fare per questa stanza. È qui che ricevo i miei allievi, e per me è importante che rimanga tale e quale».

Mrs Potter sentiva che l'essere così categorica dava sollievo al suo malumore. Inoltre quella faccenda delle suppellettili della stanza era un vecchio pomo della discordia, e lei si era sempre fatta un vanto di non avere mai permesso alla personalità del marito di offuscare la sua. Sembrava non esserle mai passato per la mente quanto fosse superflua una simile precauzione.

Normalmente Mr Potter avrebbe gettato la spugna senza ulteriori discussioni, ma quel giorno aveva il viso acceso per il trionfo, era imbaldanzito dal successo.

«Ma mia cara» disse garbato, «esistono persone a cui le mie stampe piacciono. Qualcuno potrebbe entrare e vederla, e volerne comprarne una copia. Una volta il duca di Caith ne comprò una, ricordi? A lui era piaciuta».

«William, sta' zitto. Non sopporto tutto questo cianciare». Il tono di Mrs Potter era così isterico, così non da lei da ridurre al silenzio l'uomo, che restò a guardarla a bocca aperta nel più totale sconcerto.

Il resto del pasto trascorse in silenzio; quando ebbe finito Mr Potter tornò a passo strascicato nel capanno portando con sé la sua preziosa stampa: era tornato l'uomo avvilito di sempre.

Alle dieci meno un quarto uscì per andare a scuola; quando la moglie notò la figura sciatta e infelice oltrepassare il cancelletto in giardino, i capelli flosci che sbucavano a ciuffi da sotto il cappello e gli involti di carta marrone con i disegni che sventolavano sotto il braccio, seppe che non lo avrebbe rivisto prima delle sette. Gli rivolse un saluto proforma. Se anche avesse saputo che non l'avrebbe più rivisto, resta in dubbio se il suo *adieu* sarebbe stato più caloroso. Dal suo punto di vista di moglie, Mr Potter era una persona impossibile.

I biglietti dell'Associazione Antica Roma e i disegni Gypsy, uniti a quel po' di lavori di casa, tennero occupata Mrs Potter fino alla una, quando andò da Fred Rennie per un tubetto di bianco di piombo.

Al piano terra dell'ex rimessa delle carrozze, dove ancora venivano preparati i colori segreti di Lafcadio, regnava un'atmosfera da laboratorio di alchimista. Ma Fred Rennie non era un chimico, e svolgeva il suo lavoro con le stesse modalità semplici ed elementari apprese dal pittore.

Il disordine nel locale era indescrivibile, e le possibilità che un eventuale ladro si impossessasse del segreto di fabbricazione erano risibili. Solo Rennie sapeva come muoversi tra i traboccanti banchi da lavoro dove veleni, cibo e i colori puri e pregiati erano ammassati in piccoli cartocci di sudicia carta marrone. File di vecchi vasetti della marmellata contenevano costose misture, e l'odore di quei materiali prendeva alla gola.

Fred Rennie stava lavorando; quando lei entrò sollevò lo sguardo e le sorrise.

A Rennie non piaceva Mrs Potter. La considerava troppo zelante e invadente, e la sospettava di voler acquistare da lui i colori a un prezzo inferiore a quello di costo, sospetti decisamente fondati. Rennie aveva un senso dell'umorismo terra-terra, e a Mrs Potter lui non andava a genio perché non le mostrava la dovuta deferenza e tendeva a trattarla da pari a pari.

Per tirare fuori il bianco di piombo bisognava spostare alcuni oggetti ingombranti e raggiungere il grosso armadio in fondo alla stanza dove erano conservati i prodotti finiti.

Mentre lui le voltava la schiena, Mrs Potter raggiunse il banco dove Rennie stava lavorando per sbirciare l'armamentario di cui era disseminato, non tanto perché fosse interessata quanto perché era sua abitudine sbirciare il lavoro altrui. Si muoveva in modo meccanico, la mente lontana, ancora ossessionata dal suo stupefacente segreto, per cui tornò in sé con un sobbalzo nel vedere Rennie che le porgeva un voluminoso sacchetto di carta pieno di polvere bianca, dietro cui sorrideva la sua lasciva faccia cockney.

«Ne prenda un pizzico» le disse.

Colta in contropiede da tanta confidenza, si rivolse a lui in tono brusco. «Che cos'è?»

«Arsenico» rispose Fred Rennie, e rise fin quasi a star male. Era decisamente un tipo grossolano.

Le diede il bianco di piombo, fu irremovibile nella consueta discussione per il prezzo, e quando la donna fu uscita si congratulò con se stesso per averla messa in imbarazzo per la sua ficcanasaggine.

A Mrs Potter rimaneva poco tempo per pranzare. Il negozio di Church Street che vendeva i suoi disegni a china le telefonò non appena mise piede in casa, quindi passò l'ora successiva affaccendata a imballare, mettere il prezzo e spedire una consegna di centrotavola.

Quando rientrò e portò in casa il pacco di blocchi da incisione della Salmon Gallery che era stato lasciato da Rennie, rimaneva solo un quarto d'ora prima che si presentasse Miss Cunninghame. Nel cucinino si preparò una tazza di brodo a base di estratto di carne e sedette a berlo nello studio, vicino alla finestra. Era il primo momento tranquillo dalla colazione. Ma si scoprì a pensare che fosse ugualmente troppo lungo.

Di norma riusciva a tenersi felicemente occupata concentrandosi su piccole cose, ma negli ultimi tempi si era costretta a non pensare proprio. Ogni volta che lasciava andare la mente a briglie sciolte quella tornava all'unico argomento che era tabù, l'unico su cui Mrs Potter non osava soffermarsi, quella cosa orrenda e impossibile che le era piombata addosso e al cui confronto tutto il resto diventava trascurabile.

Fu con sollievo che udì il rumore del saliscendi del cancello e il passo pesante di Miss Florence Cunninghame attutito dai mattoni del vialetto.

Nascose la tazza vuota e si alzò per accogliere la visitatrice con una parvenza del suo vivace sorriso professionale.

Miss Cunninghame era un perfetto esemplare del suo genere. Era cicciottella, signorile, attempata e straordinariamente priva di talento.

Il completo di tweed, la camicetta di seta e il cappello sarebbero potuti appartenere a una qualunque maestra di scuola di provincia. Ma il denaro non le mancava, e aveva un'insaziabile passione per la pittura ad acquarello.

Fisicamente non era granché. Gli occhi azzurri erano un po' troppo vicini e dalla bocca partiva una raggiera di rughe sottili che la facevano sembrare chiusa con un giro di spago. Aveva l'abitudine di portare i suoi acquarelli a Mrs Potter ogni due settimane per ricevere critiche e consigli. Ora possedeva un nutrito portafoglio, essendo appena tornata da un'orgia di pittura vicino a Rye.

«Un tempo meraviglioso» disse con voce sottile e piuttosto leziosa. «Non ho fatto altro che dipingere. Laggiù i colori erano talmente belli. Ed eravamo così tanti!»

All'improvviso Mrs Potter si sentì impotente, una sensazione che non ricordava di avere mai sperimentato in una situazione simile, ma il bel tempo, i colori a Rye e i disegni di Miss Cunninghame sembravano essere diventati inspiegabilmente futili.

L'ospite si tolse i guanti di capretto marrone e si accinse ad aprire la cartella con l'entusiasmo di un bambino che ha preparato una sorpresa.

Mrs Potter sentì lo sguardo appannarsi, e quando la dozzina circa di verdi paesaggi, orrendi nella loro slavata somiglianza, le vennero allargati davanti sul tavolo, quasi non riuscì a costringersi a dire le cose giuste, a ricordare le frasi e le parole di circostanza, le ben collaudate esclamazioni di sorpresa e gratificazione che la visitatrice si aspettava e per cui alla fine l'avrebbe pagata.

Quando la prima ondata di eccitazione per averle mostrato i disegni si fu placata, negli occhi azzurri di Miss Cunninghame si accese una luce più determinata, e la donna sedette, non facendo mistero di predisporsi a spettegolare.

«Nessuna novità?» chiese abbassando la voce e sporgendosi in avanti con aria confidenziale. «Voglio dire» proseguì svelta, «l'ultima volta che sono stata qui è stato subito dopo... il fattaccio. Ricorda? Era molto sconvolta, per cui mi ero fermata solo una decina di minuti. Poveretta, sembrava proprio star male. E oggi non mi sembra molto più in forma» proseguì guardando la propria vittima con occhi scrutatori. «Sono stata fuori città, per cui sono disinformata. I giornali non hanno dato risalto alla notizia, vero? Ma la mia amica, Miss Richards, suo fratello lavora al ministero degli Esteri, mi ha detto che la polizia ha abbandonato le indagini. È vero?»

Mrs Potter si lasciò cadere su una sedia di fronte a Miss Cunninghame non tanto perché avesse voglia di chiacchierare quanto perché le ginocchia non la sorreggevano. Sotto la frangia sentiva la fronte imperlata di sudore, e si chiese quanto sarebbe durata quell'orrenda reazione fisica a pensieri che non voleva affrontare.

Miss Cunninghame proseguì con lo spaventoso impeto di chi ha rotto il ghiaccio riguardo un argomento delicato. «Non ne sapeva niente, vero? La polizia è davvero insensibile. L'ho sempre pensato. Dev'essere stato terribile per lei» aggiunse nell'ovvio tentativo di lusingare l'interlocutrice per indurla a confidarsi. «Lei lo conosceva bene, no? È mai stato suo allievo?»

«Dacre?» disse Mrs Potter. «Oh, no. Non gli ho mai fatto lezione». Avrebbe potuto aggiungere che la cosa sarebbe stata impossibile, ma l'istinto le suggeriva di starsene sulle sue, di non dire niente. Era come se si trovasse nel bel mezzo di un flusso di traffico e l'unica speranza fosse rimanere immobile.

Sulla falsa maschera di solidarietà di Miss Cunninghame spuntò qualcosa di molto simile a un sorriso di soddisfazione. «Voglio dire, l'inchiesta è stata davvero strana, non trova?» disse. «Io non ero presente, naturalmente, ma i resoconti sui giornali erano così vaghi. C'è una cosa che volevo chiederle. Si dice che fosse sposato. A me risultava da sempre che fosse fidanzato con Miss Lafcadio. Ma forse mi sbagliavo».

Mrs Potter si costrinse a parlare. «Tempo fa erano fidanzati» disse, «ma poi la cosa finì in niente. Fu prima che lui partisse per l'Italia».

«Oh, capisco». Miss Cunninghame annuì e increspò le labbra che tanto facilmente tendevano a incresparsi. «Naturalmente» proseguì, mentre gli occhi azzurri si spalancavano in modo allarmante, «è stato ammazzato, vero? Oh, mi scusi se ho usato questa parola, intendevo dire che è stato pugnalato. Ma vedo che forse non se la sente di parlarne. Forse è troppo doloroso».

Quegli occhi bonari sembravano diventati decisamente diabolici. Mrs Potter si chiese se le goccioline di sudore le fossero rotolate giù da sotto la frangia. Ora la vecchia pettegola chiacchierona sembrava un nemico con il potere sovrumano di vedere dentro le persone e di carpire la verità direttamente dalla fonte.

Mrs Potter fece un debole tentativo di difendersi. «È stato uno choc terribile» disse. «Ma non ne so nulla».

«Oh, certo che no» rise Miss Cunninghame un po' piccata. «Certo che no, mia cara, altrimenti non si troverebbe qui, dico bene? Me lo domandavo soltanto. Certo, ho sentito, o dovrei dire dedotto, da quanto si è lasciata sfuggire Miss Richards, che ci sia di mezzo un ambasciatore. Non che sia stato lui, a farlo, sa, ma... be', che si trovasse lì... Miss Richards ha pensato» proseguì, abbassando la voce, «che potrebbero essere stati... be', i bolscevichi, capisce. Non con premeditazione, ma per propaganda, come le suffragette. Se ne sentono di tutti i colori... Suppongo» continuò nell'ultimo tentativo di estorcere qualcosa di sensato dalla sua informatrice, ora dal viso inespressivo e muta per il più totale terrore, «suppongo che lei non sappia nulla».

«No» rispose Mrs Potter con voce spenta, «non ne so nulla».

Quando Miss Cunninghame ebbe radunato i disegni e fu pronta per andare, essendosi già trattenuta più del dovuto, fece un ultimo sforzo.

«Povera Mrs Lafcadio!» esclamò. «È così vecchia. Che choc dev'essere stato. Dev'essere brutto sentirsi abbandonati in questo modo, senza che nessuno sappia la verità».

Mrs Potter strinse forte la maniglia della porta. «Già» disse con voce malferma, «senza che nessuno sappia la verità. È questa la cosa terribile».

«È quel che dico anch'io» rispose Miss Cunninghame in tono vivace, e se ne andò.

Rimasta sola, Mrs Potter guardò l'orologio. Erano le quattro e mezzo. William non sarebbe tornato che alle sette, e fino ad allora era libera. Non c'era bisogno di preparare la cena. Alle sette meno un quarto Belle avrebbe percorso il vialetto e li avrebbe invitati entrambi a cena. «Il giovedì sei così indaffarata, mia cara, sono sicura che non hai avuto tempo di preparare niente».

Belle lo ripeteva ogni giovedì da ormai quasi sei anni. Ogni volta l'invito suonava spontaneo, ma ormai era diventata una tradizione, e non vi era motivo di supporre che quel giorno sarebbe stato diverso dagli altri, se non fosse stato per quella terribile, schiacciante sensazione di imminente pericolo.

Mentre se ne stava lì irresoluta gli occhi vagarono per la stanza e si posarono su un certo oggetto, ma li distolse. Non doveva fare così. Doveva riacquistare il controllo, smettere di pensare.

D'un tratto tutto, nella stanza, divenne sorprendentemente nitido ai suoi occhi. La vide come se non l'avesse mai vista prima. Naturalmente non poteva sapere che era l'ultima volta che si stava guardando attorno nel piccolo locale traboccante dei patetici ricordi di vecchi affetti, ma restava pur sempre il fatto che vedeva tutto come in rilievo. Ogni pezzo di mobilio, ogni quadro e ogni drappeggio si stagliavano incredibilmente nitidi.

Fu mentre stava seduta a riflettere su quel fenomeno che il telefono squillò.

12.
Cosa faremo?

Fu Belle a trovare il corpo; la dolce, amabile, vecchia Belle, con la bianca cuffia bretone ondeggiante per la brezza del giardino e le gonne tenute leggermente sollevate per evitare l'erba bagnata di rugiada ai lati del vialetto.

Si fermò un attimo sulla soglia dei Potter per togliere un cinorrodo secco rimasto dall'autunno sullo scompigliato rosaio della varietà Sette Sorelle che cresceva nel portico.

Poi, leggermente sorpresa di non ricevere risposta al suo bussare, fece il giro e raggiunse la porta del retrocucina, che trovò aperta.

«Claire, mia cara» chiamò. «Claire, sei occupata? È permesso?» La voce riecheggiò nella piccola costruzione, poi si zittì; dopo qualche istante di attesa Belle entrò e andò nello studio.

Claire Potter giaceva a faccia in giù sul divano, le braccia abbandonate e il viso compassionevolmente coperto dai cuscini. La piccola figura raccolta, con il camice da pittore, si mimetizzava talmente con il copriletto di fattura artigianale che per un attimo Belle non riuscì a distinguerla, e restò a guardarsi in giro per la stanza, piuttosto delusa nel trovarla vuota.

Aveva deciso di sedersi e aspettare, risparmiandosi la fatica di un secondo giro, quando il corpo sul divano le saltò all'occhio, richiamando tutta la sua attenzione, come se la forma fosse stata evidenziata da una spessa linea nera.

Le si mozzò il respiro, poi esclamò con voce acuta: «Claire! Non ti avevo vista, mia cara. Che ti succede?»

Il corpo di Claire Potter giaceva piatto e inerte, come un mucchio di indumenti.

Belle le si avvicinò, il viso rugoso ora acceso di materna sollecitudine.

«Non stai bene, figliola? Claire!»

Posò una mano sulla spalla flaccida e cedevole e cercò di svegliare quella cosa pietosa infagottata nel camice da pittore. «Avanti, mia cara. Avanti, Claire. Tirati su».

Sotto i deboli sforzi dell'anziana donna il corpo si sollevò un poco, e per un istante il viso che un tempo era stato di Mrs Potter si espose alla vista. Pelle bluastra, occhi dilatati e labbra orrende e dischiuse, tutto risaltava con chiarezza contro l'arancio squillante dei cuscini.

Le vecchie dita di Belle allentarono la presa, e il viso risprofondò tra i cuscini.

La donna in piedi nello studio si raddrizzò con un movimento molto lento. Il viso era pallido, e i gentili occhi castani stranamente privi di espressione. Per alcuni secondi rimase incerta. Poi cominciò a muoversi con straordinaria determinazione e agilità.

Si guardò attorno nello studio, notò che tutto sembrava in ordine e poi, muovendosi con cautela in ossequio alla bizzarra superstizione che non si deve fare rumore perché il sonno dei morti è leggero, tornò nel cucinino.

Il piccolo specchio sopra l'acquaio le restituì lo scioccante riflesso di una vecchia barcollante e dalla labbra esangui con una cuffia di linone scompigliata, e si fermò risoluta a ricomporsi.

A tutti i costi, per il bene di tutti, non dovevano esserci scompiglio né scene strazianti. Nessun altro doveva essere esposto allo choc di trovarsi davanti all'improvviso quel viso terribile, oh, troppo terribile. Povera Claire. Povera Claire, così intelligente e pratica.

Qualche istante dopo, illudendosi di essere tornata più o meno al consueto aspetto, continuò imperterrita a fare ciò che era necessario.

Dalla porta del cucinino si scorgeva, in fondo al vialetto, il laboratorio di Rennie.

«Fred» chiamò con voce sommessa. «Fred, vieni qui un attimo».

Credeva che la propria voce fosse la solita, invece l'uomo, abbandonato in tutta fretta il banco da lavoro, si precipitò da lei con un'espressione preoccupata in viso.

«Eccomi, signora, cos'è successo?» chiese, afferrandole il braccio per sostenerla.

Belle sollevò lo sguardo su di lui, e tra le paure e i dispiaceri che le si affollavano alla mente emerse lo sconcertante ricordo della prima volta che lo aveva visto, un bambino di cinque anni, sudicio e coperto di stracci, che le arrivava al ginocchio e piangeva perché voleva la mamma.

«Cos'è successo, signora?» ripeté pressante. «Si sente male?»

La sollecitudine nei suoi confronti in un frangente del genere irritò l'anziana donna, che divenne bruscamente pratica. «Entra, così non ci possono vedere dalla villa» disse indietreggiando nel retrocucina, e proseguì mentre lui la seguiva sorpreso. «Mrs Potter è nello studio. L'ho appena trovata. È morta».

«Morta?» domandò l'uomo restando a bocca aperta. «Ne è sicura, signora?»

Belle rabbrividì, e si vergognò di quella sua reazione. «Sì» disse semplicemente. «Entra, ma vedi di non disturbarla, povera anima».

Fred Rennie tornò, il viso scuro e la fronte aggrottata.

«Deve tornare in casa, signora» disse. «Non va bene che abbia dovuto vedere una cosa del genere. Non va per niente bene. Deve andare a stendersi. Con i piedi sollevati» aggiunse preso piuttosto alla sprovvista.

«Rennie, non essere assurdo». Belle era tornata autoritaria come sempre. «Ci sono varie cose da fare. Il povero Potter tornerà alle sette, e non possiamo lasciare che entri. Innanzitutto dobbiamo chiamare un medico».

«Certo, signora. Dobbiamo avvertire qualcuno. Non c'è bisogno che Miss Beatrice lo venga a sapere subito».

«Certo che no» concordò Belle, lasciandosi involontariamente sfuggire un: «Fred, grazie al cielo il tuo padrone non è più vivo».

L'uomo annuì con aria grave. «Sarebbe stato un brutto colpo, per lui» rispose, e dopo un istante riprese: «Sarà meglio avvertire il medico di Mrs Potter. Abita più in avanti nella via. Lo chiamo al telefono?»

Belle esitò. «No, meglio di no. Donna Beatrice potrebbe sentirti, e non voglio mettere in allarme nessuno della famiglia».

«Nello studio c'è il telefono di Mrs Potter».

Belle scosse il capo. «No. Non sarebbe rispettoso, davanti alla defunta. Inoltre credo sia meglio non toccare niente, lì dentro, assolutamente niente».

«Non toccare?» fece per dire Fred, poi si interruppe bruscamente: aveva compreso il reale significato di quelle parole. «Ma, signora, non vorrà dire... non penserà che la morte non sia dovuta a cause naturali, che ci sia stato un altro...?» Si bloccò, restio a pronunciare quella parola.

«Non lo so cosa penso» rispose Belle. «Sarà meglio che tu vada a chiamare il dottore e lo porti qui».

«Ma non posso lasciarla qui da sola, signora».

«Sciocchezze» rispose lei. «Fa' come ti dico».

Ma quando Rennie se ne fu andato, camminando con

simulata nonchalance finché non ebbe superato il cancello in giardino per poi correre come il proverbiale latore di brutte notizie, Belle pensò a Mr Campion.

Percorse il vialetto a passo tranquillo e chiamò Lisa. «Lisa» disse, «mettiti davanti alla porta di Mrs Potter, per favore, e non far entrare nessuno finché non sarò tornata».

Al telefono di casa Belle fu volutamente vaga, ma all'orecchio di Mr Campion, nel suo appartamento di Bottle Street, il suo messaggio giunse come un frenetico richiamo di aiuto.

«Albert» disse, «sei tu, mio caro? Ho fatto una tale fatica ad avere la linea. Mi chiedo se puoi venire qui. Sì, ora. Subito. No, no, niente di grave. Niente di cui preoccuparsi. Ma ti sarei molto grata se potessi venire subito. Albert, ascolta. Prendi un taxi».

Furono le ultime tre parole a convincere Mr Campion che c'era qualcosa che non andava. Come molte persone della sua generazione, Belle considerava i taxi alla stessa stregua dei telegrammi, misure di emergenza.

«Vengo immediatamente» rispose, e udì il lieve sospiro di sollievo di lei.

Mentre Belle posava il ricevitore, donna Beatrice comparve in cima alle scale.

«Con chi stavi parlando?» chiese sospettosa.

«Campion» fu la veritiera risposta. «Sta venendo qui per parlare con me».

Miracolosamente, donna Beatrice parve soddisfatta, e Belle ridiscese le scale per tornare in giardino.

Quando la padrona apparve, Lisa sbucò dal portico. Aveva la pelle giallastra, e i vivaci occhi neri sembravano impauriti.

«Sono entrata» la informò senza giri di parole.

«Oh, Lisa».

Le due donne anziane si fissarono a vicenda.

«Com'è morta?»

«Non lo so, sto aspettando il dottore».

«Aspetto qui anch'io» disse Lisa; quando Rennie tornò con i rinforzi si trovavano entrambe nel cucinino.

Il dottor Fettes era un giovanotto tranquillo e robusto con folti capelli neri che gli spiovevano sulla fronte e il dono di sembrare inespressivo ma non stupido. Nei sette o otto anni di pratica generica non si era ancora abituato alla stupefacente compiacenza con cui i parenti dei suoi pazienti scaricavano grati le proprie responsabilità sulle sue spalle, come se la laurea in medicina gli conferisse una sorta di onnipotenza.

Ora nel cucinino scrutò i tre visi ansiosi, gli occhi atterriti fiduciosamente posati su di lui, e si chiese desolato quale passata generazione di praticoni fosse stata la causa di quella superstizione. Ma per fortuna i tre non videro nulla sul suo viso se non la consolante impronta dell'autorità. Lui era un medico.

Li conosceva tutti almeno un po', il che semplificava le cose, e quando Belle spiegò che Potter era a scuola e non sarebbe tornato prima delle sette, egli entrò a vedere quella che un tempo era stata Mrs Potter.

Lisa lo accompagnò. Su quel punto fu inamovibile, e Belle rinunciò con animo grato alla sgradevole incombenza.

Rennie portò una sedia dal capanno per la padrona, e restò in piedi al suo fianco come una sentinella durante un'operazione raccapricciante.

Dalla porta del cucinino si scorgeva un vivace angolo dello studio. La vivacità era intenzionale, creata da scialli allargati l'uno sull'altro, bottiglie di Chianti e capsule di papavero colorate. Belle non riusciva a costringersi a guardare; sedeva come una scolaretta e continuava a rigirarsi la fede nuziale attorno al dito per impedirsi di piangere.

Campion la trovò lì, seduta in cucina, a capo chino e a tormentarsi le vecchie dita in grembo. Quando arrivò, lei alzò la testa ed egli si chinò, con spontaneità la baciò e fece scivolare la propria mano sopra le sue.

«Cos'è successo?»

Con voce spenta e sommessa, Belle lo mise al corrente, e Campion la ascoltò mentre un brivido di orrore gli correva su per la schiena.

«È stata lei a trovarla?»

«Sì».

«È sicura che fosse morta?»

«Oh... oh, sì. Sì, mio caro. Assolutamente morta. Povera, povera Claire, sempre così affaccendata». Nel parlare ondeggiò leggermente in avanti, e lui la afferrò.

Ma si rifiutò di tornare alla villa.

«Il medico vorrà parlare con me» obiettò. «Mi ha detto di restare qui».

Finalmente il dottor Fettes tornò nel cucinino, fu presentato a Campion, il cui nome riconobbe, e cominciò a fare domande.

«Mrs Lafcadio» esordì rivelando un leggero accento scozzese, «ha toccato qualcosa quand'è entrata nello studio e ha trovato il... la signora?»

«No».

L'anziana donna parlò senza esitazione. «Assolutamente niente, solo... lei. L'ho sollevata, le ho visto il viso e sono venuta qui».

«Capisco. Non è che per caso ha aperto le finestre? O le porte, forse?»

«No». Belle era sconcertata. «No, non l'ho fatto».

«Dopo aver trovato Mrs Potter, quanto tempo è passato prima che questo signore venisse a chiamarmi?»

«Cinque minuti... dieci al massimo».

«Sul serio?» Il giovane medico aggrottò la fronte, e

finalmente rinunciò al tipo di interrogatorio indiretto a favore di uno che si addiceva di più al suo temperamento. «Sarò franco con lei, Mrs Lafcadio. Non ha sentito odore di gas, quand'è entrata?»

Belle apparve sconcertata. «Gas? Ma dottore, non penserà che lei...? Voglio dire...!»

«Non ha notato odore di gas nella stanza?»

«No». Belle scosse il capo. «No, non ho notato niente di insolito. Le finestre erano esattamente come sono adesso, direi; non ho notato niente».

Il giovane medico sospirò. «D'accordo» disse infine, «ora sono le sei e mezza. Forse è meglio che io aspetti qui e parli con Mr Potter».

Belle gli sfiorò la manica. «Quel pover'uomo non sarà in grado di aiutarla granché» affermò. «È fuori da stamattina, e questo choc lo destabilizzerà terribilmente».

Il dottor Fettes si mise a riflettere. Conosceva Mr Potter, e non si faceva illusioni sulle capacità di quell'uomo, che fosse sottoposto a forte tensione o meno. Sapeva anche che, di fatto, i Potter vivevano sotto la protezione dei Lafcadio, ed essendo incerto riguardo l'esatta procedura da seguire, saggiamente scelse la via più facile.

«In tutta onestà, Mrs Lafcadio» riprese, «non posso redigere un certificato. Dovrà esserci un'inchiesta».

Belle annuì, senza fare alcun commento.

Campion prese in mano la situazione e Fettes, che lo conosceva di nome e al cui orecchio erano arrivati tutti i pettegolezzi sulla prima, misteriosa morte a Little Venice, fu ben lieto di permetterglielo.

Belle si lasciò convincere a tornare alla villa con Lisa, e Campion telefonò all'ispettore Oates

Fece la chiamata dalla casa padronale, lasciando il dottore a sorvegliare lo studio dove giaceva il corpo.

«Di fatto la stanza non è stata toccata» spiegò. «Ho

pensato che forse avrebbe voluto venire subito. Sì, c'è qui il dottore... Pare non sappia... ha parlato di gas».

La voce solitamente fiacca di Stanislaus suonò vivace, quasi elettrizzata. «Molto bene, Campion. Non faccia niente finché non sarò da lei. Sapevo che sarebbe successo qualcosa del genere. La ragazza è lì in giro?»

Mr Campion si passò la mano sulla fronte.

«Senta» rispose, «non mi va di discuterne al telefono».

«Non è necessario» ribatté Oates, che la macabra notizia sembrava aver reso decisamente euforico. «Sarò lì tra dieci minuti».

E chiuse la comunicazione.

La scoperta che Linda era a Parigi, dove da svariati giorni svolgeva alcune sue indagini personali, diede una scossa alla convinzione di Oates del coinvolgimento della giovane nel secondo crimine avvenuto a Little Venice, ma non valse comunque a dissiparla. E in attesa di collegare i fatti e dimostrare le ragioni della sua teoria l'ispettore si trincerò dietro il segreto professionale.

Il dottor Fettes ripeté che a suo parere la morte di Mrs Potter era dovuta ad asfissia, e si rifiutò di pronunciarsi ulteriormente fino ad autopsia avvenuta.

Belle si ritirò in casa con Lisa, e il piccolo studio desolato fu lasciato in custodia alla polizia.

Durante il disbrigo delle terribili formalità da parte della polizia, Mr Campion, silenzioso, attento e straordinariamente discreto, rimase sul posto.

Inizialmente Oates era raggiante, beninteso nei limiti consentiti dal suo carattere. L'esperienza gli diceva che erano in presenza di un omicidio premeditato, un crimine che la macchina della polizia sapeva quasi sempre risolvere con successo. Sarebbe stato oggetto di scrupolosa indagine e, senza indebiti ottimismi, l'ispettore sentiva già di poter contare sulla soluzione del caso. Tuttavia, a mano a mano che i dettagli si chiarivano, nella sua mente si affacciarono i primi sintomi dello sconcerto e della successiva irritazione che tanto lo esasperarono in seguito.

Si vide costretto a convenire col medico che Mrs Potter fosse morta per asfissia, benché in assenza di segni di violenza, di corpi estranei nella gola e persino di gas.

Per circa mezz'ora, mentre i fotografi e gli esperti delle impronte digitali si davano da fare, le cose rimasero a un punto morto.

Nell'ottimismo dell'ispettore si insinuò una nota dissonante, e via via che ciascuna delle ordinarie procedure di indagine si dimostrava infruttuosa, l'espressione di affabile assertività si fece sempre più rigida, sempre meno convinta.

In qualità di una delle ultime persone ad avere visto viva Mrs Potter, Fred Rennie si presentò per un meticoloso controinterrogatorio, ma tolto un resoconto prudente e piuttosto accurato dell'acquisto del bianco di piombo, da lui non riuscirono a cavare nulla.

Le prime avvisaglie di quanto stava rapidamente diventando inspiegabile si manifestarono quando l'agente in borghese Dawling, lasciato di guardia davanti allo studio, sorprese Lisa a recuperare con aria furtiva da un ciuffo d'erba la tazza da cui Mrs Potter aveva bevuto il brodo di estratto di carne, e a risciacquarla.

Portò la donna e il recipiente sospetto, ora pulito e inutilizzabile come prova, in trionfo dall'ispettore.

Lisa stava in piedi appena oltre la soglia, il viso illuminato dalle lampadine pendenti. A fianco del poliziotto dal viso acceso, era una visione straordinaria, indimenticabile. I vivaci occhi neri splendevano dal reticolo di rughe gialle che le solcavano il viso, dandole un'aria di imprevedibile astuzia, quando probabilmente l'unica sua emozione era un'enorme ansia.

L'ispettore osservò con diffidenza la figura vestita in gramaglie. Ma quando parlò il tono era amichevole. «Io e

Miss Capella ci conosciamo» disse. «Ci siamo già incontrati... qualche settimana fa».

Lisa annuì, e nei fuorvianti occhi neri guizzò qualcosa che poteva essere scambiata per maligna soddisfazione, ma in realtà era semplice assenso. «Sì» rispose. «Quando c'è stato l'altro omicidio».

«Omicidio?» Oates si avventò su quella parola. Lisa però sembrava ignara di qualunque ammissione. Tenne lo sguardo fisso su di lui, impotenza e stupidità simulati da quella sua sconcertante esteriorità.

«Cosa le fa pensare che Mrs Potter sia stata assassinata?»

«L'ho vista in faccia. Non è morta di morte naturale. I morti non hanno quell'aspetto, quando muoiono di morte naturale».

«Ah, quindi l'ha vista in faccia?» disse l'ispettore con un sospiro. «È stato quando è entrata per la tazza, immagino. Quella tazza».

Indicò la tazza di terraglia piuttosto ridicola che l'agente in borghese Downing stringeva ancora fiduciosamente; se però aveva sperato in un crollo drammatico da parte della vecchia, Lisa lo deluse.

«Sì, quand'ho preso la tazza» confermò inumidendosi le labbra con la punta della lingua, gli occhi che guizzavano in modo esasperante.

«Ah!» Di fronte un'ammissione tanto smaccata l'ispettore si trovò quasi in imbarazzo. «Quindi non nega di aver rimosso la tazza da questa stanza dopo la morte di Mrs Potter, e di avere provato a lavarla?»

La nota di trionfo nella voce dell'uomo parve mettere in guardia Lisa, la conversazione non era una semplice chiacchierata. Serrò la bocca con determinazione, e gli occhi si fecero opachi e totalmente privi di espressione.

L'ispettore ripeté la domanda.

Lisa allargò le braccia. «Non parlo più» disse.

Dopo ripetuti tentativi di farle cambiare idea, Oates si rivolse a Campion. «Lei la conosce» disse. «Le faccia capire che non può spingersi fino a questo punto senza andare fino in fondo».

Ma una volta messa in allarme non fu facile calmare Lisa. Passò un quarto d'ora prima che la donna desse segno di riuscire a parlare. Poi, finalmente, concesse qualche risposta esitante.

«Sono entrata quando Mrs Lafcadio è tornata alla villa per telefonare. È stato allora che ho visto la faccia di Claire Potter... sì, e ho visto anche la tazza. Sì, è stato allora che l'ho messa nell'aiuola».

«Perché?» chiese l'ispettore.

«Perché in quel momento non volevo entrare in casa. Mrs Lafcadio mi aveva detto di aspettare davanti allo studio. E non volevo che qualcun altro ci entrasse».

«Perché?»

«Perché Mrs Potter era morta».

L'ispettore sospirò. Campion intervenne.

«Lisa, perché ha portato via la tazza?»

L'anziana donna esitò. Gli occhi erano tornati vivi, e dardeggiavano tormentati da una parte all'altra.

«L'ho vista lì» rispose imprevedibilmente, indicando il tavolino multiuso sotto la finestra, sul cui ripiano inferiore Claire aveva appoggiato la tazza quand'era arrivata Miss Cunninghame. «E l'ho presa per lavarla».

«Ma perché, Lisa? Avrà pur dovuto avere una ragione per fare una cosa del genere in un momento così eccezionale».

L'anziana donna si voltò verso di lui. «Ce l'avevo» rispose con inaspettato vigore. «Ho pensato che nella tazza ci fosse del veleno, e che lei fosse morta avvelenata, e che ci sarebbero stati problemi. Perciò ho lavato la tazza per evitare altra infelicità nella casa».

L'ispettore la guardava ammaliato, mentre sul viso dell'agente Downing si leggeva un'emozione simile alla meraviglia e al giubilo.

Mr Campion, preoccupato, insistette. «Deve spiegarsi».

«Io non parlo più».

«Eppure deve. Non lo capisce che se non si spiega questi signori penseranno che sia stata lei a mettere il veleno nella tazza, ammesso ce ne fosse?»

«Io?» Lisa era chiaramente sbigottita. «E perché mai?»

Oates fece un passo avanti. «È proprio quello che vogliamo sapere».

Lisa cominciò a piangere. Si lasciò cadere sulla sedia più vicina e singhiozzò senza ritegno. Era tutto così difficile.

Il compito di estorcerle la verità sembrava essere stato delegato a Campion, che fece un nuovo tentativo.

«Chi pensa volesse avvelenare Mrs Potter, Lisa?»

«Nessuno, nessuno. Ho lavato la tazza così, per sicurezza».

«Oh, avanti, Lisa, questo non è vero. Lei era affezionata a Mrs Potter...»

«No che non lo ero». La sua lacrimosa veemenza era allarmante. «Era una stupida. Una donna prepotente. Una vera stupida».

«Be', comunque» Mr Campion si asciugò la fronte, «la apprezzava, la conosceva bene. Se un... estraneo l'avesse avvelenata, lei vorrebbe che lo prendessero, non è così?»

«Sì» ammise a malincuore.

«Ebbene, allora deve dirci chi pensa abbia messo il veleno nella tazza».

«Io non penso sia stato lui... io... io... ho lavato la tazza solo per sicurezza. Quando l'ho vista morta mi sono ricordata che lui era entrato, e ho pensato...» i singhiozzi aumentarono di intensità, la donna ammutolì.

Campion e Oates si scambiarono un'occhiata, e l'ispettore sbuffò per il sollievo. I fatti cominciavano a venir fuori, finalmente.

«Su, su» disse in tono leggero, dandole qualche colpetto sulla spalla. «Sarà meglio che ci dica la verità. Non ha senso nascondere le cose in una faccenda del genere. Chi è che ha visto entrare?»

I singhiozzi di Lisa divennero isterici. «Non lo so. Non ho visto nessuno. Io non parlo».

La presa di Oates sulla sua spalla si rafforzò; l'uomo la scrollò con gentilezza. «Si controlli. Avanti, ce lo dica. Chi ha visto entrare in questo studio?»

La voce dell'autorità sortì i suoi effetti. Lisa cominciò a mormorare con voce lacrimosa. «Io non so niente. L'ho solo visto entrare e poi uscire, e quando l'ho vista morta mi sono chiesta...»

«Sì, sì, certo» disse l'ispettore spazientito. «Ma chi?»

Lisa sollevò gli occhi inondati di lacrime verso quelli di lui. «Mr... Mr Potter» disse. «Il marito. È da sei anni che prende il treno delle cinque e mezzo da Chelmsford, arriva a Liverpool Street poco dopo le sei ed è a casa per le sette, ecco perché quando oggi l'ho visto rientrare alle cinque e uscire dopo un paio di minuti ho pensato che sarebbe successo qualcosa».

L'ispettore, che stava annotando i dati su un piccolo taccuino disordinato, fece un cenno al suo sottoposto.

«Senti l'ufficio informazioni, fatti dare il numero della scuola di Chelmsford e chiedi se oggi Mr Potter è uscito prima. Ovviamente non dire chi sei».

Mentre le informazioni venivano recuperate, Lisa fu interrogata meticolosamente sugli orari. Dapprima si mostrò imbronciata e poco collaborativa, ma Oates si rivelò la quintessenza del tatto e della pazienza, e in breve tempo riuscì a farla parlare.

«Quando ho visto andar via Miss Cunninghame l'orologio della cucina segnava le cinque meno un quarto» articolò lentamente. «L'orologio era avanti di un quarto d'ora, per cui erano le quattro e mezzo. Poi ho sentito di nuovo il cancello aprirsi, e ho guardato per vedere se fosse il pescivendolo, invece era Mr Potter. Erano le cinque, ho guardato l'orologio. Vede, per un momento mi sono spaventata, pensavo che fossero già le sette e che avessi pasticciato con l'orario».

«Allora se l'orologio segnava le cinque in realtà erano le cinque meno un quarto, dato che l'orologio è avanti?» domandò Oates sempre scrivendo.

«No. Erano le cinque, perché quando Miss Cunninghame è uscita sapevo che dovevano essere le quattro e mezzo, così ho regolato l'orologio. Per questo dicevo che credevo di essermi imbrogliata con l'orario».

«Già» disse Oates asciutto, e rettificò gli appunti. «Quanto tempo si è fermato Mr Potter qui nello studio?»

«Non saprei. Non ho più guardato l'orologio, ma credo circa dieci minuti».

«Dieci minuti. Com'era quand'è uscito? Andava di fretta?»

Lisa riprese a piangere. Infine però annuì. «Sì» spiegò. «Per questo l'ho notato. Si muoveva furtivo come se avesse paura di essere visto. Per questo ho lavato la tazza».

Downing tornò dopo la telefonata; il suo contegno tradiva un'eccitazione rispettosamente tenuta a freno. «Mr Potter non si è visto alla Blakenham per tutto il giorno, signore» lo informò. «Questa mattina alle dieci hanno ricevuto un telegramma in cui comunicava che era ammalato».

L'ispettore fece una smorfia. «Capisco» articolò lentamente. «Capisco».

Dopo quelle parole cadde il silenzio, e fu proprio in quel mentre che Mr Potter aprì il cancello del giardino, e sforzandosi di camminare con naturalezza e disinvoltura percorse il vialetto ed entrò nello studio.

Si fermò sulla soglia e batté le palpebre di fronte alla singolare visione di tutta quella gente in casa sua, non riconoscendo tutti i singoli soggetti né il possibile significato della loro presenza lì.

L'aspetto era molto simile alla prima volta in cui Mr Campion ricordava di averlo visto. Lo scarno viso rosso, con il naso enorme e gli occhi acquosi, era malinconico persino nello stupore. Inoltre era terribilmente in disordine. I capelli sbucavano a ciuffi da sotto il cappello, i fogli tenuti insieme alla bell'e meglio stavano per cadergli rovinosamente ai piedi in un mucchio scomposto, e una lunga stringa ribelle si trascinava pericolosamente dietro di lui.

Eppure, notò Campion con crescente preoccupazione, c'era una nota nuova nella consueta aria di amarezza e sconforto che emanava dalla sua persona: la nota acuta e sottile della paura.

E diventava sempre più marcata via via che il suo sguardo si spostava da un viso all'altro: la piangente Lisa, che lo guardava come un cane che implora perdono; l'impassibile medico; l'esagitato agente in borghese, Campion e l'invadente ispettore.

Attesero che fosse lui a fare la prima mossa, e quando questa arrivò fu così naturale e così totalmente nel suo carattere, ma al tempo stesso così orribile date le circostanze, che tutti avvertirono un brivido freddo.

Mr Potter, dopo avere osservato ciascun viso, guardò oltre il gruppo, nel cucinino.

«Claire» chiamò. «Claire, abbiamo visite». Poi si rivolse di nuovo alla compagnia esterrefatta. «Mi spiace, non c'è nessuno» disse, tornando all'abituale, remissivo mormorio. «Molto fastidioso... decisamente fastidioso. Immagino vogliate vedere mia moglie. Sarà qui tra un attimo...»

L'agente in borghese cambiò posizione, e lo spostamento della sua mole espose alla vista la forma sul divano coperta dal lenzuolo. Mr Potter la guardò a occhi sgranati. Tutto l'acquoso rossore del viso sembrò confluire nel grosso naso, rendendolo grottesco e assurdo. Gli occhi, piccoli e molto ravvicinati vicino alla gobba del naso, si fecero sempre più rotondi e attoniti, come quelli di un bambino impaurito.

Fece per attraversare la stanza e andare da lei, ma Campion lo afferrò per un braccio. «No» disse. «Aspetti».

Mr Potter si voltò verso di lui; nei suoi occhi l'incredulità crebbe fino a svuotarli di ogni espressione. «È mia moglie?»

Le parole erano state sussurrate. Campion avvertì il senso di soffocamento che scaturisce dall'orrore di un incubo.

«È mia moglie?» Non aveva ripetuto la domanda, ma la stanzetta triste e artificiale sembrò riecheggiarla.

Campion annuì.

Mr Potter fece correre lo sguardo sui presenti. Il pianto irrefrenabile di Lisa era l'unico suono.

«Claire?» disse Mr Potter con una voce in cui stupore, incredulità e disperazione erano inestricabilmente mescolati. «Claire?»

Si divincolò da Campion e si avvicinò al divano. Con loro grande sollievo, l'uomo non cercò di tirare indietro il lenzuolo. Si chinò e toccò il braccio freddo attraverso il tessuto.

«Morta» disse all'improvviso, facendo un passo indietro. «Claire è morta».

Si mosse per la stanza e si fermò voltando loro la schiena. Nella luce dorata sembrava alto e stranamente controllato. «Morta» ripeté con il tono di voce più concreto che gli avessero mai sentito usare.

Poi il fascio di fogli e il cappello malconcio scivolarono a terra, e il dottor Fettes balzò in avanti per afferrare l'uomo mentre cadeva.

«È lo choc» disse il giovane medico, dando uno strattone al colletto floscio. «È lo choc».

«Non mi sono mai sentita così scombussolata».

Miss Cunninghame, il viso accesso per l'emozione e l'offesa di esser stata sfiorata da una simile tragedia, diede l'annuncio come se fosse una confidenza importante.

«Mai in assoluto».

L'ispettore Oates era piegato in avanti sull'ampia sedia Chippendale, la testa inclinata di lato come un terrier davanti alla tana di un coniglio. Poco dietro di lui c'era Mr Campion. Oates non avrebbe saputo dire perché, a dispetto di procedure ed etichetta, invitava sempre quel giovane pallido ad accompagnarlo nelle sue spedizioni, ma il fatto rimaneva, e di conseguenza anche Mr Campion.

La piccola stanza sul davanti della casa un po' periferica in cui stavano parlando era il riflesso dello status sociale e dei mezzi modestamente bastevoli di Miss Cunninghame. La pittura bianca, gli ottoni lucenti, il chintz in stile Morris e il mobilio di buona qualità erano raffinati, zitelleschi e marcatamente ordinari. Solo i terrificanti acquarelli nelle sottili cornici dorate davano un tocco distintivo.

Miss Cunninghame continuava a parlare.

«Naturalmente» disse mentre la luce dell'istinto di autoconservazione le si accendeva nello sguardo, «Mrs Potter non era una mia amica. Voglio dire, non siamo mai state in rapporti intimi, non parlavamo mai. Qualche volta andavo a lezione da lei perché mi sembrava una persona molto capace, e poi il suo ambiente mi intrigava. Perché John Lafcadio vive in quella piccola comunità... o meglio, viveva» rettificò incerta, come se nemmeno l'illustre fantasma fosse in grado di superare quell'ultima catastrofe.

L'ispettore rimase muto e vigile, e Miss Cunninghame, ora vergognosa, si sentì tenuta a proseguire.

«Perciò capisce» concluse in tono fiacco, «la conoscevo a malapena. Poveretta».

«Non si confidava con lei?» Oates sembrava deluso.

«Oh, no...» Per un momento Miss Cunninghame parve voler lasciar cadere l'argomento, ma l'aria di aspettativa dell'ispettore ebbe la meglio. «Oggi pomeriggio mi è sembrata strana» aggiunse d'un tratto. «Del resto non c'è da stupirsi, povera creatura, se si pensa che da lì a poco avrebbe incontrato la morte».

«Strana?» domandò Oates, ignorando le deduzioni piuttosto confuse della sua informatrice.

Essendosi ormai sbilanciata, Miss Cunninghame andò fino in fondo.

«Oh, decisamente» dichiarò. «Le ho persino chiesto se non si sentiva bene, e lei si è quasi arrabbiata. E poi era come imbambolata».

L'ispettore raddrizzò la testa. A Campion parve quasi che le sue orecchie si fossero rizzate.

«Quando dice imbambolata, intende dire che era disorientata... insomma, drogata?»

Gli occhi di Miss Cunninghame si spalancarono.

«Droga?» disse. «Non vorrà dire che...? Cielo, se avessi immaginato...»

«Oh, no, no». L'ispettore era molto paziente. «No, sto solo cercando di risalire alla possibile causa di morte di

Mrs Potter. I dottori non si sono ancora pronunciati sulla causa effettiva, e dato che per quanto ne sappiamo lei è stata l'ultima persona a vederla viva siamo naturalmente molto ansiosi di sapere che impressione le ha fatto».

«Io l'ultima persona? Sul serio? Oh!» Il fugace fremito di importanza di Miss Cunninghame fu subito smorzato da un nuovo, inquietante pensiero. «Un'inchiesta! Non sarò convocata... oh, ispettore, non sarò convocata come testimone? Non avrebbe senso, non la conoscevo nemmeno...»

«Non abbiamo nessuna certezza, ancora» disse Oates mendace. «Intanto mi dica tutto quello che sa».

«Sì, sì, certo. Qualunque cosa». Campion trovò il patetico terrore di Miss Cunninghame leggermente nauseante. «Ebbene, era strana. Decisamente distratta. Per niente in sé. Ho cercato di farla parlare del... dell'altro problema... del delitto, cioè. Mi faceva pena, e ho pensato che forse l'avrebbe aiutata».

Miss Cunninghame lanciò un'occhiata colpevole all'ispettore, ma gli onnipotenti e onniveggenti poteri che attribuiva alla polizia non si manifestarono, per cui riprese a parlare in tutta fretta.

«È stato allora che mi è sembrata come instupidita. Sentiva quel che le dicevo, solo qualche domanda fondamentale, gentile, ma era completamente assente. Non mi ha accompagnato alla porta. Sono uscita da sola, ma lei stava bene, perché ho sentito il telefono squillare».

L'ispettore, che era ripiombato nello sconforto non appena si era reso conto che dall'interrogatorio non avrebbe cavato nulla di utile, si rianimò all'improvviso.

«Ha sentito il telefono squillare alle quattro e mezzo?» domandò estraendo il taccuino.

Nel vedere quell'evidenza di ufficialità, Miss Cunninghame si agitò visibilmente, ma ripeté il fatto lentamente, come se lo stesse dettando a un bambino di prima elementare. «Alle quattro e mezzo, mentre uscivo, ho sentito il telefono suonare... ho avuto l'impressione che andasse a rispondere» proseguì più rapidamente, «ma non potrei esserne certa. Non mi sono fermata ad ascoltare, naturalmente».

«Naturalmente» convenne l'ispettore.

«Ma l'avrei fatto» dichiarò Miss Cunninghame con cauto coraggio morale, «se avessi saputo quel che stava per accadere».

Oates, sconcertato di fronte a quella dichiarazione, si fermò impacciato.

«Ma in quel momento non potevo saperlo, no?» rincarò Miss Cunninghame ringalluzzita. «Ho solo notato che era preoccupata. Quindi, ispettore, non sarà necessaria una deposizione, vero? Sono davvero tutta scombussolata. In fondo, anche se non eravamo amiche, l'ho frequentata per anni, e solo quest'oggi pomeriggio ero lì a parlare con lei dei miei acquerelli. La morte» aggiunse con la soddisfazione di chi sa di essere nel giusto, «è una cosa terribile».

«Già» rispose l'ispettore, «decisamente».

Mr Campion e il poliziotto tornarono a piedi assieme attraverso le piazze delimitate dai polverosi edifici anonimi, ora trasformati in caseggiati di stanze in affitto, che si trascinano tetri da Maida Vale a Bayswater. Oates sembrava ansioso di parlare, circostanza eccezionale, e Campion era più che disposto ad ascoltarlo.

«Strano tipo» commentò. «Donne così mi sembra di incontrarle solo nei casi di omicidio. Pare riescano a sgusciare via da qualunque altra cosa. Il mondo è pieno di persone dal cuore duro» disse come riflettendo tra sé.

«Ci ha detto due cose» osservò Campion.

Oates annuì. «Primo, la Potter era preoccupata al punto da disinteressarsi alla vecchia carampana, e, secondo, ha ricevuto una telefonata alle quattro e mezzo. La prima potrebbe essere più o meno rilevante. Dall'altra potremmo forse cavare qualcosa, potrebbe farci fare un passo avanti». Si girò verso Campion. «Buffo, vero?»

«Che cosa è buffo?»

«Tutta questa maledetta faccenda. Due casi, uno subito dopo l'altro in questo modo. Quando oggi pomeriggio mi ha telefonato, ho pensato che avremmo risolto tutto nel giro di un'ora. Manie omicide da parte della ragazza. Spesso i discendenti dei personaggi famosi sono un po' squilibrati. Adesso però non ne sono più tanto sicuro, sa».

Campion si astenne dal commentare, e l'ispettore proseguì, il viso grigio dagli occhi astuti e gentili ora serio e assorto.

«Le è sembrato che quella donna esagerasse, o il contrario? Cioè, quanto effettivamente agitata crede fosse Mrs Potter?»

«Suicidio?» domandò Campion con aria dubbiosa.

«Chissà. Per ora non abbiamo prove né dell'una né dell'altra cosa, naturalmente. Non conosciamo neppure le cause della morte. Odio fare ipotesi. Non ne esce mai nulla di buono. Allo stesso tempo però è bene tenersi aperti a ogni possibilità».

«Ah» disse Mr Campion, e mentre l'idea che gli ronzava per la testa fin dalla prima tragedia si imponeva in tutta la sua illogicità, il suo sguardo si fece sfuocato.

«Naturalmente» mormorò l'ispettore, assestando un violento colpo a una cancellata col giornale della sera ripiegato, «c'è quel tizio, Potter. Mrs Lafcadio è stata gentile a portarlo in casa sua e a metterlo a letto. Domattina sarà in grado di parlare. Dovremmo evitare di fare ipotesi finché non abbiamo sentito quel che ha da dirci».

«In ogni caso Lisa e la scuola non possono mentire entrambe» osservò Mr Campion.

«No» disse Oates. «No, certo. Questo ce l'ho ben chiaro. Lui aveva in mente qualcosa». Si fermò a sbirciare l'amico. «Se il primo commento che ha fatto quando è entrato è stato una messinscena» disse, «darò le dimissioni».

Per come andarono le cose quella promessa non fu mai mantenuta, perché ovviamente Mr Potter non aveva mai fatto altro che recitare, e con incredibile abilità.

L'ispettore continuò a dar voce a pensieri sparsi.

«Quell'italiana, Lisa» disse. «Una pessima testimone, ma onesta, direi, per quanto non si possa mai esser certi. Probabilmente ha ragione, a parlare di veleno. E se l'autopsia non ci fornirà una risposta ce la fornirà il perito del ministero degli Interni. Sono soggetti straordinari, Campion. Si presentano in tribunale e giurano fino al milionesimo di grammo. E spesso centrano il segno».

Infastidito, Campion si strinse nelle spalle. «Veleno» commentò. «È comunque un brutto metodo».

«Uhm» disse l'ispettore squadrandolo. «Un accoltellamento e forse veleno. Roba da italiani. Val la pena di ragionarci».

«Lisa?» L'espressione di Mr Campion era di totale incredulità.

«Non sto insinuando nulla. Non lo penso neppure. Solo lascio andare la mente a briglie sciolte. A volte ripaga. E poi c'è la moglie di Dacre... una ragazza decisamente fuori dal comune. Lo sa chi è?

«Chi? Rosa Rosa?»

«Sì. È una Rosini, amico mio. Una nipote, o qualcosa del genere, del vecchio Guido. Al momento alloggia sopra l'emporio di Saffron Hill. Cosa ne sa di lei?»

«Non vedo come l'essere cugina prima di un clan nel giro delle corse dei cavalli possa collegare una persona alla morte di una rispettabile signora di Bayswater» disse Campion.

«Neppure io» rispose l'ispettore inspirando rumorosamente, «ma varrà la pena di tenerlo presente».

Mr Campion aprì la bocca per parlare, cambiò idea, sospirò, e continuò a camminare in silenzio.

«Su, parli» lo esortò l'ispettore senza neanche voltarsi.

Campion fece un cenno di diniego.

«È un tiro alla cieca» disse, «eppure...»

«Avanti, sentiamo. Siamo comunque in presenza di un'orgia di assurdità. Siamo qui, o per meglio dire sono qui, a indagare sui fatti, non a fare castelli in aria, eppure abbiamo passato l'ultima mezz'ora a congetturare allegramente come una coppia di dilettanti, perciò perché non andare fino in fondo? Cosa le ronza per la testa?»

Mr Campion rifletté su Max Fustian e sulle idee che gli erano balenate sul suo conto.

«No» disse infine. «È troppo vago perché ci porti da qualche parte. Era una sorta di barlume di idea che mi è balenata riguardo l'omicidio di Dacre, ma non si adatta per niente a questo nuovo caso».

«Il movente» articolò Oates con impeto. «È l'unico modo per mettere in relazione i due casi. Trovi il movente e avrà trovato l'uomo... o la donna».

«Omicidio e poi suicidio, quindi?» suggerì Campion.

Oates si strinse nelle spalle. «Forse. Ma ne dubito. Glielo ripeto, quale sarebbe il movente dell'omicidio? Però le dico una cosa» proseguì subito ravvivandosi. «Se è stato avvelenamento beccheremo il nostro tizio. L'assassinio di Dacre è stato spontaneo... impulsivo. Avrebbe potuto commetterlo chiunque. Ma questo è tutt'altra cosa. Questo, se è omicidio, è premeditato e studiato nei minimi dettagli. Non è possibile che ci siano due assassini a piede libero in un'unica famiglia, per cui le probabilità sono che si tratti della stessa persona, e io non credo che a questo mondo esista uomo capace di farla franca due volte».

Questo fu il secondo errore dell'ispettore.

Campion non disse nulla, e Oates accelerò il passo.

«Il movente» ripeté. «È così che lo prenderemo, o la prenderemo, chiunque sia».

Raggiunsero il canale e svoltarono nella strada a mezzaluna. Alla luce dei lampioni le superfici di finta pietra di Little Venice avevano un che di triste e squallido. Lo splendore della Domenica dell'Esposizione era svanito; ora l'aspetto era malinconico. Diversamente dal solito, le tende avvolgibili erano calate e la porta d'ingresso serrata. La casa era in disgrazia.

Una piccola automobile appariscente, scintillante e dall'aria costosa metteva in risalto lo squallore della casa.

«Di chi è?» chiese l'ispettore indicando con un cenno della testa lo scintillante giocattolo.

«Di Max Fustian». Campion era perplesso.

Oates fece una breve risata. «Sarà venuto a fare un'altra confessione».

«Mah... chissà» rispose Mr Campion.

15.
Il corso degli eventi

Mr Campion seppe che a uccidere Mrs Potter era stato Max Fustian non appena lo vide quella sera.

Non giunse a quella conclusione grazie a un processo di pacata, logica deduzione, e neppure grazie a un accecante lampo di fulgida intuizione, ma seguendo quel corso di pensiero disordinato e non convenzionale, una via di mezzo tra i due, con cui di solito una persona arriva a sapere le cose.

Quando vide l'uomo in piedi sul tappeto davanti al focolare a casa di Belle, il volto così pallido da sembrare bluastro, i mobili occhi esultanti e il respiro un po' corto, Campion lo fissò e si disse: "Sì, è stato lui". Dopodiché: "Sa il cielo perché... o come".

Oltre a loro c'era solo donna Beatrice. L'ispettore era a colloquio con un esasperato dottor Fettes al piano inferiore, mentre Belle era in cucina a confortare Lisa in preda ai rimorsi di coscienza.

La discepola preposta alla suprema connessione spirituale sedeva sulla sua poltrona in fondo alla sala, le spalle ingobbite e gli occhi freddi e inebetiti.

«Claire» ripeteva a se stessa. «Claire!» E di tanto in tanto: «Così pratica. Non l'avrei mai immaginato».

Gli occhi di Max incontrarono quelli di Campion; con superba condiscendenza il primo rivolse un cenno al secondo. «Una vera fortuna che sia potuto accorrere in aiuto di Belle così velocemente, mio caro Campion» esordì.

All'orecchio sensibile del giovane la liquida affettazione nella voce di Max parve ancora più pronunciata.

«Quando sono capitato qui circa un'ora fa, Belle mi ha raccontato quanto è stato gentile» proseguì Max sempre con la stessa nuova, insopportabile aria di superiorità. «Mi congratulo con me stesso per aver obbedito all'impulso di venire qui direttamente da Seyer. Guai a ignorare presentimenti del genere».

Fu allora che Campion notò che Max era in abito di gala. Il taglio del vestito da cerimonia era spettacolare, il fine tessuto di lana luccicava di sericea eleganza.

«Seyer?» domandò.

«Una mostra privata dei disegni a pastello della duchessa di Swayne» spiegò Max brevemente. «Delicati. Emozioni genuine. Andati a ruba».

Campion sedette e lo osservò. Per la prima volta in vita sua non si sentiva all'altezza della situazione, e aveva paura di tradirsi.

Max non era semplicemente sicuro di sé, era euforico. Sotto il decoroso velo di comprensivo cordoglio ardevano il trionfo e un'emozione che era indubbiamente soddisfazione. Campion si sentì smarrito.

"L'ha fatta franca. Sa di essere al sicuro". Il pensiero, all'inizio nebuloso e irritante, crebbe lentamente fino a diventare certezza.

Max riprese a parlare della tragedia.

«Terribile» disse. «Terribile. Una delle donne più valenti. Non si riesce a crederlo».

E sospirò con genuino rammarico.

Campion sollevò gli occhi e scoprì che l'uomo lo stava fissando con insolenza. Inutile nasconderlo: Max era padrone della situazione.

«Valente!» esclamò donna Beatrice, raddrizzandosi sulla sedia. «Ecco la parola che cercavo, in mezzo a tutto questo orrore. Claire era valente».

«Povero Potter» disse Campion con poca convinzione. «Si trova in una brutta posizione, temo».

Si interruppe imbarazzato. Max lo stava osservando, e sorrideva. La testa era leggermente reclinata di lato, e la bocca dalle labbra serrate aveva un angolo rivolto all'ingiù, inequivocabile indizio di un indulgente divertimento.

L'indignazione, nelle sue componenti di choc, rabbia, biasimo e impotenza, è forse la più ingestibile e la più demoralizzante delle emozioni. Campion riacquistò a fatica il controllo di sé e fece uno sforzo cosciente per osservare Max con la massima obiettività, eppure il pensiero ostinato che di continuo gli si ripresentava in mente era quanto fosse sicuro di sé Max e come lo ostentasse.

Donna Beatrice stava copiando il sorriso di Max, ma senza alcun senso, e l'effetto era orribile.

Delle voci sulle scale posero fine all'incubo, e mentre Belle e l'ispettore entravano Campion si alzò.

Fu una vecchietta barcollante quella che si guardò attorno nella stanza da sotto la cuffia bianca. La Cara Belle che Lafcadio aveva amato, protetto, e su cui aveva fatto affidamento, era stata messa in ginocchio dal diluvio di orrore che le si era riversato addosso. Campion la guardò, e nel suo cuore sgorgò un odio genuino e implacabile che prese il sopravvento su di lui e gli restituì la padronanza e la fiducia in sé che lo avevano temporaneamente abbandonato.

Belle si appoggiava all'ispettore, che mai Campion aveva visto così umanamente sollecito.

«Si sieda, *madam*» disse usando l'antiquata forma di cortesia. «Non si preoccupi. Lasci fare a noi. Penseremo noi a tutto».

Posò gli occhi sull'amico con sollievo.

«Devo andare all'obi... Devo andare via con il dottor Fettes» disse. «Mi sta aspettando. Affido a voi Mrs Lafcadio. Ci vediamo domani».

Rivolse un cenno distratto a Max, ignorò donna Beatrice e se ne andò.

Belle acconsentì a lasciarsi accompagnare alla sua poltrona accanto al fuoco. Max non si spostò dal tappeto davanti al camino, e Campion scoprì sbalordito che doveva compiere uno sforzo sovrumano per impedirsi di togliere di mezzo con un calcio quell'elegante figurino. Ma in quel momento Belle richiese tutta la sua attenzione.

«Albert» sussurrò la donna facendogli cenno di avvicinarsi. «Ascolta».

Lui si accovacciò accanto alla poltrona, e la donna gli appoggiò una piccola mano paffuta sulla spalla.

«Sono preoccupata per Linda. Se quella figliola torna a casa... torna a... tutto questo dopo quell'altro choc... capisci cosa intendo? Accertati che resti a Parigi, oppure che venga informata prima che torni a casa».

Campion alzò la mano e premette quella di lei dov'era, sulla propria spalla. «Ci penso io» disse. «Lasci fare a noi. Ha sentito cos'ha detto l'ispettore. Lasci fare tutto a noi».

Lentamente gli occhi castani di Belle si velarono, e le lacrime rotolarono giù per le guance.

«Oh, mio caro, magari potessi».

«Ma perché no, Belle?» Il tono di Campion non era mai stato tanto appassionato. Ogni irresolutezza era defluita dal viso, lasciandolo inaspettatamente efficiente.

La presa della donna sulla spalla di lui si rafforzò.

«Albert» mormorò. «Oh, mio caro, per amor del cielo, scopri chi è e fermalo».

Gli occhi di Campion fissarono quelli di Belle attraverso le lacrime. «Ma certo» disse in tono pacato. «Certo. Glielo prometto, Belle».

Max parve non sentire quella conversazione, o se la sentì la ignorò. Si era portato verso la credenza nell'angolo ed esaminava l'inutile bacchetta di avorio che era stata donata a Wagner.

Il mattino dopo, quando l'ispettore arrivò, Campion era già alla villa, avendo pernottato nell'appartamentino di Linda. Oates prese posto sul sedile alla base della finestra, raccogliendo attorno a sé le falde dell'impermeabile. Fu pratico e sbrigativo.

«L'inchiesta è fissata per le dodici» annunciò. «Solo le deposizioni formali, e un rinvio. Nessuno di noi deve presentarsi. Sto aspettando che Fettes veda Potter prima che io lo metta sotto torchio. Le va di venire?»

Campion ringraziò del privilegio accordatogli e si informò di Belle.

«Spero sia a letto» rispose l'ispettore. «Ho chiesto a Fettes di insistere. Così può andare in tribunale e giurare che né lei né Potter sono in condizioni di deporre. Non ha senso trascinare di nuovo la povera signora in quella brutta esperienza. Ma che cosa le succede, Campion? Ha l'aria agitata».

A Campion la notte non aveva portato consiglio. Era ancora indeciso sulla linea d'azione da seguire, e non ricordava di essersi mai trovato di fronte a un simile dilemma. Una situazione in cui fosse al tempo stesso così sicuro del fatto suo e così totalmente sprovvisto di prove concrete gli era nuova. Un'unica cosa gli era chiara: il momento di confidarsi con l'ispettore non era ancora arrivato.

«Sto bene» rispose. «Un po' perplesso, tutto qui».

«Dovrebbe essere preoccupato, invece!» L'esclamazione di Oates era stata brusca. «Alla centrale è scoppiato l'inferno. Gli ordini sono di chiarire e risolvere tutto rapidamente. L'immaginazione è una gran bella cosa. Ma cosa aspetta quel dannato dottore a farsi vivo?»

Alla fine il dottor Fettes telefonò per dire che l'autopsia

era durata tutta la notte, e che se doveva presentarsi puntuale all'inchiesta non sarebbe potuto passare prima da Little Venice. Così fu il dottor Derrick, suo assistente, un giovane con capelli rossicci e sospettosi occhi azzurri, ad arrivare sul posto e dichiarare Mr Potter idoneo a essere interrogato.

Campion e l'ispettore entrarono nella sbiadita stanza degli ospiti che tanti personaggi famosi aveva ospitato all'epoca d'oro in cui Lafcadio era una celebrità.

Pur aspettandosi Campion un'esperienza penosa, la visione di Mr Potter seduto nell'ampio letto all'italiana, sostenuto da immacolati cuscini, presentava ugualmente quell'elemento di inaspettata indecenza che è l'essenza stessa dell'imbarazzo.

Il naturale rossore del viso era sparito, lasciando una reticolo di venuzze rosse che rendevano la pelle simile a maiolica cavillata. Gli occhi erano diventati più piccoli e pallidi, come sul punto di sparire completamente, e la bocca era floscia e patetica. La vecchiaia e la paura lo facevano sembrare come instupidito.

L'ispettore si fermò a osservarlo con gravità, e per qualche istante l'uomo nel letto parve non accorgersi dell'intrusione. Poi, d'un tratto, alzò gli occhi.

«L'ipotesi che sia stato io a uccidere mia moglie è assurda» dichiarò. Parlò senza foga o, così parve, senza una carica emotiva personale.

Oates si schiarì la gola. «Cos'è stato a metterle quest'idea in testa, Mr Potter?» esordì cauto.

Per un attimo gli occhi slavati indugiarono con sprezzo sul viso grigio del poliziotto.

«Ho sentito Lisa» spiegò brevemente. «È inutile menare il can per l'aia, a questo punto. Basta convenzioni, buone maniere e finzioni. Di finzioni ce ne sono già state fin troppe, perlomeno nella mia vita. E anche nella vita di tutti gli altri. E non serve proprio a niente».

L'ispettore guardò Campion con la coda dell'occhio. «È davvero deplorabile che Miss Capella abbia potuto mettersi di mezzo» disse severo. «Ora si ritroverà in guai seri».

Se aveva sperato di scuotere l'uomo a letto usando la minaccia per fargli abbandonare quell'atteggiamento inflessibile, l'ispettore rimase deluso. Mr Potter, di norma il più gentile tra gli uomini, si strinse nelle spalle.

«Non so che fare» disse. «Non posso farci niente. Lasciatemi in pace».

«Ascolti, Mr Potter» ora il tono di Oates era conciliante, «lo capisco che dev'essere molto doloroso parlare, in questo momento, ma la questione è urgente. Ci sono svariate domande che voglio porle, ed esigo una spiegazione. Ieri, per cercare di aiutarla, Miss Capella ha sollevato una dubbio che dev'essere chiarito... mi sta ascoltando?»

Quest'ultima domanda fu come una postilla, perché Mr Potter si era voltato e ora guardava fuori dalla finestra il cielo in corsa.

Oates ripeté la domanda, e la figura nel letto si mosse. Fissando i suoi tormentatori, fece uno sforzo per concentrarsi.

«Sono rimasto solo» disse all'improvviso. «Sono completamente libero. Posso andare dove voglio, fare quel che voglio. Vorrei essere morto».

Dopo quelle parole cadde il più completo silenzio. Campion rimase senza fiato, e l'ispettore spalancò gli occhi. Era una scena terribile.

Oates rifletté. Poi scosse il capo.

«Devo sapere» disse. «Perché ieri mattina ha mandato un telegramma al preside della Blakenham per dire che era a letto ammalato?»

Prima di rispondere, Mr Potter lo fissò con sguardo vacuo per un minuto buono.

«C'erano altre cose, più importanti» disse infine, quindi cautamente, come se stesse procedendo su un terreno sconosciuto, «ma niente di quello che era importante ieri lo è anche oggi. Era per un motivo futile... avevo una litografia di cui ero particolarmente soddisfatto». Il ricordo parve stupirlo. «Volevo mostrarla a una persona. Che follia».

«Dov'è andato?» lo incalzò Oates.

«Allo studio di Bill Fenner a Putney. Abbiamo passato tutto il giorno a chiacchierare e a guardare dei lavori. Ho marinato la scuola come uno scolaretto. Come se fosse importante!»

«Quand'è tornato?» lo interrogò Oates prendendo nota mentale del nome e del quartiere. «Quando mi ha trovato in casa sua... assieme agli altri?»

«Sì... sì, direi di sì». Lo sforzo di ricordare era evidentemente faticoso: la fronte di Mr Potter si aggrondò per un attimo prima e gli occhi si spalancarono all'improvviso; guardò l'ispettore con aria interdetta.

«No, che dico» si corresse. «No, stiamo parlando di ieri. Sono rientrato prima, è così che è andata. Ora ricordo».

«È rientrato prima?»

«Sì, verso le cinque. Ha importanza?»

L'ispettore sedette sul bordo del letto.

«Cerchi di ricordare con precisione, signore» disse. «So che è difficile».

«No» ribatté inaspettatamente Mr Potter. «No, invece è molto chiaro, solo sembra successo molto tempo fa». Restò seduto immobile e sul viso spuntò un'espressione indifesa. «L'ho vista, ma non ho capito» spiegò. «La mia povera Claire, non ho capito».

«L'ha vista?» L'eco pacata dell'ispettore incalzava dolcemente l'uomo a proseguire il racconto.

«Doveva essere già morta, in quel momento» sussurrò Mr Potter. «Quando sono rientrato la prima volta l'ho vista lunga distesa, con il bicchiere ai suoi piedi, ma non ho capito. E allora...» La voce dell'uomo si affievolì.

L'ispettore sgranò tanto d'occhi. «Il bicchiere ai suoi piedi? Non abbiamo trovato nessun bicchiere».

«L'ho lavato e riposto nella credenza» spiegò Mr Potter con semplicità.

«Perché?» Sul volto dell'ispettore comparve un'espressione sbalordita.

«Un'altra finzione» disse Mr Potter. «Un'altra cosa di nessuna importanza. Una questione di pura facciata. Tutte sciocchezze di nessun valore... cose senza senso».

«Perché ha lavato il bicchiere?» insisté l'ispettore.

«Era giovedì» spiegò Mr Potter. «Il giovedì, alle sette meno un quarto, Mrs Lafcadio viene sempre... veniva sempre giù allo studio per invitare me e mia moglie a cena. Sapevo che sarebbe stato inutile tentare di svegliare la povera Claire, però ho pensato che se Mrs Lafcadio non avesse visto il bicchiere, allora la prova delle... delle condizioni di mia moglie non sarebbe stata così evidente. Così l'ho risciacquato e l'ho rimesso nella credenza. Poi, dato che mi sembrava non ci fosse altro da fare, sono sgattaiolato fuori sperando che nessuno mi vedesse. Ora mi rendo conto di quanto sia stato stupido. Ma quel che ho fatto non conta più, ormai».

L'ispettore tirò fuori il taccuino e sedette con la matita sospesa e una strana espressione negli occhi. Campion intercettò il suo pensiero, e gli tornò in mente la scena bizzarra che si era verificata in sala da pranzo dopo il ricevimento.

Rivide l'interno illuminato, le scure gambe stese con le scarpe comode che si insinuavano nella visuale creata dal vano della porta, e i nervosi tentativi di Mr Potter di tenere a distanza lui e l'ispettore. Tutto il mistero sul rientro anticipato dell'uomo allo studio gli divenne improvvisamente chiaro.

L'ispettore si fece forza. Per la polizia i fatti erano fatti, e come tali andavano trattati.

«Quando ha visto Mrs Potter che aspetto aveva? Dove si trovava?»

«Era sdraiata a faccia in giù sul divano, per metà seduta, e il corpo era girato in modo da nascondere il viso». Mr Potter parlava con una sorta di stupore, come se fosse concentrato su cose essenziali, lontane anni luce dalle futilità di cui stava rendendo conto.

«Non si è sorpreso di trovarla in quello stato?»

Con uno sforzo Mr Potter riprese il controllo di sé.

«Ieri non ce l'avrei fatta, a rivelarlo» spiegò, «perché ieri mi sembrava una cosa importante, mentre ora sembra del tutto insignificante. Spesso mia moglie beveva in un solo sorso alcol sufficiente a metterla completamente fuori gioco per un bel po'. Credo avesse un effetto molto rapido, su di lei. Era una forma di droga, suppongo. Se era sconvolta per qualcosa... cioè, se all'improvviso scopriva che una cosa le riusciva intollerabile... allora lo faceva. Ricordo che mi preoccupavo, ne avevo paura e... che Dio mi perdoni... mi scandalizzavo. Ora invece mi sembra ridicolo. Perché non avrebbe dovuto?»

«Così quando ha visto Mrs Potter distesa sul divano ha pensato che era... ha pensato che si trattasse di questo e non si è spaventato?»

Oates si rivolgeva all'uomo con inaspettata gentilezza, e Campion intuì che l'ispettore condivideva la sua bizzarra sensazione: che Mr Potter ora vivesse in un mondo completamente nuovo, dove vi erano pochissimi punti riferimento familiari.

«Sì» rispose Mr Potter. «Ho pensato che fosse ubriaca».

«Per cui ha portato via il bicchiere per evitare che Mrs Lafcadio lo vedesse, presumibilmente lo esaminasse e saltasse alle conclusioni?»

L'uomo nel letto rise. Un suono strano, senza alcunché di melodrammatico, ma con una percentuale di pura derisione.

«Sì. Che somaro son stato».

«Perché ha lavato il bicchiere?»

«Io...» Mr Potter fissò il suo persecutore, e d'un tratto gli occhi gli si riempirono di lacrime. «Avevamo un accordo sulle piccole incombenze di casa. Ciascuno di noi lavava e riponeva ciò che trovava per casa. Mi è venuto naturale lavare il bicchiere e metterlo a scolare. Non potevo metterlo via sporco».

«Capisco» disse l'ispettore precipitosamente, e si affaccendò col taccuino.

«D'accordo» disse infine, «e la bottiglia dov'era?»

«Non so».

«Su, andiamo, Miss Potter, dove la teneva di solito?»

«Non lo so». La vittima dell'ispettore dava la sconcertante impressione di dire la completa verità riguardo a cose per cui non provava alcun interesse. «Non l'ho mai scoperto. La cosa mi preoccupava. Dio santo, se penso a come mi preoccupavo per ogni cosa! Che follia. Quando lei non c'era mi mettevo a cercare. Era tutto così ordinato... avrebbe dovuto essere facile. Ma non ho mai trovato niente. Eppure, quando aveva voglia di bere, poi la trovavo in quello stato. Andava avanti da anni».

«Anni?» A Campion e all'ispettore pareva di spiare dentro un vergognoso segreto. L'immagine di un marito tragico e inconcludente che proteggeva la moglie autoritaria con i suoi modi patetici e timorosi sembrava loro indecente e triste, da nascondere.

«All'inizio non così spesso, ma ultimamente sì».

«Beveva solo quand'era agitata?»

«Oh, sì. Era molto forte. Non si è mai lasciata prendere la mano. Succedeva solo quando le cose andavano davvero male».

«Capisco». L'ispettore si alzò. «Grazie per le informazioni, Mr Potter. Ci è stato di grande aiuto. Cercherò di non disturbarla più del necessario. A proposito, sua moglie ha mai consultato un medico riguardo a questa sua... abitudine?»

«Un medico? No, non credo». Mr Potter sembrava leggermente sorpreso. «Io e lei eravamo le due sole persone al corrente, direi, anche se altri devono averlo intuito, e comunque lei non lo considerava assolutamente importante. Ero io a preoccuparmi».

«Cosa beveva?» si informò Oates. «Whisky?»

«Non lo so. Non l'ho mai visto. Gliel'ho detto».

«Incredibile» commentò l'ispettore. «Dove lo comprava?»

«Non credo lo comprasse».

Mr Potter fece quell'annuncio singolare con la stessa aria distaccata che aveva mostrato per tutto il colloquio.

L'ispettore Oates si fermò in mezzo alla stanza.

«E allora da dove arrivava?»

«Glielo ripeto, non lo so» rispose Mr Potter con paziente disinteresse.

«Ultimamente ogni volta che mia moglie era agitata la trovavo priva di sensi, di solito col bicchiere a fianco, ma per quanto abbia cercato in lungo e in largo non ho mai trovato bottiglie. Solo una volta l'ho trovata nella sala da pranzo della villa – c'eravate anche voi, ricordo – ma è stata l'unica. Per il resto è sempre successo giù allo studio. Non credo comprasse alcolici, costano troppo, capisce, e i nostri mezzi erano così esigui che le sarebbe stato impossibile spendere anche solo pochi scellini senza che me ne accorgessi. Eravamo terribilmente poveri. Anche questo sembrava importante. Dio, come sono stanco».

Si appoggiò all'indietro e chiuse gli occhi.

Campion e l'ispettore uscirono. Il primo si terse la fronte e si divincolò come se gli abiti gli fossero diventati stretti.

L'ispettore sospirò. «Sono cose come questa che mi fanno credere nella pena di morte» commentò secco. «Prenderemo questo tizio, Campion, e lo appenderemo per il collo».

16.
Gli eventi della domenica

«Nicotina» disse l'ispettore nel mostrare il referto dei tecnici della scientifica, «uno dei veleni più subdoli al mondo, senza dubbio creato dalla Provvidenza per mettere i bastoni tra le ruote alla polizia nell'esercizio delle sue funzioni».

Campion e l'ispettore si trovavano nella biblioteca di Little Venice. Era domenica mattina, e il venerdì era stato interrogato Mr Potter.

Date le circostanze, a Mr Campion sembrò che i tecnici del ministero dell'Interno fossero stati insolitamente rapidi, e lo disse. «Pensavo si sarebbero presi sei settimane, per un lavoro del genere» commentò.

«Non ora che il dipartimento di polizia non sa che pesci pigliare» ribatté l'ispettore conciso. «Vogliamo tutti fare chiarezza sulla faccenda prima che la stampa decida di mettersi a strombazzare ai quattro venti. Sfortunatamente però sembra che finora non siamo riusciti a far altro che creare scompiglio. Ma in questo caso ci è stato utile. A quelle canaglie ogni tanto non fa male finire un po' sotto torchio. Però è interessante, non trova? La nicotina, intendo. Ultimamente sta diventando di moda, mentre fino a pochi anni fa si sapeva di un unico caso, in cui era stata usata a fini criminali. Ne sa qualcosa?»

«Non molto» rispose Campion. «Ma anche una dose minima è fatale, vero?»

«Da dieci a venti milligrammi di questo alcaloide spediscono all'altro mondo nel giro di tre o quattro minuti... paralisi del sistema respiratorio, tra le altre cose». Il tono di Oates era sdegnato. «Ho visto la sostanza in laboratorio, ieri sera... cerco sempre di saperne di più sui veleni, a mano a mano che faccio indagini. Si sorprenderebbe di sapere quanto ne so sull'arsenico» aggiunse. «I criminali dovrebbero limitarsi all'arsenico. Questi veleni così eccentrici ci portano guai a non finire. Comunque la nicotina è una sostanza incolore e volatile che ingiallisce se lasciata stappata e si solidifica se la si conserva a lungo. È tutto quello che ho imparato in materia dai nostri ragazzi».

Campion stava guardando il referto.

«*Applicando il metodo Stas-Otto ai contenuti dello stomaco, abbiamo isolato 14,89 milligrammi dell'alcaloide Nicotiana Tabacum*» lesse. «Sì, be', direi che questo è chiaro. Non dovrebbe essere difficile rintracciare la provenienza, una volta fatta la lista delle persone sospette. Non si può certo comprarne a chili, immagino».

L'ispettore lanciò un'occhiata curiosa al giovane, e parlò con voce stanca. «Chiunque può comprare una scatola di sigari» disse.

«Una scatola di sigari?» Gli occhi chiari di Campion si spalancarono. «È così facile da estrarre, l'alcaloide?»

«Per quanto ne so, sì». L'espressione di Oates era molto seria. «Anzi, suppongo che persino io e lei, con pochi rudimenti e in pratica senza particolari strumenti, riusciremmo a estrarre da una scatola di Avana veleno sufficiente a tenere impegnati i tecnici della scientifica per mesi, per cui, se anche ci dedicheremo con il consueto scrupolo all'aspetto della provenienza, non mi attendo chissà quali risultati. Stiamo lottando con una mente brillante, Campion.

Il che rende sicuramente la cosa molto interessante, ma mi sta togliendo anni di vita».

Mr Campion esitò e fece per parlare, poi però ci ripensò, e Oates non si accorse di nulla.

«Andiamo» disse, «torniamo giù in quel dannato studio. Qui non abbiamo niente da fare. Da quando è successo il fattaccio questa stanza sembra essere diventata il mio ufficio personale. Ma vedo che Mrs Lafcadio non si lamenta. Santa donna! Anzi, ogni tanto mi manda una tazza di tè».

I due uomini attraversarono l'atrio e scesero i gradini per uscire in giardino.

Lo studio dei Potter aveva un'aria triste e abbandonata; c'era solo l'agente in borghese accampato sotto il minuscolo portico.

L'ispettore aprì con la chiave, e i due entrarono.

Spogliata della dignità della tragedia, la stanza sembrava più piccola di quando Campion l'aveva vista la prima volta. L'aria era viziata e odorava terribilmente di umidità malgrado fosse rimasta disabitata per così poco tempo. Non regnava un vero e proprio disordine, ma librerie e tavolini rivelavano comunque la recente perquisizione.

Oates si guardò attorno esasperato. «Ecco» disse. «Niente di niente. Neppure l'ombra di una bottiglia o di una fiaschetta. Neanche una goccia di alcol in tutto lo studio».

«Non potrebbe averlo portato dalla villa dentro un bicchiere?» Campion parlò senza troppa convinzione, e l'uomo più anziano si strinse nelle spalle.

«E ci avrebbe messo dentro il veleno lei stessa? Be', è possibile, ma non credo. Diamine, e dove avrebbe tenuto la nicotina? Non c'è una fiala, una boccetta di pillole, niente che avrebbe potuto contenerla. E poi qualcuno dovrebbe averla vista entrare nella villa... Lisa, per esempio. Le sue finestre si affacciano su questo ingresso».

Campion annuì con aria distratta. «Avrete fatto una perquisizione minuziosa, immagino».

«Se ne sono occupati Richardson e Miss Peters. Li conosce, no?»

Campion rivide tra sé l'uomo massiccio dall'aria indolente con le mani delicate e gli occhi acuti e indagatori, in coppia con la donna esile come un uccellino le cui mani si muovevano rapide e metodiche nel passare al setaccio cassetti e tavoli ingombri. Sul loro conto girava una leggenda secondo cui erano imparentati con l'Angelo Registratore, a cui non sfuggiva mai nulla.

«Quindi vuol dire che qui non c'è niente».

«Già».

«Non hanno trovato alcol né veleno?»

«Veleno!» L'esclamazione dell'ispettore fu esplosiva. «Mio caro ragazzo, questo stesso giardino è infestato di veleni. Rennie possiede un chilogrammo circa di arsenico puro, tanto per cominciare. Nel capanno dietro il retrocucina ci sono litri di acido cloridrico diluito e del mordente olandese, che Potter usa per le sue litografie. Inoltre abbiamo trovato dell'acido muriatico sopra il lavandino, per non parlare della piccola farmacia piena di medicine, tutte dall'aria pericolosa. Ma neanche l'ombra della sostanza che cerchiamo».

«È quest'abbondanza di veleni a farvi pensare all'omicidio, dico bene?» chiese Campion lentamente. «È questa la vostra idea?»

«Esatto» confermò Oates. «Se quel giovane medico non fosse stato così scrupoloso, o se non si fosse insospettito per via della faccenda di Dacre, cento a uno che avrebbe diagnosticato un attacco cardiaco – che è pur vero, fino a un certo punto, se ci pensa – avrebbe compilato il certificato di morte e la cosa sarebbe finita lì. Qualcuno è stato astuto, maledettamente astuto; speriamo lo sia stato un po' troppo».

Campion sedette al tavolo vicino alla finestra. Era molto più pensieroso del solito, e Oates gli lanciò un'occhiata penetrante. Ma non insistette per farlo parlare; si accontentò di fargli notare che gli esperti delle impronte non avevano trovato niente di interessante.

«Il telefono era pieno di impronte della defunta» disse. «A proposito, la Cunninghame insiste nel dire di aver sentito squillare il telefono mentre usciva, così per sicurezza ho provato a rintracciare la chiamata. Ma difficilmente varrebbe come prova. Quelli del centralino non sono affidabili. Come potrebbero? A quanto pare, però, il numero dei Potter è stato chiamato da una cabina pubblica circa a quell'ora. Dev'esserci stato un intoppo nella connessione, e hanno chiamato il supervisore. La telefonata è passata per quel centralino, per questo sono riuscito a rintracciarla. Ho parlato con le due centraliniste, ma non sono state in grado di aiutarmi granché. Però sono riuscite a stabilire l'orario. Le quattro e trentuno. Questo avvalora la versione di Miss Cunninghame, ma non ci porta da nessuna parte».

«Dov'era la cabina?»

«Clifford Street. Che c'è? Le dice qualcosa?»

Campion si era irrigidito sulla sedia e guardava fisso davanti a sé. Poco dopo si tolse gli occhiali.

«Senta, Stanislaus» disse. «Tanto vale che glielo dica. A uccidere Mrs Potter è stato Max Fustian».

L'ispettore lo fissò per un lungo istante.

«Lei crede?»

«Ne sono certo».

«Ha delle prove?»

«Neppure l'ombra».

Oates gettò il mozzicone nel caminetto vuoto.

«E allora a cosa ci serve?»

«È un pensiero che mi conforta» rispose Campion.

L'ispettore accese un'altra sigaretta.

«Mi racconti tutto dall'inizio» disse. «Sono le sue doti di chiaroveggente a farla parlare, immagino».

Campion si alzò e senza imbarazzo per quella sua fantasia troppo fervida si aprì completamente all'ispettore, raccontandogli ogni dettaglio e brandello di sospetto. Quando ebbe finito Oates si sfregò i baffi con aria dubbiosa.

«Lei mi piace, Campion» disse infine. «Ha un gran coraggio. L'ho seguita perfettamente, ma se mi permette capovolgo il proverbio: "Si precipitano gli sciocchi dove gli angeli hanno paura di porre piede" dicendo che in questo caso mi sembra invece che sia un angelo a porre piede dove gli sciocchi hanno paura a precipitarsi. Non ha uno straccio di prova».

«Lo so».

«Un po' poco per esserne tanto certo!»

Mr Campion si fermò in mezzo alla stanza. «È proprio questo a mandarmi in bestia, Oates. Eppure sono sicuro. Non lo vede che sono i meri fatti a puntare nella direzione a lui opposta?»

«Non so cosa possa volere di più» disse l'ispettore abbattuto. «Ma capisco quel che vuol dire. Non c'è niente di più ingannevole dei fatti. È una cosa che si scopre stando sul banco dei testimoni, Dio sa se è vero. Comunque sia, analizziamo la sua tesi sul primo omicidio. Sono disposto a darle ragione sul fatto che, per essere un uomo intelligente, la confessione di Max Fustian è stata ridicola ai limiti del credibile. Ma i fatti, amico mio, i fatti! Che mi dice del suo alibi?»

Campion lanciò all'amico un'occhiata furba. «Chissà» disse. «Quando ha interrogato donna Beatrice le ha chiesto di cosa stavano parlando quando è andata via la luce?»

Oates si accigliò. «Sì, e mi sono beccato un resoconto completo, per mia sfortuna. Un aneddoto noioso e interminabile su un pazzo in un bagno turco che ha scambiato

Miss Beatrice per un quadro... quella donna è matta da legare, Campion».

«Era una storia lunga?» suggerì l'uomo più giovane.

«Sì».

«Donna Beatrice le sembra una persona che permetterebbe a qualcuno di infilare una parola nella conversazione?»

L'ispettore scrollò la testa. «Non ci siamo, Campion» disse. «Se sta cercando di dirmi che Fustian se l'è squagliata quando è andata via la luce lasciando la donna lì a parlare e poi è tornato, il tutto senza che lei se ne accorgesse, allora sta buttando il suo tempo e anche il mio».

«Perché?»

«Perché non è possibile. Ci pensi. Lei mi sta attaccando bottone al buio. Non se ne accorgerebbe se io fossi lì o meno?»

«E come potrei?»

«Oh, maledizione, amico mio, mi sentirebbe respirare, tanto per dirne una, e muovermi, magari tossire, oppure borbottare mentre cerco di infilarci una parola. Se mi allontanassi, anche in punta di piedi, lei mi sentirebbe. Senz'ombra di dubbio».

Campion annuì. «Lo so» disse impacciato. «Ma donna Beatrice no. Mi è venuto in mente soltanto l'altro giorno. Senza quell'apparecchio è sorda come una campana, e al ricevimento se l'è tolto. Lo vede, perciò? Non sentiva un bel niente, ed era buio pesto».

L'ispettore si tirò dritto sulla sedia. «Se l'è tolto? E perché mai?»

«Vanità, immagino».

«Be', che mi venga un colpo». Oates si appoggiò di nuovo allo schienale e non parlò per qualche istante.

«Però non è una prova concreta» disse infine. «Nessun appiglio... niente che potremmo portare in tribunale anche qualora riuscissimo a far riaprire l'istruttoria. Come ho già detto, a fregarci è stata la natura impulsiva e spontanea dell'accoltellamento. La fortuna è stata tutta dalla parte dell'assassino. Mentre questo, grazie a Dio, è premeditato. Il che ci mette su un pari livello».

«È d'accordo con me, quindi?»

«Io? Dio santo, no. Io ho una mente aperta. Sospetto di tutti e di nessuno finché non ho le prove». Nel parlare Oates sorrideva. «La cara vecchia impostazione è sempre un ottimo metodo. Ha qualche altra rivelazione infilata su per la manica?»

Campion restò serio. «Non riesco a intuire il movente» disse lentamente. «Per Max Fustian il giovane Dacre e Mrs Potter erano di certo le persone meno importanti al mondo».

«Torniamo ai fatti» riprese Oates in tono gentile, «Dove si trovava Fus... questo suo sospettato tra le quattro e mezzo e le cinque di giovedì scorso?»

«Dove lui stesso si è premurato di specificare» rispose Campion. «Alla galleria d'arte Seyer, ad andare in visibilio davanti ai disegni a pastello di una duchessa. Il vecchio Seyer è mio amico, e ieri sono passato a trovarlo. Era ancora tutto emozionato per la sua anteprima, e mi ha detto tutto quello che volevo sapere. Max è arrivato alla galleria verso le quattro e trentacinque. Seyer ci ha fatto caso perché era molto in ritardo, e l'ha aspettato per tutto il pomeriggio. La mostra ha chiuso alle sei e mezzo, ma Max è rimasto a chiacchierare con Seyer fin quasi alle sette. Poi sono usciti a bere qualcosa assieme. Seyer era gratificato, ma anche un filo sorpreso di tanta condiscendenza, mi par di capire. Di norma Max non è così affabile».

«La Cunninghame è partita da qui alle quattro e mezzo» osservò l'ispettore. «Fustian è entrato da Seyer alle quattro e trentacinque e ci è rimasto per un paio d'ore, e nel frattempo Mrs Potter era già stata uccisa, ritrovata, e noi ci trovavamo sul posto. Stando a questi fatti lui avrebbe avuto solo cinque minuti, tra le quattro e mezzo e le quattro e trentacinque, per agire. Non abbastanza per fare granché, amico mio».

«Ma abbastanza per telefonare» disse Campion.

«Vale a dire?»

Campion si sporse in avanti sulla sedia su cui aveva ripreso posto.

«Quando Miss Cunninghame se n'è andata di qui alle quattro e trenta ha sentito il telefono suonare. Voi avete rintracciato la chiamata e avete scoperto che proveniva da una cabina di Clifford Street. Max è entrato da Seyer alle quattro e trentacinque. La galleria di Seyer è a Clifford Street, e c'è una cabina telefonica una ventina di metri più avanti sulla strada... è l'unica di tutta la via».

«Ma questa non è una prova».

«Lo so, ma fa sorgere un sospetto. Decine di persone possono averlo visto nella cabina. Era vestito in modo appariscente, ricorda? Inoltre, praticamente tutti lì attorno lo conoscono di vista. Non dovrebbe essere difficile trovare dei testimoni».

«E tutto questo dove ci porterebbe?» L'interesse dell'ispettore era ormai decisamente solleticato. «Anche supponendo di poter dimostrare che è stato lui a telefonare, cosa per niente facile, cosa otterremmo? Non l'avrà avvelenata per telefono! Lei legge troppi romanzi polizieschi».

Il giovanotto pallido con gli occhiali dalla montatura di corno rimase insolitamente serio.

«La mia ipotesi sarà anche pura teoria» riconobbe, «ma sono pronto a scommettere qualunque cosa che è vera. Senta, da quanto abbiamo potuto constatare, e in base a quanto ci ha detto lo stesso Potter, sappiamo che quando Mrs Potter era in crisi si scolava d'un fiato un bicchiere di whisky e perdeva conoscenza. E sappiamo che Potter ha pensato che fosse successo anche questa volta. È stato lui a dirlo. Supponiamo sia andata proprio così».

«Con la differenza che al solito liquore era stata aggiunta un po' di nicotina?»

«Sì».

«Potrebbe valere la pena ragionarci sopra» concesse Oates cauto. «Il motivo dello choc, o di qualunque cosa si trattasse, le è stato comunicato al telefono, e l'assassino dall'altra parte del filo si è affidato sulla solita reazione della donna, fissando così il momento dell'omicidio in un'ora in cui lui aveva un alibi di ferro. Non male, Campion».

«Io dico che è andata così». Albert parlava a bassa voce. «In fondo, ci pensi: era tutto ben congegnato. Mrs Potter doveva essere a casa alle quattro e mezzo perché Miss Cunninghame, che avrebbe dovuto finire la lezione alle quattro e un quarto, si tratteneva sempre dieci minuti di più. Il marito si trovava fuori; era l'unico giorno della settimana in cui Potter usciva sempre. Quindi la donna avrebbe bevuto il veleno e sarebbe morta sola in casa. Certo, l'assassino non poteva sperare che Potter rincasasse prima e lavasse il bicchiere, ma contava sul fatto che il dottore diagnosticasse un attacco cardiaco o un avvelenamento acuto da alcol».

«È un'ipotesi che fila» disse l'ispettore. «Decisamente. E sembra fattibile. Ma ci sono ancora troppe lacune, troppe ipotesi. Come ha fatto l'assassino a mettere la nicotina nel liquore o, una volta messa, come poteva essere certo che la Potter non l'avrebbe ingerita prima della telefonata?»

Campion rifletté. «Credo che la risposta all'ultima domanda sia questa: la vittima era entrata in possesso del liquore avvelenato da poco tempo» disse poi. «Persino Max, la persona più ottimista della terra, non poteva rischiare che Mrs Potter la prendesse prima del dovuto. Perciò la risposta alla prima domanda è che lui sia riuscito a introdurre il liquore qui dentro a una certa ora di giovedì».

«Fustian è venuto qui giovedì?»

«No».

«E nemmeno durante la settimana?»

«No. Tutto questo è plausibile, però in fondo era una donna molto riservata. Il liquore potrebbe esserle arrivato per posta. Oppure può averglielo dato lui quando si sono trovati in città. Le possibilità sono talmente tante che esaminarle tutte sarebbe impossibile. Ecco perché sono d'accordo con lei: l'unica nostra speranza è trovare il recipiente che ha contenuto la sostanza».

Oates si guardò attorno nella stanzetta. «Lo troveremo» dichiarò con decisione. «Lo troveremo. Fino ad allora non voglio trarre conclusioni. Ma è pur sempre uno spiraglio, amico mio, sicuramente uno spiraglio. Venga. Proviamo anche noi a perquisire questo maledetto posto».

La meticolosità dell'ispettore, che in questo campo non aveva ricevuto un addestramento professionale, stupì Campion. Ogni mobile della stanza affastellata fu perquisito con cura, ogni asse traballante del pavimento forzata, ogni angolo che potesse coprire un nascondiglio messo a nudo.

Il soggiorno, il cucinino e il capanno esterno furono meticolosamente passati al setaccio. Uno dopo l'altro si rivelavano a Campion i piccoli segreti di casa Potter, le piccole economie, le piccole sciatterie che considerava terribilmente private e che gli comunicavano in modo insopportabile tutto il dramma della tragedia. Per quanto poco simpatica fosse stata Mrs Potter, chi l'aveva uccisa aveva anche distrutto una casa che, senza la sua presenza, era solo un desolato cumulo di ciarpame.

I due uomini rifiutarono il gentile invito a colazione di Belle e lavorarono fino alle tre e mezza. A quell'ora, accaldati, scompigliati e sconfitti, fumarono una sigaretta in mezzo al caos.

«Niente da fare» annunciò l'ispettore. «Ma sono contento di aver verificato di persona. Lo vede anche lei, Richardson e Miss Peters hanno lavorato bene. Qui non c'è niente».

A malincuore Campion dovette convenirne, e i due erano ancora immersi in un silenzio sconsolato quando Lisa bussò alla porta.

«Mrs Lafcadio dice che dovete bere almeno una tazza di tè» disse piazzando il vassoio sul tavolo. «Visto che non volete venire ve l'ho portato io».

Mentre serviva il tè, Campion si accorse degli occhi lucenti e curiosi di Lisa che scrutavano il disordine nella stanza e loro due.

Con noncuranza Campion tornò su argomenti già affrontati. «Dopo la morte di Mrs Potter e prima che arrivassi, qui non è entrato nessuno tolti Mrs Lafcadio e Rennie?»

«Le ho già detto di no» rispose Lisa un po' offesa. «E l'ho detto anche a lei» riprese rivolgendosi all'ispettore.

Oates fece un sorriso stanco. «Sì, Miss Capella» ammise. «Me l'ha ripetuto almeno mille volte».

Campion si aggrondò. «Eppure qualcuno dev'essere venuto» disse. «Almeno sulla porta. Ecco, Lisa: si è presentato qualcuno a ritirare qualcosa? Una qualunque cosa?»

«Gliel'ho già detto» ripeté brusca la vecchia. «Non è venuto nessuno, solo il fattorino della galleria d'arte».

I due uomini la fissarono ipnotizzati. La mano dell'ispettore restò sospesa a mezz'aria con la sigaretta penzoloni fra le dita, mentre Campion si era irrigidito sulla sedia, il viso inespressivo.

Ovviamente Lisa si sorprese per l'interesse suscitato. Sulle gote giallognole comparvero due macchie rosse.

«Cosa c'è di strano?» disse. «Viene spesso a quell'ora. Gli ho dato le matrici e lui e se n'è andato. Non l'ho lasciato curiosare nello studio. Mrs Lafcadio era andata a telefonare».

L'ispettore si riscosse. Lo sguardo duro e concentrato era fisso sul viso della donna.

«Di questo avrei dovuto venire a conoscenza prima» disse. «Ma lasciamo perdere. Quando è venuto esattamente il fattorino?»

Gli occhi scuri di Lisa erano impauriti. «La signora Lafcadio era al telefono» ripeté. «Ero appena entrata e avevo visto Mrs Potter. Ho sentito bussare. Mi sono spaventata. Sono andata alla porta. Quando ho visto che era solo il fattorino ho tirato un sospiro di sollievo. Gli ho detto di aspettare e ho chiuso subito per non fargli vedere niente. Poi sono andata a prendere le matrici. Erano avvolte nel loro panno, gliele ho consegnate e lui se n'è andato. Tutto qui».

«D'accordo» disse Oates calmo. «D'accordo. Cos'erano di preciso?»

«Matrici di legno incise». Per Lisa l'ignoranza dell'ispettore era sconcertante. Parlò articolando bene le parole, come se si rivolgesse a uno straniero, cosa che lui effettivamente era. «Blocchi di legno grossi e pesanti. Mrs Potter li puliva e faceva delle stampe per lui».

«Per chi?»

«Per Mr Max. Gliel'ho già detto. È venuto a prenderli il suo fattorino, e io glieli ho dati». L'ispettore guardò Campion con l'ombra di un sorriso.

«E lei glieli ha dati» ripeté.

17

La corda si allenta

«Sebastiano Quirini? Oh, caro, che splendide stampe faceva». Nel parlare Belle sollevò lo sguardo, e per un attimo i suoi occhi persero quell'espressione spenta e stanca che Campion temeva ormai di scorgervi ogni volta.

Erano di nuovo in salotto, seduti vicino al fuoco che, dopo la seconda tragedia, era diventato una necessità, per quanto la primavera non fosse poi così fredda.

Campion e l'ispettore avevano deciso di non disturbare Mr Potter se non in caso di assoluta necessità, per cui erano andati da Belle a raccogliere informazioni.

«Credo che fosse una specie di segreto» spiegò la donna, «per cui non doveva saperlo nessuno. A Parigi, alla liquidazione della Société des Arts Anciens, Max ha scoperto quasi cinquanta vecchie matrici di legno di Quirini. Era una ditta molto vecchia, che trattava antiquariato e anche opere d'arte, e che da anni non faceva repulisti nel magazzino del centro città. Quando dovettero svuotarlo prima della demolizione dell'edificio trovarono ogni genere di cose, credo. Il fatto fece molto scalpore all'epoca, parecchi anni fa.

«Ma arriviamo al punto. Max prese i Quirini, tutti neri e incrostati di inchiostro, alcuni piuttosto danneggiati. Ne fece pulire un paio e scoprì di cosa si trattava».

Oates sembrava ancora perplesso, e Campion spiegò.

«Sono blocchi di legno di bosso in cui l'artista incide il disegno» disse. «Possono variare parecchio in quanto a dimensioni e spessore. Per eseguire la stampa si preme un foglio di carta sottile, a volte di seta, sulla superficie inchiostrata del legno inciso. Mrs Potter li ripuliva dall'inchiostro secco e faceva nuove stampe. È esatto, Belle?»

La vecchia signora annuì. «Claire era molto brava in queste cose» disse con un accenno di tenerezza nello sguardo. «Molto paziente e precisa. Non è difficile ottenere le stampe dalle matrici, ma ci vuole tempo e attenzione. A Max mancherà la povera Claire».

Oates batté le palpebre. «Lavorava molto per lui?»

«Oh, sì». Al ricordo delle molte attività di Claire, Belle scosse il capo. «Lavorava troppo. Nel mondo dell'arte girano molti lavoretti segreti» riprese Belle rivolgendo un sorriso mesto all'ispettore. «Cosucce come questa, che richiedono la più totale onestà, oltre a una certa abilità. Vedete, l'idea di Max era avere i Quirini pronti per poterli esporre tutti insieme in una mostra e magari lanciare una piccola moda di questo autore. Perché molto dipende dalla moda; sembra sciocco, eppure è così. Comunque Claire li aveva quasi finiti. Ci lavorava da due anni».

«Due anni?» L'ispettore era sorpreso.

«Sì. Era un lavoro lungo, e alcune matrici erano in pessime condizioni. E poi faceva una quantità di altre cose».

Oates lanciò un'occhiata a Campion.

«Ma non teneva le matrici allo studio?»

«Tutte?» disse Belle. «Oh, cielo, no. Erano troppo ingombranti, troppo di valore. Un commesso faceva la spola per ritirare quelle pronte e portarne delle altre. Ricordo che lo vedevo spesso... uno strano ragazzino dall'aria adulta. Trovo ingiusto che i bambini debbano lavorare. Le matrici erano sempre avvolte in un panno verde. Ogni volta Claire gli faceva trovare i pezzi lavorati già pronti e imballati. Era molto pignola al riguardo. Non le lasciava toccare a nessuno. Ricordo che una volta ero giù allo studio, quando sono arrivate, e mi sono offerta di aprire il pacco, e lei a momenti mi salta in testa. Povera Claire! Non era proprio da lei, e ci sono rimasta male. Era molto scrupolosa, teneva le matrici sempre protette. Di solito sullo scaffale, avvolte nel panno. Max le dava una miseria, temo, ma lei non si è mai lamentata».

Sospirò, e abbassò lo sguardo sulle mani paffute.

«Era sempre gentile con me» e inaspettatamente aggiunse: «Sto pensando a quel povero inetto del marito. Ora non ci sarà più nessuno a prendersene cura. Era sempre lei a occuparsene. Che cosa terribile, che gran perdita».

Cadde il silenzio, che fu però spezzato dall'arrivo di Lisa con un messaggio di donna Beatrice.

La donna, vedendosi momentaneamente eclissata da altre questioni più importanti, si era infilata prontamente a letto in base al sempre valido principio che se una persona non riesce ad attirare l'attenzione con le proprie ammirevoli qualità, può sempre farlo diventando una seccatura.

Piuttosto risentita, Lisa annunciò che donna Beatrice voleva vedere Belle.

«Non ha mangiato» spiegò. «Si rifiuta di mandar giù qualunque cosa, e chiede di lei. La lasciamo così fino a stasera?»

«Oh, no» rispose Belle alzandosi. «Arrivo. Poveretta» commentò in tono di scusa rivolgendosi a Campion, «si sta facendo prendere dall'isteria. Si sta comportando molto male. E si sta rendendo antipatica».

Uscì, seguita da Lisa. Campion e l'ispettore rimasero soli.

«Non dava il permesso a nessuno di aprire il pacco delle matrici, voleva farlo solo lei» disse Oates tirando fuori il taccuino. «Max le dava una miseria, ma lei non si lamentava mai. Lavorava tanto per lui, roba confidenziale. Cosa ne pensa?»

«Sto pensando» disse lentamente Campion, «che è più che probabile che Max abbia incoraggiato Mrs Potter a coltivare il suo vizio per un bel po' di tempo... mesi, forse anni. Dandole due soldi e tenendola soddisfatta in quel modo. Quando si è presentata l'occasione, avvelenarla è stata la cosa più semplice del mondo. Talmente semplice che probabilmente non ha resistito alla tentazione».

Oates sospirò. «Già, pare anche a me» convenne, «ma in tal caso non lo prenderemo mai. Se la vittima cospira per proteggere l'assassino, come si fa? Un paio di queste matrici avvolte in carta velina e panno verde formerebbero un pacco grande abbastanza per contenere, diciamo, una bottiglia piatta da un quarto di litro?»

«Oh, direi di sì. Che sistema ingegnoso, Oates».

«Maledettamente ingegnoso» convenne l'ispettore. «Ma sono solo congetture, Campion. Basate su un sospetto fondato, ma pur sempre congetture. Neppure uno straccio di prova. Naturalmente parlerò col ragazzo. A proposito: Rennie ha detto che il giorno dell'omicidio, quando Mrs Potter era fuori casa, ha ritirato un pacco avvolto in un panno verde legato con delle cinghie che arrivava da Salmon, e l'ha lasciato sotto il portico dei Potter. Ma allora perché il ragazzo è tornato, la sera? Forse riuscirò a farmi dire qualcosa da lui stesso senza che Fustian venga a saperlo, l'ultima cosa che vorrei al mondo, data la situazione. Andiamocene, Campion, qui abbiamo finito».

Campion rivide l'ispettore l'indomani a mezzogiorno nel suo ufficio gelido a Scotland Yard.

Quando Oates vide entrare il giovane lo salutò con ancora più entusiasmo del solito.

«Ho parlato con il fattorino» annunciò arrivando subito al dunque. «L'ho intercettato la mattina presto alla galleria prima che arrivassero gli altri. È un tipetto strano, si chiama Green».

«Dev'essere quello che ho conosciuto anch'io».

«Davvero? Bene, allora sa di chi parlo. Un ragazzino bizzarro... mi pare scontento del suo lavoro. Anche se non l'ha detto apertamente. Campion...»

«Sì?»

«Penso che lei abbia ragione».

«Davvero? Cos'ha saputo?»

Oates sfogliò il taccuino gualcito su cui prendeva appunti. «Quello che il ragazzo ha dichiarato concorda con tutto il resto. Di quando in quando portava avanti e indietro i pacchi avvolti nel panno verde. Di solito andava a Bayswater la sera perché era l'ultima commissione della giornata, ed era lontano. A proposito, era tutto doppio: il telo di panno verde, le cinghie, insomma, quando lui consegnava un pacco trovava l'altro già pronto ad aspettarlo».

«È mai stato presente alla galleria mentre venivano preparati i pacchi?» domandò Campion.

«No, ho insistito molto su questo punto. Non sa nemmeno di preciso cosa ci fosse dentro. A quanto pare a Fustian piace imbastire qualche piccolo mistero, alla galleria. Sembra abbia fatto colpo sul ragazzo dicendo che lui è una specie di genio universale in campo artistico, un abile finanziere che tira i fili, lancia le mode, cose del genere. Semplicemente, Green riceveva i pacchi che Fustian confezionava personalmente, con la raccomandazione di maneggiarli con cura essendo di grande valore. Il ragazzo dà come l'impressione di sentirsi un privilegiato per il solo fatto che gli sia permesso di toccarli. È un poveraccio, un sempliciotto».

«Tutto qui?» Campion sembrava deluso.

«In effetti no... gli ho spiegato che stavo facendo un controllo su tutte le persone che erano state allo studio quel giorno – bisogna pur raccontare loro qualcosa, capisce – e di sua iniziativa mi ha detto che quel giorno è successa una cosa strana: è andato a casa Potter due volte per un errore di Fustian. A quanto pare Green ha portato un pacco e ha ritirato l'altro, che era stato affidato a Rennie, all'ora di pranzo. Un orario diverso dal solito, perché nel pomeriggio sarebbe dovuto andare a Victoria Station per ritirare delle stampe in arrivo da Parigi. Erano su seta, e dovevano essere sdoganate.

«Quando dopo pranzo è tornato alla galleria, Max l'ha mandato a chiamare, spiegandogli che c'era un errore nel contenuto del pacco, e che quindi una volta fatta la commissione alla stazione sarebbe dovuto tornare a casa Potter per prendere ciò che mancava. Mi segue?»

Campion annuì. Dietro le lenti gli occhi erano socchiusi.

«Quando il ragazzino è arrivato a Victoria Station ha scoperto che le stampe non erano arrivate. Gli ci è voluto un po' di tempo... una ventina di minuti in tutto, presume. Poi si è diretto dai Potter, arrivando alle sette circa. Lisa gli ha dato il pacco e lui l'ha riportato alla galleria d'arte».

Oates si fermò e osservò l'amico. «Quando è arrivato ha trovato Max che lo aspettava. Il ragazzo si è stupito di vederlo, ancor più quando, dopo avergli chiesto se avesse visto Mrs Potter e avere ricevuto risposta negativa, insieme alla conferma che Lisa gli aveva consegnato quel che voleva, Max gli ha dato un paio di scellini. Poi il ragazzo è andato a casa, e fine della storia».

«Straordinario» disse Campion.

«Interessante» fece l'ispettore consultando gli appunti. «A proposito, c'è un'altra cosuccia. Ho chiesto al ragazzino se sapeva cosa ci fosse dentro ai pacchi. Mi ha detto di no, ma più tardi, quando abbiamo familiarizzato un po', ho capito che c'era qualcosa che gli ronzava per la testa, e alla fine l'ha tirata fuori. Circa tre settimane fa, nel portarlo alla Potter, ha fatto cadere uno di quei maledetti pacchi sulle scale della metropolitana. Non se la sentiva di aprirlo per controllare se ci fossero danni, e tutto tremante l'ha consegnato alla donna. Ha spiegato che non è finito nei guai come temeva, ma quando l'ha consegnato ha notato che il panno verde era bagnato. Ho insistito, ma dice di non avere notato altro».

Campion si raddrizzò sulla sedia. «Per cui avevamo ragione» disse.

«Già» disse Oates. «Per quel che ci riguarda il caso è risolto. Peccato che non possiamo annunciarlo. Frustrante, vero?»

«Non ci sono abbastanza prove per un arresto?»

«Abbastanza? Non ce ne sono affatto!»

L'ispettore si alzò e guardò fuori dalla finestra.

«Un altro caso irrisolto, così dicono i giornali» commentò. «In tutta la mia carriera ricordo solo un caso di omicidio in cui la polizia non sapeva chi cercare. Non abbiamo in mano niente per poterlo convocare e interrogare. Ci ha fregati. Mentre noi cercavamo di capire se la vittima era stata avvelenata o meno, lui era nel bagno della sua galleria a lavare la bottiglia».

«Se solo Potter non avesse lavato il bicchiere» disse Campion.

Oates rifletté. «Non sono sicuro che sarebbe stato un vantaggio» disse infine. «Stando alle apparenze sembrerebbe un intervento avverso della Provvidenza, ma è davvero così? Immaginiamo che Potter abbia agito come una persona normale, di buon senso, quando ha trovato la moglie. L'avrebbe guardata bene, avrebbe capito che era morta, avrebbe chiamato il medico e gli avrebbe raccontato la storia che si stordiva col whisky. Scommetto qualunque cosa che il medico avrebbe diagnosticato un attacco cardiaco e avvelenamento da alcol, e a quest'ora noi non saremmo neppure coinvolti. È stato solo il mistero iniziale a tirarci dentro».

Mr Campion stava ancora assimilando le riflessioni dell'amico quando questi riprese a parlare.

«Niente» disse, «è completamente pulito. L'ha fatta franca».

«Cosa pensa di fare? Abbandonare le indagini?»

«Buon Dio, no!» L'ispettore era scandalizzato. «Pensavo sapesse come vanno queste genere di cose. Continueremo a muoverci come un vecchio terrier su una pista ormai tenue. Ogni sezione spedirà all'altra lettere gelide e traboccanti biasimo. Ognuno riferirà all'altro i fatti in via confidenziale, e col passare delle settimane ci preoccuperemo sempre meno. Poi salterà fuori qualcos'altro, che ci impegnerà moltissimo, e questo caso finirà nel dimenticatoio».

Il giovane viso infelice di Dacre disteso nello spogliatoio dietro lo studio di Lafcadio; Mr Potter che voltava le spalle al corpo della moglie coperto da un telo; Belle seduta nel cucinino a torcersi le mani; tutte quelle immagini passarono davanti agli occhi di Mr Campion. Che li sollevò su Oates.

«Ma potreste sempre scoprire il movente» disse amareggiato. «Non basterebbe a incastrarlo?»

«Un movente e dubbie prove circostanziali non bastano» disse l'ispettore sconsolato, «e ancor meno il miscuglio di congetture e sospetti che abbiamo architettato. E poi forse un movente non c'è neppure».

«Vale a dire?» Quelle parole davano corpo a un timore che Campion si rifiutava categoricamente di accettare.

Lo sguardo dei due si incrociò per un attimo.

«Lo sa quel che voglio dire. Niente di plausibile, nessun motivo ragionevole».

Mr Campion osservava il tappeto.

«Lei pensa che...» fece per dire.

«Senta» lo interruppe l'ispettore. «Lo so che è un pensiero sconvolgente, ma lei sa benissimo, proprio come me, che quando un uomo di quell'età si trasforma all'improvviso in un assassino vuol dire che il suo senso della misura è andato a pallino. Tanto più è furbo, tanto più tempo impiegheremo a incastrarlo».

«Quindi per il momento non si può far nulla, secondo lei?» domandò Campion con voce incolore.

«No» disse l'ispettore. «No, amico mio, è stato troppo abile. Dobbiamo aspettare».

«Aspettare? Dio santo, ma cosa?»

«La prossima volta» rispose Oates. «Non si fermerà a questo punto. Non lo fanno mai. La domanda è: chi è, ora, la persona che più gli dà fastidio?»

18.
Un affare pericoloso

Il medico legale era un uomo rispettabile ma anche di buon senso, con una naturale avversione per il clamore.

Quando la corte si riunì nuovamente dopo il rinvio, la piccola, sventurata salma di Mrs Potter fu sottoposta all'attenzione di una dozzina di personaggi interessati ma molto impegnati i quali, dopo avere ascoltato tutte le testimonianze, emisero un verdetto aperto, ragionevole ma non molto soddisfacente.

Scoprirono che la defunta era morta per avvelenamento da nicotina, ma non c'erano prove sufficienti a determinare se fosse stata ingerita volontariamente o meno.

La testimonianza della tremante Miss Cunninghame sul comportamento dell'amica in quell'ultimo pomeriggio contribuì parecchio a fugare, quanto meno nell'opinione pubblica, il dubbio della giuria, e poiché l'uomo comune trova poche cose noiose e deprimenti quanto la storia di un suicidio, tutta la faccenda sbiadì fino a cadere nel dimenticatoio.

La stampa, che ha doti ai limiti della chiaroveggenza nel capire quando una storia diventa priva di interesse una volta mietuti i primi promettenti boccioli, non appena il consueto grido di protesta per l'inefficienza della polizia aveva perso vigore, aveva relegato il resoconto nelle ultime pagine e le autorità si erano ritenute fortunate.

Soltanto Campion e l'ispettore riconoscevano la situazione per quella che era, e via via che lo scalpore si placava e l'atmosfera a Little Venice tornava a una pace apparente, il giovane sperimentava lo stato d'animo della zitella che vede spuntare gli stivali del ladro da sotto la tenda non appena gli ultimi vicini sono tornati alle loro case dopo il falso allarme.

Frequentò assiduamente la villa per alcune settimane, presentandosi con ogni possibile pretesto. Belle era sempre contenta di vederlo, mentre donna Beatrice lo accoglieva con l'assetato affetto di un'attrice per il proprio pubblico. Mr Potter restava chiuso in camera per gran parte del tempo, nuova creatura primitiva con una sua vita segreta. Quando parlava di lui, il dottor Fettes scuoteva il capo.

Ma l'ottimismo di una mente attiva è instancabile, e col passare del tempo persino Campion cominciò a guardare agli eventi da quel punto di vista distaccato così spesso a torto definito «giusta prospettiva».

Il quieto trascorrere della quotidianità riportò tutti a un'esistenza più ordinata, fino a far sembrare improbabile che la violenza si sarebbe abbattuta di nuovo su casa Lafcadio; sembrava quasi di essere tornati a quel sabato di aprile in cui lui e Belle avevano chiacchierato del ricevimento del giorno dopo.

Ecco perché quando le prime avvisaglie di allarme giunsero improvvise provocarono un profondo choc.

Max fece un'ingegnosa proposta ai legatari di Lafcadio con tutta l'eloquenza e artificiosità che era solito riservare alle questioni d'affari.

Un mattino telefonò, prese appuntamento per le tre, arrivò alle quattro meno un quarto e si rivolse al gruppetto come se fosse stato un consiglio d'amministrazione.

Donna Beatrice, Lisa, Belle e l'impaziente Linda sedevano in salotto e lo ascoltavano. Mr Potter, unico altro membro affiliato alla famiglia, e D'Urfey, che lo era quasi a sua volta, erano stati esclusi su suggerimento di Max.

La vecchia stanza, con i suoi comodi arredi e gli scoloriti oggetti rari, si presentava accogliente e luminosa, inondata dalla luce pomeridiana che vi si riversava riflessa dal canale. Belle sedeva sulla sua poltrona vicino al camino, con Lisa al fianco e Linda accoccolata sul tappeto; donna Beatrice, invece, si era accomodata sulla chaise-longue, predisponendosi al divertimento.

Max restò in piedi, la bassa figura elegante resa più imponente dall'aria d'importanza. L'aspetto per natura pittoresco era ancor più sottolineato dall'ultimo vezzo sartoriale, un gilè di epoca vittoriana di una variopinta fantasia. Un capo d'abbigliamento ricercato, di indubbia bellezza. Le sfumature malva, oro antico e verdi erano sapientemente mescolate, e il lavoro sartoriale talmente mirabile da giustificarne lo sfoggio; se non che, sulle forme già accentuate di Max, sotto la cravatta fluente e abbinato al nuovo completo primaverile dal taglio sopraffino, per quanto piuttosto ampio, denunciava troppa affettazione ed eccessiva originalità. Persino Belle, che provava un piacere quasi infantile per ciò che era colorato, guardò a tanta esuberanza con un certo sospetto.

Ma se qualcuno esitava nel concedere la propria approvazione, Max si dimostrava estremamente soddisfatto di sé.

Linda, che lo osservava incupita da sotto le sopracciglia fulve, rifletté che nel corso dell'ultimo mese l'arroganza e la prosopopea di Max erano peggiorate. Di tanto in tanto inseriva nella parlata strascicata una nota di ben simulato accento straniero, e il piglio sussiegoso era ormai incontrollato.

Guardandolo nella sua posa studiata e illuminato dalla luce polverosa, si stupì di come potesse non apparire ridicolo. Poi però si ricredette. La forza irriducibile di Max Fustian, la convinzione appassionata della propria superiorità, e la personalità dominante, capace di ipnotizzare qualunque interlocutore, si erano accentuate, e assieme a tutte le sue altre eccentricità rendevano fastidiosamente crepitante l'atmosfera attorno alla sua persona.

L'apertura del discorso esprimeva in pieno questa affettazione portata all'eccesso.

«Mia care signore» esordì guardandole come se fossero delle estranee e non persone che conosceva da vent'anni. «Ci troviamo davanti a una sfida. L'augusta memoria di John Lafcadio, che tanto mi sono adoperato di celebrare, è stata profanata. Ricorrerò a ogni mio potere, ogni mia capacità, per ripristinarla come di dovere. E per farlo mi servirà il vostro aiuto».

«Ah!» esclamò donna Beatrice, bovinamente soddisfatta.

Max le sorrise con superiorità e proseguì nella stessa vena retorica. «Lafcadio era un grande pittore» disse. «Non dobbiamo mai dimenticarlo. Un grande pittore. Non dobbiamo permettere che questa calamità, questa macchia sulla sua casa, questo piccolo neo sulla sua memoria, possa far dimenticare chi è stato ai suoi ammiratori. Un grande pittore».

Lisa lo ascoltava, i mobili occhi neri fissi sul viso di lui con lo sguardo affascinato di chi non comprende appieno.

Linda, d'altro canto, dava segni di insofferenza, e sarebbe intervenuta se la mano paffuta di Belle sulla spalla non le avesse consigliato di tacere.

Max, col mento sporto all'infuori, riprese a parlare lasciando che le frasi gli scivolassero pigre fuori dalla bocca. Si era appollaiato sul bracciolo di un'ampia poltrona che Lafcadio aveva sempre sostenuto essere, pur senza il minimo fondamento, appartenuta a Voltaire. La sbiadita tappezzeria rosso vivo faceva da sfondo perfetto alla sua eccentrica figura, cedendogli parte della sua raffinata sontuosità.

«Naturalmente» disse spigliato, «vi renderete tutti conto

che in futuro sarà impossibile continuare la bella tradizione della Domenica dell'Esposizione. Questa piacevole trovata è finita in malo modo. Le meravigliose opere di Lafcadio non dovranno mai più entrare in quello studio contaminato. Probabilmente dovrai lasciare questa casa, Belle. Il nome deve essere protetto dallo scandalo. È assolutamente imperativo».

Belle si raddrizzò sulla poltrona e osservò il visitatore piuttosto meravigliata. Liquidando l'inespresso commento di lei, Max continuò con estrema sicurezza di sé.

«Ho riflettuto a lungo sulla questione» confessò con un sorrisetto di condiscendenza rivolto al gruppo radunato davanti al caminetto. «E poiché non vi è dubbio che spetti principalmente a me la responsabilità di promuovere Lafcadio presso il pubblico, naturalmente sento mio dovere fare tutto il possibile per salvare il resto dei suoi quadri da un'ulteriore contaminazione a opera di questo piccolo sventurato scandalo».

«Giusto» disse donna Beatrice con un filo di voce.

Max indirizzò un breve cenno del capo alla parte di sala dove si trovava la donna. Sembrava si stesse divertendo.

Nel guardarlo, gli occhi di Belle sembrarono farsi più grandi, di un castano più accentuato: la donna però taceva; solo la lieve pressione della mano sulla spalla di Linda aumentò.

«Ecco i miei piani» disse Max arrivando al punto. «Troppo a lungo il mio nome è stato legato a quello di John Lafcadio per permettere a considerazioni di natura privata di trattenermi dall'accorrere in suo aiuto in un momento come questo».

Ora aveva abbandonato l'insopportabile artificiosità delle battute iniziali a favore di un didattismo prosaico che risultava però ancora più offensivo.

«A costo di un notevole incomodo personale, quindi,

quest'autunno porterò i restanti quattro dipinti di Lafcadio a New York».

L'annuncio fu fatto senza giri di parole, e Max continuò senza aspettare il consenso del pubblico.

«I tempi non sono propizi, ma confido che grazie alle mie abilità riuscirò a vendere una o forse anche due tele. Per allora l'eco degli spiacevoli eventi avvenuti in questa casa si sarà smorzata, ammesso sia mai arrivata fin là. Dopo New York porterò le opere rimaste a Yokohama, per poi puntare su Edimburgo se ne rimarranno di invendute. Naturalmente so di correre un rischio, ma lo faccio volentieri come ultimo tributo verso un uomo il cui genio io ho contribuito a far affermare».

Poi trionfante, e con un gesto delle mani affusolate, tacque. Belle non disse nulla; donna Beatrice, invece, si sporse in avanti, l'esile viso arrossato, la catena tintinnante al collo.

«Max caro» disse con voce vibrante di studiata dolcezza, «rinverdisci il suo nome. Tieni viva la fiamma del Maestro».

Max restituì la stretta della mano esile della donna senza trattenerla un istante più del necessario.

«L'unico motivo per cui mi trovo qui» disse lasciandosi scivolare con grazia sull'ampia poltrona, «è la necessità di avere il tuo consenso scritto, Belle, per modificare i termini del nostro attuale accordo e poter portare le tele all'estero. Ho qui con me i documenti. Firmali, e penserò io a tutto il resto».

Con un fruscio, donna Beatrice si alzò e con movenze aggraziate raggiunse lo scrittorio panciuto nell'angolo. «Siedi qui, Belle cara» la invitò. «Al suo scrittoio».

Mrs Lafcadio parve non udirla. Max, ridendo sommessamente, le si avvicinò.

«Mia cara Belle!» esclamò. «Non mi ringrazi nemmeno? Non farei la stessa cosa per nessun altro pittore al mondo».

Quando una persona abitualmente mite dà improvvisamente in escandescenze, spesso l'esplosione è più impressionante dell'esternazione della più violenta tra le persone.

Belle Lafcadio si erse in tutta la dignità dei suoi settant'anni. Sulle gote rugose comparvero due chiazze rosse. «Tu, piccolo uomo meschino che non sei altro» esordì. «Siediti!»

Il ricorso a quell'espressione sprezzante ebbe un effetto inaspettato, e anche se Max non obbedì, indietreggiò involontariamente, la fronte aggrondata.

«Mia cara signora...» protestò, ma Belle ormai aveva perso le staffe, e Lisa e donna Beatrice, che avevano ancora ben presente l'ultima volta in cui Belle aveva perso le staffe, una ventina circa di anni prima, tacquero.

«Ascolta, giovanotto» disse con la voce vigorosa e squillante dei suoi trent'anni, «la presunzione ti ha dato alla testa. Di norma questo è un argomento che non si affronta, dato che buone maniere e gentilezza lo impediscono, ma vedo che è arrivato il momento di parlarci chiaro. Se oggi sei nella posizione in cui ti trovi è solo perché hai avuto l'intelligenza di aggrapparti alle code del frac di Johnnie. Ammiro la tua intelligenza nel decidere di farlo, ma non scordare che la forza motrice è sua, non tua. Tu farai tutto il possibile per salvare i suoi quadri! A te spetta principalmente la responsabilità di promuovere il suo nome presso il pubblico! Max Fustian, meriteresti di essere preso a schiaffi!

«Johnnie ha lasciato precise istruzioni riguardo ai quadri. Per otto anni ho seguito quelle istruzioni, e per i prossimi quattro farò altrettanto, a Dio piacendo. Se nessuno li comprerà, se nessuno verrà all'esposizione, poco importa. So quel che Johnnie voleva e lo farò. Ora vattene, e non farti vedere per almeno sei settimane, se non vuoi dire addio al tuo incarico. Fuori!» Restò in piedi, il respiro affrettato, le chiazze ancora brucianti sulle guance.

Max la guardò con occhi sgranati. Non aveva preso in considerazione la possibilità che Belle opponesse resistenza. Ma poco alla volta riguadagnò la propria compostezza.

«Mia cara Belle» riprese impettito, «sono del tutto comprensivo nei confronti della tua età e del brutto periodo che stai attraversando, ma...»

«Dico!» lo interruppe lei, con gli occhi castani che mandavano lampi. «Mai in tutta la vita ho sentito qualcosa di tanto impertinente. Adesso taci. E come ti ho detto la riposta è no. Continua a valere l'attuale accordo. I dipinti di mio marito rimarranno in questo paese».

«Ma Belle cara, pensi sia saggio? C'è una collerica nube rossa nella tua aura! Max è talmente abile negli affari, non pensi che...?»

Un'occhiataccia di Belle interruppe di colpo la tiepida protesta di Beatrice proveniente dalla chaise-longue. Poi Mrs Lafcadio le sorrise con gentilezza. «Beatrice cara» disse, «ti dispiacerebbe andare per un attimo in un'altra stanza? Vedi, questo è un colloquio d'affari. Lisa, figliola mia, scendi pure da basso. E porta il tè tra un quarto d'ora. Mr Fustian non ci farà compagnia».

«Cremisi acceso e indaco» mormorò donna Beatrice in modo esasperante. «Terribilmente pericoloso. Terribilmente nocivo per la coscienza superiore».

Ma uscì ugualmente dalla stanza con un fruscio, come un uccello spaventato. Lisa la seguì, e non appena la porta si fu richiusa alle loro spalle Belle abbassò lo sguardo sulla nipote.

«Voglio fare quel che Johnnie mi ha chiesto, Linda» disse. «Io e te siamo le uniche due persone coinvolte. Che ne pensi? Sarebbe un problema se anche perdessimo un po' di denaro?»

La ragazza sorrise. «Quei quadri sono tuoi, mia cara. Fai come preferisci. Sai già come la penso. Per me non è così importante. Se a te non va che siano portati all'estero, io sono più che d'accordo».

«In tal caso finché sono viva rimarranno qui. Finché io sono viva faremo come stabilito tanti anni fa» dichiarò Belle.

«Questo è non solo assurdo, ma anche criminale. È pura stupidità. Mia cara Belle, anche se sei la vedova di Lafcadio non devi abusare troppo della tua posizione. Quei quadri non appartengono a te, bensì al mondo. Come esecutore artistico di Lafcadio insisto: devono essere venduti al più presto, e la nostra unica speranza sta nelle grandi capitali. Non lasciare che il tuo ostinato sentimentalismo rovini l'opera di un uomo che, chiaramente, tu non sei mai stata in grado di apprezzare».

La voce si era alzata, e la collera aveva fatto perdere la grazia studiata ai movimenti dell'uomo, ora bizzarramente infantili.

Belle riprese posto sulla poltroncina. La vecchia stanza, che vibrava ancora della presenza del turbolento Lafcadio, sembrava farle quadrato attorno. Guardò l'uomo con freddezza. La collera era svanita, portando via con sé tutto il radioso calore e la cordialità che erano i suoi tratti principali. Stava emergendo una nuova, inaspettata Belle: una donna ancora così forte da affrontare implacabilmente ciò che disapprovava, ancora così avveduta da riconoscere l'adulazione per quel che valeva, e ancora così ricca di amicizie da potersi permettere di scegliere.

«Max» disse inaspettatamente, «tu devi aver superato la quarantina. Io ho più di settant'anni. Se entrambi avessimo trent'anni di meno – e allora forse questa vergognosa scenata sarebbe lontanamente giustificabile – chiederei a Lisa di metterti su un taxi e di spedirti a casa. Non ci si comporta da maleducati, in casa d'altri. Innanzitutto perché ci si rende ridicoli. E poi perché risulta molesto alle persone. Ora puoi andare. Esigo che le restanti quattro casse con i dipinti di mio marito mi siano restituite ancora sigillate nel giro di una settimana».

Max fissò la donna. «Sei veramente intenzionata a commettere questo errore madornale?»

Belle si mise a ridere. «Che ometto sciocco e vanaglorioso, sei» disse. «Vattene immediatamente e restituiscimi i quadri, e non comportarti come se io fossi il pubblico del Lyceum Theatre».

Ora Max era davvero arrabbiato. La pelle era giallastra come non mai, e un piccolo muscolo della mascella guizzava minaccioso. «Ti avverto, stai commettendo un grosso sbaglio. Togliere le sue opere dalle nostre mani è una decisione molto grave».

«Caro il mio uomo!» esclamò Belle esasperata. «Se Johnnie fosse qui non so cosa ti farebbe. Ricordo una volta, quando venne qui un tale che si comportò da maleducato come hai fatto tu quest'oggi, e Johnnie e McNeil Whistler lo buttarono nel canale. Se non te ne vai immediatamente chiamo Rennie e gli chiedo di fare la stessa cosa».

Max indietreggiò. Era livido, e le palpebre battevano furiosamente. Arrivato a metà stanza, si fermò e si voltò di nuovo. «Ti do un'ultima possibilità, Mrs Lafcadio» disse. «Accetti che io porti i quadri all'estero?»

«No».

«Non c'è niente che possa farti cambiare idea?»

«Solo la mia morte» rispose Belle Lafcadio. «Quando sarò morta potrete fare quel che volete».

Le parole erano state pronunciate con gran determinazione, e Mr Campion, arrivato proprio in quell'istante per una delle sue numerose visite, mentre saliva le scale le udì e ne comprese tutto il significato.

Si affrettò per capire a chi erano rivolte: gli si parò davanti Max che usciva dalla stanza a lunghi passi, il viso distorto da una rabbia incontenibile.

19

Il bandolo della matassa

«Mio Dio, sto proprio invecchiando».

Mentre pronunciava quelle parole, Belle si sistemò la cuffia di mussola. Era in piedi davanti al piccolo specchio ovale con la cornice fiorata in porcellana di Dresda appeso sopra la consolle dorata tra le due finestre. Rimase a osservare la sua immagine riflessa mentre giù in strada il rombo dell'automobile di Max si affievoliva.

In realtà sembrava notevolmente più giovane rispetto agli ultimi tempi. Lo scontro aveva riacceso in lei un po' dell'antico ardore, e mentre si girava per salutare con un cenno Campion, che era appena entrato, nel suo fugace sorriso si scorgeva una traccia della *Cara Belle* del Louvre.

Dopo i saluti tornò allo specchio. «Mi piacciono queste cuffie» osservò. «Mi danno un'aria fresca, vero? Spesso le donne di una certa età sembrano appena tolte dalla naftalina, come se fossero state messe via al cambio di stagione senza neppure una spazzolata. Quella canaglia, mio Dio! Mi ha parlato come se avesse davanti un caso di demenza senile che vive a spese della parrocchia».

Campion sembrò preoccupato. «Ma lei si sarà comportata da vera signora, suppongo» azzardò.

«Per niente» rispose Belle con soddisfazione. «Mi sono sbarazzata di lui, irrevocabilmente. Io e Johnnie ci siamo sempre rifiutati di sopportare qualcuno se davvero non ci piaceva, e non comincerò certo ora ad andare contro le vecchie abitudini. Ho tolto ciò che rimaneva degli affari di Lafcadio dalle mani di padron Fustian. Gli ho detto che prima di portare quei quadri all'estero dovrà passare sul mio cadavere».

«Santo cielo» disse Campion.

Belle rise, ma Linda, che non aveva proferito parola da quando Max se ne era andato, guardava pensierosa il giovane. L'anziana signora tornò a sedersi.

«Adesso voglio il mio tè» disse. «Linda, ragazza mia, suona il campanello».

Cinque minuti dopo, mentre sedevano a sorseggiare il tè nelle famose tazze di maiolica cavillata descritte in così tanti romanzi nostalgici, la sensazione di calamità che Campion aveva percepito nel salire le scale deflagrò in pieno nella sua mente.

In salotto, al ricevimento o nella galleria Max poteva forse essere un poseur ridicolo e sopra le righe; ma c'era un altro Max, un Max ancora sconosciuto che, se ricostruito in base ai fatti, non era tipo da lasciarsi offendere da un'anziana signora dalla testa calda.

Non fu uno spuntino particolarmente piacevole. Belle era eccitata e decisamente compiaciuta di sé. Linda era inspiegabilmente silenziosa. Donna Beatrice teneva il broncio in camera sua, rifiutandosi di uscire, e Lisa si aggirava intorno al carrello del tè come un'anima in pena.

Eppure si percepiva ancora la presenza di John Lafcadio. Pur dimenticato per il tempo della bufera che si era abbattuta sulla casa, non appena questa si era placata si era imposto nuovamente in tutta la sua importanza.

Per la prima volta in vita sua Campion fu impercettibilmente irritato da quell'ombra così assertiva e ingombrante. La sua presenza trasmetteva un senso di sicurezza e protezione che non poteva ovviamente essere reale. Nel mezzo di insidie spirituali e psicologiche il ricordo di John Lafcadio poteva rappresentare un porto sicuro per la sua famiglia, ma in caso di attacco fisico non poteva ovviamente essere altrettanto efficace.

L'arrivo di Matt D'Urfey fu un piacevole diversivo. Fece capolino da dietro la porta con uno sguardo di bonario rimprovero.

«Mi ero rintanato nel tuo studio» disse a Linda. «Non sapevo che steste prendendo il tè. Finita la riunione?»

«Mio caro» disse Belle smancerosa, «venga subito a sedersi. Linda mia, come l'hai trascurato!»

Osservando il nuovo arrivato, Campion provò di nuovo un moto di simpatia per quell'anima ingenua e gioviale che guardava al mondo come a uno strano ricevimento in cui era capitato per sbaglio.

Matt sedette vicino a Linda e prese il tè che la ragazza gli porgeva come se gli spettasse di diritto, come un bambino o un cucciolo che è stato negletto ed è finalmente tornato al centro dell'attenzione.

Il suo arrivo non rese più loquace Linda, che sedeva fissando il fuoco con il gomito appoggiato al ginocchio, mentre la tozza mano da pittrice giocherellava pigramente con i ricci ispidi e selvaggi.

D'un tratto la ragazza si alzò. «Quando hai finito il tè, Matt» disse, «torna su al mio studio. Ti devo parlare».

Prese una sigaretta dal cofanetto sul tavolo, la accese e uscì diretta in camera sua salutando Belle con un cenno del capo e un sorriso.

D'Urfey rimase finché non ebbe finito di rifocillarsi, senza affrettarsi ma anche senza dilungarsi volutamente. Una volta terminato restituì educatamente tazza e piatto a Lisa, sorrise accattivante a Mrs Lafcadio e si alzò.

Belle lo guardò andare via. «Assomiglia a Will Fitzsimmons prima che diventasse famoso» commentò. «Fu il successo a portarlo alla rovina. Si ridusse a pensare solo ai soldi, e alla fine morì di depressione».

Campion fece una smorfia. «Proprio una bella prospettiva per D'Urfey».

L'anziana signora scosse la testa. «Figuriamoci. Hai visto i suoi lavori?»

«A Linda piace?»

«Parecchio, credo». Belle sembrò compiaciuta da quella insinuazione. «Avrebbero un'esistenza molto felice, scapigliata, il che, dopotutto, è la cosa più importante. Con il povero Dacre sarebbe stata infelice. È talmente raro che l'amore faccia la felicità».

Mr Campion stava ancora riflettendo su questo aspetto della tragedia quando Linda riapparve.

Appariva più scarmigliata del solito, e nella sua voce c'era una nota di malcelata autorità e determinazione che Campion non aveva mai notato prima.

«Albert» disse, «potresti salire un momento?»

«C'è qualcosa che non va?»

«Cielo, no. E perché mai? Voglio solo farti vedere dei disegni».

Malgrado le evidenti intenzioni il tono non era particolarmente rassicurante.

Belle annuì in risposta alla muta domanda di Campion.

«Vai pure, mio caro» disse. «Non ti accompagno. Mi sono stancata di vedere dipinti. Tutte le mogli dei pittori finiscono col non poterne più».

Linda fece strada a Campion nel piccolo studio dove lui l'aveva trovata il giorno del ricevimento. Nella stanza regnava più o meno lo stesso caos, e quando vi entrò il ricordo di Mrs Potter, coi suoi modi spicci e pratici, gli tornò vivido alla mente.

Matt D'Urfey era seduto sul davanzale della finestra, le

mani infilate in tasca e negli occhi azzurri l'espressione di uno spettatore intelligente ma distaccato.

Linda si voltò verso di lui. «Ho deciso di farglielo vedere» disse.

«Va bene» rispose D'Urfey.

«È una buona idea, no?»

«Sì». Ma D'Urfey non sembrava molto convinto.

A quel punto Campion si fece curioso. «Cosa succede?» chiese.

Linda andò alla sua famosa credenza, quella che in famiglia si credeva contenesse, celato nei suoi meandri, tutto ciò che era andato perso in casa. Ne estrasse un pacco avvolto in carta marrone. Lo mise sul tavolo, con un gesto spostò di lato un'accozzaglia di pennelli, barattoli di pittura, boccette di smalto, bizzarri rocchetti di cotone e altre cianfrusaglie, e cominciò ad aprirlo.

Campion guardava da sopra la spalla di lei.

Ciò che vide fu uno studio a matita, eseguito con molta cura, che riproduceva una figura femminile con una camicia lacera, un cesto tra le braccia e sul viso una curiosa espressione a metà tra l'orrore e il desiderio. Tolto il fatto che la modella era evidentemente Mrs Potter, non vide niente di insolito nel disegno se non che la mano dell'artista era assolutamente eccelsa.

Alzò lo sguardo e vide che Linda lo stava scrutando.

«Noti qualcosa?» chiese.

«No» disse Campion. «Cioè, niente di particolare. Cos'è? Lo studio per un dipinto a olio?»

Linda sospirò, «Aspetta un attimo».

Un'altra rovistata nella credenza ebbe come risultato un vecchio numero di «The Gallery». Linda lo sfogliò con impazienza e alla fine trovò quello che cercava.

Si trattava di una riproduzione a pagina intera di un dipinto a olio che rappresentava una crocifissione attorniata da una folla in abiti moderni. In primo piano c'era la stessa figura del disegno.

Per dilettante che fosse, Campion se ne accorse immediatamente.

Linda capovolse la rivista in modo da mostrargli la didascalia nella pagina a fronte:

Una riproduzione della settima delle opere postume di Lafcadio, esposta lo scorso aprile a Londra. Questa opera, per alcuni versi la più deludente dell'intera collezione di opere postume lasciate da John Lafcadio, esponente della Royal Academy of Arts, eguaglia comunque gli standard degli ultimi lavori del brillante maestro. Il dipinto è stato acquistato dal Warley Trust per la Easton Art Gallery and Museum.

«Ora capisci cosa intendo?»

Mr Campion prese il disegno.

«Questo è di tuo nonno? Credevo che tutto il suo materiale fosse tenuto sotto chiave da qualche parte».

«È così, infatti» disse Linda. «Siediti. L'ultima volta che sono stata a Roma, al ritorno sono passata da Parigi. Ti ho detto che non avevo avuto molta fortuna nella ricerca delle cose di Tom. Qualcuno era passato prima di me e aveva fatto piazza pulita di tutto. Ma visto che ero lì mi sono fermata qualche giorno e mi sono detta che forse poteva aver regalato qualche suo schizzo al vecchio D'Épernon, che gestisce un sudicio, piccolo café a Montparnasse. E così ci sono andata. Fa anche da affittacamere, e Tommy si fermava sempre da lui ogni volta che tornava da Roma».

Mr Campion annuì per mostrare che stava ascoltando con attenzione, e Linda riprese subito il racconto.

«D'Épernon non aveva niente, ma i titolari di una vineria di fronte mi sono stati di maggiore aiuto, e alla fine hanno ripescato questo. Hanno una figlia con cui Tommy flirtava. E lui gliel'aveva regalato come regalo d'addio. Capisci dove voglio arrivare?»

A Campion pareva di fare la figura dell'ottuso.

«Come ha fatto Dacre a entrarne in possesso?» chiese. «Gliel'hai dato tu?»

Linda prese la rivista.

«Non sei molto sveglio» disse. «Guarda qui. Questo quadro, il settimo uscito dopo la morte del nonno, è stato inaugurato solennemente alla Salmon Gallery poco prima della Domenica dell'Esposizione, l'anno scorso. Si suppone che nessuno l'abbia toccato o abbia rotto i sigilli originali prima di quella data. A quel tempo Tommy aveva già detto addio alla ragazza della vineria da almeno sei mesi, e lei stessa era già felicemente sposata e trasferita a Aix con il marito, che fa il panettiere, o qualcosa del genere. I suoi genitori mi hanno assicurato che quel disegno era in casa loro da almeno un anno e mezzo».

«Già» disse Campion, nella cui mente si stava lentamente accendendo il barlume della comprensione. «E tutto questo dove ci porta?»

«Ora capirai» disse Linda torva. «Guarda la carta sui cui è stato fatto il bozzetto». Sollevò il foglio verso la luce. «Vedi la filigrana? Questa carta è Whatman Fashion Surface, leggermente ruvida. È solamente da sette anni che hanno cominciato a produrla. Ricordo che quand'è uscita io stavo ancora studiando».

«Il che vorrebbe dire» intervenne D'Urfey dal davanzale, «che non fu papà Lafcadio a fare il disegno».

Campion si accigliò.

«Sei sicura che Dacre non possa aver visto il quadro di tuo nonno qualche tempo prima che venisse ufficialmente inaugurato?»

«Per poi copiarlo, intendi? Non credo. I quadri erano

conservati nelle cantine della Salmon. Per Max erano quasi dei feticci. A malapena faceva entrare uno studente per vederli, nessun altro. Oh Albert, non capisci dove voglio arrivare?»

Campion la guardò gentilmente attraverso i grandi occhiali. «Se ho capito bene, stai insinuando» articolò adagio, «che è stato Dacre a dipingere quel quadro?»

«Non sto insinuando» disse Linda, «te lo sto dicendo».

Campion si alzò lentamente in piedi e prese a fissare il canale fuori dalla finestra. Il suo volto era completamente inespressivo; sembrava stesse osservando qualcosa di molto lontano, nella nebbia che aleggiava sulla riva opposta.

«Se quel che dici è vero» disse infine, «si spiegherebero... be', si spiegherebbero parecchie cose».

Linda gli lanciò uno sguardo di apprezzamento; stava per fare un commento, ma poi cambiò idea e rimase meditabonda a sfiorare il disegno.

«È una storia piuttosto pericolosa, vero?» disse lui cercando di tornare al precedente tono scanzonato. «Voglio dire, io non andrei in giro a raccontarla, potrebbe far finire in grossi guai. E comunque è probabile che ci sia una spiegazione perfettamente innocente».

«Non credo».

«Ma, mia cara, come puoi esserne così certa?» buttò lì volutamente Campion. «Io me ne starei zitto, se fossi in te».

La ragazza lo guardò con freddezza, e lui ebbe il tempo di notare, come spesso si notano dettagli irrilevanti nei momenti di stress, che i suoi occhi erano di un verde intenso tranne che per qualche screziatura marrone. La somiglianza con Lafcadio era davvero sorprendente.

«Starmene zitta... L'ho fatto per due o tre settimane... ma credo sia arrivato il momento di parlare. Vedi Albert, io sono assolutamente certa che il settimo quadro, che il Warley Trust ha acquistato l'anno scorso, è stato dipinto da Tommy, e sono pronta a scommettere che se ci sono dei Lafcadio rimasti nelle cantine della Salmon almeno tre sono stati fatti da Tommy».

«Mia cara ragazza, non devi diffondere sospetti infondati». Mr Campion era profondamente turbato.

Matt D'Urfey, che aveva smesso di ascoltare la conversazione e si era spostato in un angolo a sfogliare alcuni disegni di Linda, si unì di nuovo alla conversazione.

«Gli hai detto di Lisa?» le chiese.

Mr Campion si voltò. «Che cosa mi state nascondendo voi due?» chiese loro. «Credetemi, è molto pericoloso, in questo momento».

Linda alzo lo sguardo verso di lui. «Quindi l'hai capito anche tu?» disse. «Anch'io, ma soltanto oggi pomeriggio, per questo ho deciso di parlartene. Non vogliamo che Max metta i suoi artigli sulla nonna, giusto?»

Quel commento inaspettato rispecchiò i suoi stessi timori, e per un istante Campion rimase senza parole.

Poi prese la ragazza per un braccio.

«Cosa ne sai di questa faccenda?» la incalzò. «Cos'è questa storia di Lisa? Quella donna corre in questa storia come una miccia, non sai mai quando finirà per esplodere».

«Lisa è a posto» disse con noncuranza la ragazza. «È una donna molto semplice. Sembra che la gente non lo capisca. Lei non pensa come le persone normali. Non ne ha mai avuto l'occasione. Quando è arrivata qui era solo una contadina. Non credo che sapesse più di cento parole in nessuna lingua. Non fa la misteriosa con intenzione, semplicemente non è in grado di distinguere cosa è importante e cosa non lo è. Quando sono tornata da Parigi l'ho fatta venire su da me una sera e l'ho aiutata a ricordare parecchie cose. Vedi, il nonno non ha lasciato dodici opere, ne ha lasciate otto. Lisa lo sa, perché è stata lei ad aiutarlo a sigillarle».

Mr Campion si tolse gli occhiali e li pulì. Davanti ai suoi occhi si stava dipanando una matassa terribilmente aggrovigliata.

«È stato molto difficile tirarglielo fuori» continuò la ragazza. «Ho dovuto sottoporla a un vero e proprio interrogatorio, ma per quel che ho capito dal suo racconto è avvenuto questo: l'anno prima che il nonno morisse, cioè nel 1911, Belle si ammalò gravemente. Aveva la febbre reumatica, e quando si riprese andò a Sanremo dai Gillimott. Lui era un poeta, lei dipingeva, erano una coppia divertente e audace. Belle rimase da loro per almeno sei mesi, e fu durante quel periodo che il nonno imballò i quadri e orchestrò il suo piano. Quindi Belle ebbe modo di vedere solo alcuni dei dipinti, non tutti. Mrs Potter, invece, li aveva visti perché gironzolava sempre qui intorno. Il vecchio Potter era da qualche parte in Scozia, probabilmente per insegnare, e Lisa era rimasta qui a badare alla casa. Il nonno fu molto misterioso al riguardo, e tutti attribuirono questa stranezza all'età, mentre invece quel ragazzaccio aveva un'ottima ragione per tenere tutto così segreto».

Linda fece una pausa.

«C'è una cosa che devi capire» disse infine. «Ti sembrerà difficile da accettare, ma per me è perfettamente logico e naturale: il nonno ha messo in piedi tutto questo fondamentalmente per far dispetto a Charles Tanqueray. Lui odiava davvero tanto Tanqueray, e decise di lasciare i dipinti per infastidirlo. Voleva lasciarne parecchi; voleva stare sotto i riflettori ancora per molto. Aveva solo otto tele messe da parte, che etichettò con 1924, 1925 e così via. Ma gli ultimi quattro imballi erano dei falsi. Per quel che Lisa ricorda, uno conteneva un vassoio da cucina, un altro un grande cartello pubblicitario di cartone di una marca di birra. Cose così, capisci. Le persone vissute in epoca vittoriana avevano questo tipo di umorismo, sai, non era pazzia. Lui era proprio quel genere di briccone, una specie di buffone.

«Lisa mi raccontò tutta questa storia con aria solenne» continuò Linda. «Pare che gli avesse promesso di non parlare e l'avesse aiutato a inchiodare le casse che contenevano i pacchi, pur non capendo cosa lui ci trovasse di tanto divertente. Mi ha detto che una volta finito il lavoro il nonno era di ottimo umore, e la obbligò a scolarsi un'intera bottiglia di Lafitte in sua compagnia».

«Ma ovviamente prima o poi l'imbroglio era destinato a saltar fuori» disse Campion.

«Ovvio» ribatté Linda spazientita.

Sembrava che condividesse parte dell'entusiasmo di suo nonno per il piano.

«Ma non era questo il punto, non capisci? Tanqueray era più giovane del nonno, e da suo acerrimo rivale non aspettava altro che la sua dipartita per potersi affermare, senza tema di smentite, come il Grande Vecchio del mondo dell'arte. Il nonno aveva architettato di fargli passare dieci anni di odiosa attesa sapendo però che alla fine di quel periodo lui stesso sarebbe tornato alla ribalta con una *rentrée* spettacolare che lo avrebbe catapultato al centro dell'attenzione non per uno ma per ben dodici anni a venire. Il fatto che avesse solo otto tele e non avesse l'energia o il tempo per dipingerne altre – per quanto si fosse dedicato alla ritrattistica fino alla morte – lo convinse a truccare le casse degli ultimi quattro anni. Forse aveva pensato che diciott'anni sarebbero stati sufficienti per vedere la fine del vecchio Tanqueray. Ma l'aveva sopravvalutato, poverino: Tanqueray non arrivò a vedere neanche il primo dei suoi quadri postumi. Mi hai seguito fin qui?»

Mr Campion fece un cenno affermativo. La matassa si stava dipanando velocemente.

«Bene» disse Linda, «il resto sono illazioni, lo so, ma

spiegherebbero tutto perfettamente. Qualche anno fa da Salmon qualcuno, mi pare sia abbastanza ovvio chi, sbirciò nelle casse e si accorse dell'imbroglio. Dopo tutto, quando si tratta dell'autenticità di un dipinto metà del lavoro lo fa l'aspettativa. Se il falso è ben fatto, ti stupiresti di vedere quanti autorevoli esperti ci cascano. E in questo caso era tutto già pronto: tutti sapevano che c'erano dodici dipinti di Lafcadio, quindi tutti si aspettavano dodici dipinti di Lafcadio. Se anche uno di essi fosse stato una crosta madornale, perché mai qualcuno avrebbe dovuto pensare che non lo avesse dipinto lui? Qualunque opera avrebbe comunque avuto un valore astronomico. La reputazione di Lafcadio era già consolidata, e un flop, o anche quattro, non avrebbero fatto gran danno».

«Già» convenne Campion, che trovava quelle rivelazioni sempre più illuminanti.

«Quattro anni fa, prima di andare a Roma, Tommy si è preso una vacanza extra, Matt te lo può confermare. È scomparso per almeno dieci mesi; nessuno aveva più notizie, nessuno l'aveva visto. Ai tempi stava cercando di diventare un ritrattista, proprio come Lafcadio. Quand'è tornato ha improvvisamente abbandonato i colori a olio ed è andato a Roma a studiare la tecnica a tempera».

«Ricevette il Prix de Rome, giusto?» disse Campion.

«No, non quello. Qui sta il punto. Ha avuto l'altro premio, il Chesterfield Award, e quell'anno nella giuria c'era Max».

Campion rimase in silenzio per un attimo, cercando di riordinare tutti i fatti nella propria mente. «Dov'era Mrs Potter quando Dacre è scomparso per questa misteriosa vacanza?» chiese.

Linda annuì con aria di approvazione. «Sei più sveglio di quanto pensassi» commentò, ma senza scortesia. «Incredibilmente quel periodo corrisponde con esattezza al momento in cui Mrs Potter ha avuto, a quanto ricordo, il più grande colpo di fortuna della sua vita. Ha ricevuto l'incarico di andare alla ricerca di curiosità e cimeli nell'Europa centrale, ed è rimasta via per dieci mesi. Non ho mai visto un solo oggetto che si fosse riportata a casa. Si supponeva che fosse sempre in viaggio, per cui nessuno le scriveva, né lei rispondeva. Sai com'è fatta la gente informale come noi, ci capita di fare questo tipo di cose. Era stata mandata da Max, naturalmente. Quindi capisci che anche lei era a conoscenza di tutto, e questo spiega... be' spiega ogni cosa».

«E l'ultimo quadro?» chiese Campion. «Quello di Giovanna d'Arco?»

«Oh, quello è originale. Astuto, da parte di Max, mischiare le tele false con quelle vere, no? Se l'anno prima un falso aveva sollevato qualche polemica, ecco che l'anno successivo ci piazzava un originale».

«Ascolta» disse Campion, non ancora convinto da alcuni dettagli tecnici, «sicuramente un esperto saprebbe capire la differenza. Intanto c'è il quadro. E, che diamine, anche il genio dell'artista. Quello non è possibile falsificarlo».

«Parli da dilettante» disse Linda. «Non affidarti troppo agli esperti. Sono semplici esseri umani. Per il resto, per Mrs Potter era un gioco da ragazzi procurarsi le tempere di Lafcadio. Era sempre da Rennie a elemosinare qualche tubetto di questo o quel colore. La questione del genio non c'entra. Te l'ho detto, ci fu qualche critica all'uscita del settimo dipinto, ma nessuno ne mise in dubbio l'autenticità. Non era così male, anzi, tutto sommato era decisamente un buon lavoro. Avrebbe potuto tranquillamente dipingerlo il nonno. Non sempre faceva dei capolavori.

«La questione della tecnica, invece, era la più difficile. Ovviamente quella andava copiata. Credo che Tommy abbia deciso di copiarla volutamente. Credo che fosse pagato per farlo. Ti ho raccontato del periodo in cui comunque già imitava Lafcadio, o dovrei forse dire ne era influenzato. Ed era particolarmente abile con i colori a olio. Davvero, non vedo perché non avrebbe potuto farlo. Anzi, sono assolutamente certa che l'abbia fatto».

«Questo spiegherebbe...» cominciò Campion.

«Questo spiega» lo corresse la ragazza. «Una delle cose che spiega è il perché Tommy tutto a un tratto abbia deciso di abbandonare i colori a olio. Faceva parte dell'accordo. Se mai in futuro fosse stata messa in dubbio l'autenticità di uno dei quadri, sicuramente una delle prime domande che tutti si sarebbero fatti era chi diavolo avesse dipinto quelle tele. E se avessero cercato un pittore molto competente, nelle grazie di Max, che lavorava in modo molto simile a Lafcadio, be', la risposta sarebbe stata fin troppo ovvia, no? Così, Tommy ha dovuto abbandonare i colori a olio. Non perdonerò mai Max per questo».

«Ci sarebbe ben altro da perdonargli» fece notare Campion.

La ragazza arrossì. «Lo so» disse. «Non ho ancora assimilato tutto l'accaduto. La trama completa di tutta questa orribile storia mi è diventata chiara solo oggi pomeriggio, dopo il tremendo scontro tra Max e Belle. Per questo ho deciso di parlarti. Non avevo capito che anche tu sapevi già. Bisogna fare qualcosa prima che Max prenda in parola Belle. Lui ha ancora quattro quadri, tre falsi e un originale, e sa che la sua unica chance di sbarazzarsene – considera che il loro valore è di oltre diecimila sterline al pezzo – è portarli all'estero e venderli prima che l'attenzione cali. Gli fornisce un'ottima giustificazione per la vendita: "...liquidarli senza troppa pubblicità per via dello scandalo. Tutto in gran segreto, mio caro, ma pur sempre dei Lafcadio"».

Mr Campion si ricompose. «Acqua in bocca» disse.

«Questa è la cosa più importante. Lasciati sfuggire una sola parola e lui potrebbe scapparci, o potrebbe succedere anche di peggio».

«Fidati di me» disse Linda incupita.

«E D'Urfey?»

Linda guardò con affetto il ragazzo simpatico vestito di blu. «Non credo che parlerà» disse. «Troppo pigro per farlo».

«Non è affatto vero» disse D'Urfey con dignità. «Solo non sono affari miei, tutto qui».

«Penserai a qualcosa, vero Albert?» insistette Linda. «Tu non hai visto la faccia di Max oggi pomeriggio, quando se n'è andato dopo la lite con Belle. Io sì. Sembrava un pazzo».

Ma Campion l'aveva vista, e si era già fatto la sua opinione.

Andò a trovare l'ispettore.

20.
Una bella casetta

«Così eccoci qui» disse l'ispettore attizzando il fuoco, che nonostante ardesse vivace non riusciva a stemperare il freddo dell'ufficio piccolo e tetro. «Questa è la storia, dall'inizio alla fine. Ora sappiamo quasi tutto. Ma cosa possiamo fare?»

L'ispettore non aveva mai visto Campion così eccitato. L'ospite si accomodò sulla sedia per i visitatori sistemata in mezzo al riquadro del tappeto sbiadito, il cappello a terra di fianco a sé e le mani raccolte intorno al pomolo del bastone.

«Non può lasciar perdere a questo punto, Stanislaus» disse con ardore. «Quell'uomo è una minaccia, una specie di germe maligno che potrebbe dare origine a un'epidemia da un momento all'altro».

Oates si sfregò i baffetti. «Mio caro amico, non deve pensare che non mi interessi» disse. «Mi interessa eccome. Qui interessa a tutti. Su questo caso abbiamo fatto riunioni su riunioni. L'informazione che mi ha dato completa una storia affascinante. Non posso promettere di prendere provvedimenti immediati al riguardo perché non c'è neanche un briciolo di prova concreta in tutta questa storia. Ma non ho bisogno di farglielo notare: lei lo sa meglio di me. Non sarà un professionista del campo, ma non è certo un dilettante. Sono sicuro che vede le cose proprio come le vediamo noi».

Campion rimase in silenzio. Dentro di sé già sapeva che le sue richieste avrebbero ottenuto quel tipo di risposta, ma non riusciva a scrollarsi di dosso la crescente convinzione che non ci fosse un attimo da perdere.

«Se ora scoppiasse uno scandalo attorno ai dipinti di Lafcadio, per tutte le persone coinvolte sarebbe la cosa meno opportuna» disse infine. «Ma se questo dovesse significare poter mettere quel tizio sotto chiave a doppia mandata, allora francamente non esiterei un attimo».

«Santo cielo» – a volte Oates tendeva a essere querulo – «è stata la prima cosa che mi è venuta in mente, ovvio. È per questo che ho insistito con tutte quelle domande sull'ultima scoperta. Ma a quanto capisco, l'unica cosa che lei ha di vagamente somigliante a una prova è lo studio della figura per il quadro su carta Whatman. Ora, onestamente, a che cosa equivale? A uno zero assoluto. Fustian deve solo dire di aver dato il permesso a Dacre di guardare i quadri, ammettendo una piccola irregolarità, capisce, e il punto di forza dell'intero caso verrebbe spazzato via. Non è abbastanza, Campion. Nessuno desidera più di me di arrivare a un arresto. Vengo incalzato da ogni parte affinché metta dentro qualcuno. Ma commettiamo un errore adesso e l'avremo perso per sempre. Dobbiamo procedere con cautela. Dobbiamo aspettare».

Mr Campion si alzò e andò a guardare fuori dalla finestra il cortile sottostante. «Sento che non c'è tempo da perdere» disse ostinato.

«Sono d'accordo con lei». L'ispettore gli si avvicinò. «Non riesce a convincere Mrs Lafcadio ad andare via per un po', o a persuaderla ad assecondare il nostro? Nel frattempo noi lo teniamo d'occhio. Stando ben attenti. Se infrange la legge in un qualsiasi modo – se anche solo trasgredisce il codice della strada – gli saltiamo addosso. E se fa un qualche serio tentativo ai danni di qualcuno questa volta non ci troverà impreparati, e lo coglieremo sul fatto».

Esitò, poi si accigliò.

«Se Mrs Lafcadio riesce davvero a ottenere quelle quattro casse da Fustian, sospetto fortemente che almeno tre conterranno la paccottiglia che il vecchio aveva imballato. Ma se per caso Fustian dovesse essere così stupido da mandarle i tre dipinti falsi e lei riuscisse a riconoscerli come tali – riconoscerli davvero, intendo, non solo come opinione personale – allora la signora potrebbe forse essere in grado di mettere in piedi un castello di accusa contro di lui, anche se non so bene su quali basi. Dovrebbe valutare la cosa con un avvocato. Secondo me però sarebbe una strada rischiosa, in questo momento. Come credo di aver già detto, quando un uomo di quell'età comincia improvvisamente a uccidere significa che nei suoi meccanismi mentali c'è un intoppo, e Dio solo sa quando potrà fermarsi. Ma del resto lei lo sa già, e probabilmente è per questo che è venuto da me oggi.

«Sì» disse Campion asciutto. «È per questo che sono venuto».

L'ispettore tornò alla scrivania, accanto alla quale rimase immobile a sfregare sovrappensiero una penna su un pezzo di carta assorbente, prima di parlare di nuovo.

«Pensandoci bene» disse, «credo che al momento l'unica nostra linea di attacco sia utilizzare i quadri. Vede, ci sono uno o due punti che non abbiamo chiarito. Uno è perché Fustian avrebbe dovuto decidere di uccidere Dacre quando l'ha fatto e non addirittura prima che il ragazzo andasse a Roma... per me questo puzza di ricatto. E, due, perché ci sia andata di mezzo anche Mrs Potter».

«Questo credo non lo sapremo mai» disse Mr Campion. «E non penso sia importante. Penso sia abbastanza ovvio che lei fosse con Dacre quando lui fece il lavoro per Max, fungendo da factotum, modella e guardiana, mi verrebbe da dire. Ma se lui l'abbia uccisa perché lo sospettava di aver assassinato Dacre o perché lo aveva minacciato di rivelare la faccenda, credo non potremo mai saperlo. Personalmente propendo per la prima ipotesi».

E rivolse all'amico uno sguardo impotente.

«Sono in un vicolo cieco, Stanislaus» disse. «La caccia all'uomo non è il mio *métier*. È lavoro della polizia. Che lei è a un punto morto lo vedo. Se questo farabutto proverà di nuovo a uccidere lei lo prenderà. Deve solo tenerlo d'occhio finché non fa un tentativo e fallisce, oppure riesce. Io invece la vedo in modo un po' diverso. Io voglio impedirgli di provarci».

«E allora si concentri sui quadri» disse Stanislaus Oates. «Si concentri su Dacre. A proposito, mi ha fatto ricordare una cosa; volevo accennargliela, e quasi me ne scordavo. Quella ragazza, la Rosini, la giovane italiana che Dacre aveva sposato: all'inizio di questa faccenda avevo chiesto alla polizia del distretto di Saffron Hill di tenere d'occhio quel gruppetto e farmi sapere se sarebbe successo qualcosa di insolito. Non avevo un motivo particolare per farlo, sa. Pura routine, niente di più. Teniamo sempre d'occhio chiunque sia invischiato in un caso di omicidio, anche se alla lontana. In effetti me ne ero dimenticato, ma questa mattina mi hanno riferito che l'ex signora Dacre, che sembra avere una cerchia di amici decisamente strana, durante i fine settimana aveva l'abitudine di andarsene in campagna con un bel codazzo di questi. Nel rapporto c'è scritto: *Presunta destinazione: una qualche proprietà lasciata a Mrs Dacre dal marito.*

«Ovviamente non c'è niente di rilevante in una cosa del genere» continuò, «e quindi non vi ho prestato troppa attenzione, ma lo scorso fine settimana sembra ci sia stato un tafferuglio, perché la combriccola è tornata a Londra nelle ore piccole della domenica mattina con l'aspetto di chi ha preso parte a uno scontro di piazza. Queste sono tutte le informazioni che abbiamo al momento. Potrebbero non voler dire assolutamente nulla, certo, ma mi sembrava strano, per questo gliene ho parlato. Dacre possedeva qualche immobile?»

«Nessuno, che io sappia» rispose Campion. Prese il cappello. «Credo che andrò a trovare Rosa Rosa» concluse. «Non ha obiezioni, immagino, Stanislaus...»

«Santo cielo, no. Sia discreto, ovviamente, ma non serve che glielo raccomandi. E non si preoccupi, ragazzo mio. Quell'uomo è sorvegliato a ogni passo. Spero, per il bene di tutti, che non pianifichi un'aggressione alla vecchia signora, ma se lo fa lo prenderemo».

Sulla porta, Campion si fermò. «Stanislaus» disse, «pensa che se avesse saputo tutto quello che sa ora avrebbe avuto una possibilità di salvare Mrs Potter?»

L'ispettore Oates era un uomo onesto. Si strinse nelle spalle. «Forse no. È stato molto ingegnoso» disse.

«L'ingegno sembra essere una caratteristica di Max Fustian» fu la considerazione di Campion, che se ne andò per nulla confortato.

Alle sei di quella stessa sera si mise alla ricerca di Rosa Rosa. Per ovvie ragioni non voleva farle visita nel negozio di gastronomia di suo zio a Saffron Hill, ma aveva un'idea molto precisa di dove andarla a cercare.

Cominciò lungo Charlotte Street, con la speranza di trovarla al Robespierre, e non appena ebbe varcato l'entrata laterale del pub, il più strano di tutta Londra, ed ebbe oltrepassato le tende felpate rosse che dividevano il bar esterno dal sancta sanctorum all'interno, la scorse, accomodata su uno dei logori sofà di pelle nell'angolo vicino al fuoco.

Il posto non era affollato. Una mezza dozzina di uomini sedeva sugli alti sgabelli al banco, e le pareti ricoperte di disegni e il soffitto rivestito di carta da parati puntinata non erano ancora offuscati dalla consueta nube di fumo.

La parte più cospicua di quelli radunati nella stanza faceva parte della cerchia di Rosa Rosa. Consisteva di quattro giovanotti, tra cui Campion riconobbe Derek Fayre, il vignettista dai lineamenti affilati i cui disegni sarcastici e leggermente osceni comparivano occasionalmente sui settimanali più intellettuali. Gli altri gli erano sconosciuti, sebbene fosse vagamente consapevole di aver già visto sul palcoscenico di uno degli spettacoli della domenica il giovane effeminato con i favoriti.

L'uomo grassoccio con la barbetta a punta e gli occhiali di corno era straniero, così come il giovane italiano con gli occhi neri che sedeva alla sinistra di Mrs Dacre e le teneva la mano.

Rosa Rosa non era cambiata. La fotografia ingrandita dietro di lei, l'immagine di una gita del 1920 dei ragazzi del Robespierre, non diminuiva la bizzarra modernità del suo straordinario aspetto.

Non portava cappello, i suoi lineamenti strani e immobili erano privi di espressione, e i capelli gialli spiovevano orizzontali dalla cima del capo come i riccioli di un tradizionale bassorilievo.

L'immediato problema di Campion, quello di presentarsi, fu risolto velocemente dalla stessa ragazza, che lo scorse mentre lui ancora indugiava in piedi, bicchiere in mano. «Salve» gli si rivolse. «Ci siamo conosciuti quando hanno assassinato mio marito. Venga a sedersi qui».

Quel saluto, pronunciato al massimo della sua voce aspra e acuta, provocò un piccolo fermento nella stanza. Le persone al banco smisero di chiacchierare per lanciarle un'occhiata curiosa, mentre la donna paffuta e svelta che serviva non batté ciglio. Evidentemente la tragedia della vita privata di Rosa Rosa non le era nuova.

Il giovane robusto fece posto a Campion al tavolo. Evidentemente Rosa Rosa lo considerava un vecchio amico. Campion si sedette con la sua birra, le gambe della sedia quasi nel caminetto, e si strinse alla sua destra.

Dopo quell'invito le presentazioni sembrarono superflue, e la conversazione riprese da dove si era interrotta.

«Mio zio mi porterà dal suo avvocato» disse Rosa Rosa, che sembrava essere a metà di una storia. «Quando andremo alla polizia faremo il diavolo a quattro. Gliela farò vedere io a quel mascalzone!»

«Che cosa farai, Rosa Rosa?» disse Fayre sorridendo. Nel suo tono c'era un che di canzonatorio, come se volesse spingerla a esibirsi.

«Farò così». Con uno dei suoi improvvisi cambiamenti verso una vivacità elettrica Rosa Rosa si produsse nel suo trucchetto, una pantomima dettagliata e indescrivibilmente volgare resa ancora più vivida dal contrasto con la sua naturale immobilità.

Campion ne fu leggermente sconcertato. Era evidente che la scarsa padronanza dell'inglese di Rosa Rosa non costituiva un deterrente alle sue capacità di espressione.

«Che sconcia bestiola sei!» disse Fayre ridendo. «Mi piacerebbe vederti fare così tutto il giorno».

«Dài, va' avanti con la storia» la esortò il giovane con la barbetta con stanca rassegnazione. «Visto che ormai ci tocca sentirla».

Rosa Rosa gli cacciò fuori una lunga lingua sottile e fece cenno al barista. Quando la faccenda delle nuove ordinazioni fu sistemata, il ragazzo italiano le diede un gentile scappellotto. «Il cottage è tuo, vero?» la incalzò.

A Rosa Rosa andò di traverso il drink. «Me l'ha lasciato mio marito assassinato» dichiarò non appena riuscì di nuovo a parlare. «Prima che arrivassimo dall'Italia mi disse che era mio. "Vivremo lì e saremo felici" aveva detto».

«Amavi tuo marito, vero?» aggiunse Fayre, sempre col sorriso e col tono di chi parla a un animaletto intelligente.

Di nuovo Rosa Rosa si produsse in uno dei suoi cambiamenti improvvisi. Si afflosciò, si piegò su se stessa, il suo corpo cedette, persino i capelli sembrarono avvizzire. Il suo avvilimento non era tanto esagerato quanto incarnato. Spalancò le braccia e rimase immobile, con il mento sul petto. «Lo amavo» confermò.

Era un'esibizione straordinaria; piuttosto agghiacciante, si disse Campion.

Fayre gli scoccò un'occhiata. «Straordinaria, vero?» disse. «Fa così ogni volta. Va' avanti, Rosa Rosa. Niente mi è più chiaro del fatto che tuo marito, che tu amavi» – e la imitò grottescamente – «ti ha lasciato un cottage in eredità. Ci sei andata un paio di volte e hai tenuto alcune feste disgustose. La seconda – o è stata la terza? – è stata interrotta, com'era prevedibile, dai vicini scandalizzati che se ne prendevano cura per conto del vero proprietario. Tuo zio – quel vecchio disgraziato – sta tirando dentro uno squalo di avvocato e quando troverai il vero padrone di casa, povero lui, ecco cosa farai». Imitò il primo gesto di lei e si alzò in piedi. «Adesso devo andare» disse. «Oggi ho incontrato mia moglie, ha detto che potrebbe tornare a casa. Se quando arrivo la trovo lì, porto anche lei».

«La speranza è ultima a morire» disse l'uomo con i favoriti non appena il vignettista fu fuori portata d'orecchi. «Dice così per darsi un tono o è proprio convinto?»

«Eve l'ha sposato e poi l'ha lasciato» disse l'uomo grasso con la barbetta in tono languido. «E poi chi se ne importa del perché dice così. Avanti, Rosa Rosa, hai finito o c'è dell'altro riguardo a questo romanzo sulla proprietà della casa?»

Mrs Dacre lo occhieggiò imbronciata. Poi rise e cominciò a imprecare in un raccapricciante inglese di Saffron Hill.

L'uomo grasso corrugò la fronte disgustato.

«Orribile» fu il commento. «Brutta bambina cattiva e sporcacciona. Il titolare ti butterà in strada, se parli così. Il tuo problema sembra di facile soluzione. Mostra il testamento e rivendica il tuo diritto sulla casa».

«Stupido ciccione!» esclamò Rosa Rosa con astio. Aveva però notato su di sé lo sguardo freddo della signora dietro il bar, e abbassò la voce. «Mio marito non ha fatto nessun testamento» disse. «È stato assassinato».

«Dio mio, come se non lo sapessimo!» disse l'attore senza amarezza. «Comunque, se non ha fatto testamento probabilmente il cottage non è tuo. Ma di che ti preoccupi? Vieni a vivere a King's Cross. È molto più centrale e quasi altrettanto malsano».

Rosa Rosa assunse un'espressione oltraggiata. «Quando un marito muore tutto quello che ha finisce alla moglie» dichiarò. «Il cottage è mio. Saremmo andati a vivere lì, ma lui è stato assassinato».

«Nulla di cui andare orgogliosi» disse l'uomo grasso.

«Cosa?»

«Voglio dire, non è una cosa furba essersi sposata con un uomo che è stato assassinato» insistette il giovane. «A meno che non sia stata tu, ovviamente. Sei stata tu, a proposito?»

Rosa Rosa fornì il proprio alibi, e anche questo, ritenne Campion, fu parte di una recita che quel pugno di inetti la costringeva a inscenare ogni volta che la vedevano. Comunque, la sua personale curiosità riguardo al cottage era ormai risvegliata al massimo, così questa volta fu lui a fare una domanda.

«Dove sarebbe questa casa?» indagò.

«A Heronhoe. Dopo che avrò parlato con l'avvocato di mio zio la inviterò a una festa».

«Non ci vada» disse il giovane magro del palcoscenico. «È lontano mille miglia da tutto, e i vicini lanciano mattoni a chiunque arrivi. Guardi come gli hanno ridotto l'occhio».

«Si tratta di Heronhoe nel Sussex?» chiese Campion tirando a indovinare.

Gli rispose l'italiano. «No. È nell'Essex. Vicino a Halstead. Ci siamo andati parecchie volte, ho accompagnato in macchina mia cugina con alcuni amici. Ma sabato, quando siamo arrivati, era tutto chiuso. C'era un sacco di gente del villaggio. Non ci hanno lasciati entrare».

«Da non credere» disse Campion in tono incoraggiante.

«Assolutamente» confermò il ragazzo con un occhio pesto che spiccava sul viso ridicolmente solenne. «Hanno detto che il proprietario era a Londra. Avevamo freddo, sa, e in auto avevamo un sacco di roba da bere. C'è stata una specie di rissa. Alcuni dei ragazzi si sono arrabbiati, le ragazze urlavano e la gente è venuta con i randelli e i cani. Noi gli siamo andati addosso con l'auto. Abbiamo investito un tale. Non credo si sia fatto male. Comunque» e fece un sorriso furbo, «non ci siamo fermati a controllare. Ce ne siamo venuti via. Probabilmente avevano ragione. Forse non è suo» disse ridendo a quel pensiero. «Abbiamo messo a soqquadro il posto» disse con aria sognante. «Sono state delle gran belle feste».

Rosa Rosa era stata ad ascoltare il resoconto con la testa china in avanti tra i due uomini, ogni tratto del corpo spigoloso che comunicava interesse.

«Il cottage è mio» ripeté con veemenza. «Quando eravamo in Italia mio marito mi ha dato una foto della casa».

«Un'istantanea» spiegò il cugino. «Con l'indirizzo sul retro. È così che l'abbiamo trovato. Era arredato, ma dentro non c'era nessuno, quindi siamo entrati».

«Una cosa molto stupida da fare, se non sapevate se il

posto era vostro» commentò il giovane con la barba, che sembrava annoiato a morte da tutta la storia.

Rosa Rosa lo apostrofò senza scomporsi. «Lurido ciccione» disse amabile. «È mio perché dentro ci sono le cose di mio marito. Ci sono i suoi disegni dappertutto. Mio marito era un grande pittore. Se non fosse stato assassinato saremmo diventati molto ricchi. Me l'ha detto il giorno che è morto. Stavamo per andare al cottage, e lui avrebbe dipinto quattro quadri come gli altri».

«Quali altri?» indagò l'uomo con i favoriti.

Rosa Rosa fece spallucce. «Non lo so. Ha detto così».

Mr Campion fece un respiro profondo. «È sicura che siano i disegni di suo marito, quelli nel cottage?» chiese.

«Certo che sì, sono i suoi. Ce n'è un mucchio alto così. Due grossi armadi pieni».

«Heronhoe». Mr Campion non pronunciò la parola a voce alta, ma se la stampò indelebilmente in testa. «Le auguro buona fortuna, Mrs Dacre» disse. «Non ci andrà per un po', immagino».

«Prima deve vedere l'avvocato» intervenne il cugino.

Il suo sguardo vagante si era posato su una ragazza dai capelli rossi seduta in un angolo della stanza, ma ora riportò l'attenzione sull'argomento che era evidentemente il principale soggetto di conversazione della famiglia Rosini.

«Dopodiché ci torneremo e ce la vedremo con quei bifolchi. Ah, che gran bella zuffa è stata! Bottiglie e tutto quanto. E neppure l'ombra di un piedipiatti per chilometri. Quando scopriremo chi è il bastardo che dice di essere proprietario di quel posto ci sarà una zuffa ancora più bella».

Campion osservò il cielo cupo dal vetro lustro della finestra. Si alzò in piedi. Attraverso il conflitto tra speranze e senso di allarme di cui era preda, udì la strascicata pronuncia morbida e pensosa dell'italiana.

«È una bella casetta».

21

Una giornata in campagna

Mentre guidava la sua Bentley d'epoca lungo le stradine tortuose di quella parte dell'Essex che è quasi Suffolk, a disturbare Campion non era tanto la prospettiva di commettere un furto con scasso quanto il problema di trovare il luogo esatto dove mettere in atto il suo piano.

Aveva localizzato Heronhoe su una cartina, ma non conoscendo il nome del cottage né quello del proprietario, la ricerca si preannunciava difficile. Per questo aveva deciso di arrivare con la piena luce del giorno, dominando l'impulso a lasciare Londra immediatamente dopo aver sentito il racconto di Rosa Rosa.

Era partito alle sei del mattino seguente, ed erano quasi le dieci quando, dopo essersi perso più volte, arrivò al paesino.

La modesta strada principale, accogliente e pittoresca come la scenografia di un musical, si presentava fresca e animata nella luce primaverile. L'aria era fredda ma frizzante. Soffiava un bel vento tonificante. Sui castagni le gemme gonfie erano roride, fredde e radiose. Era decisamente un'ottima giornata per il reato che Campion aveva in mente di commettere.

Si fermò davanti al White Lion, una grossa locanda irregolare che occupava gran parte del lato sud della via, e riuscì a convincere l'oste a farlo entrare almeno nella sala riservata ai rappresentanti di passaggio.

In base all'insegna particolareggiata sopra la porta, William Pudney poteva, su gentile concessione del governo, somministrare vini, liquori e tabacchi e, come da antica tradizione, cibo a tutti i clienti; senonché alle dieci del mattino non sembrava particolarmente disposto a fare nessuna di quelle cose a favore del giovanotto pallido con l'automobile da scapestrato.

Mr Campion non trovò molto simpatico Mr Pudney. Era un uomo semplice, roseo e ancora giovane con un accento studiato ad arte che tradiva all'istante sia l'ambizione di darsi un tono sia la totale mancanza d'orecchio con cui realizzarla.

«Mia madre» disse infine Mr Pudney, «le troverà qualcosa in dispensa. Si accomodi pure in sala».

Fece strada in una stanza degli orrori a sinistra del bar. Campion sentì un vago odore di birra e un forte odore di tovaglie di tela cerata. Gli arredi erano in linea con l'atmosfera, alquanto deprimente: tendine di pizzo, gigantografie del ménage dei Pudney in tempi passati e dozzinali mobili di mogano e accessori di vetro colorato.

Campion capì che il White Lion, lo spirito del commercio e Mr Pudney non erano un connubio positivo. Perciò, senza perdere tempo andò dritto al punto.

«Passano in molti da queste parti?» domandò schietto, attaccando il bacon floscio e l'uovo anemico che la madre di Mr Pudney aveva trovato in dispensa.

«Turisti no» rispose il titolare in tono sdegnoso. «Non ci vanno a genio i turisti che arrivano in auto a inquinare la nostra bella campagna. Squalificano qualunque posto».

A propria difesa Campion buttò lì l'informazione di essere diretto a Ipswich, dove andava a trovare il padre. «È un religioso» aggiunse come abbellimento della storiella.

«Davvero?» Mr Pudney fece mostra di un sorprendente rispetto. «Pensavo fosse un rappresentante. Mi scusi signore, ma passano tante persone da qui a raccogliere ordini per questo e per quello, e la gente del posto si demoralizza».

Campion accettò le scuse con buona grazia, e Mr Pudney si fece loquace. «D'estate ospitiamo un club ciclistico» annunciò con modestia. «Mia madre fa molta ristorazione per loro. Sono ottime persone, non hanno proprio niente dei vacanzieri. Persone anche molto pulite, non si lasciano dietro nemmeno una bottiglia».

«Bene» commentò distrattamente Campion.

«Una volta è venuta una comitiva di escursionisti» proseguì Mr Pudney, «tutti molto intellettuali... e poi naturalmente d'inverno c'è la caccia. Molto bello, ma i gitanti che vengono da Londra proprio non li sopportiamo. I ragazzi del paese gli aizzano contro i cani».

A Mr Campion fu chiaro che Heronhoe non era decisamente il luogo adatto in cui Rosa Rosa potesse avere un cottage per il fine settimana. «Davvero? Sul serio hanno aizzato i cani contro qualcuno?»

Mr Pudney gli lanciò un'occhiata tagliente. «Ci sono stati strani movimenti a Spendpenny, sabato scorso» disse infine. «Una zuffa in piena regola».

«Ah! Spendpenny è una grossa villa?»

«Oh, santo cielo no». Lo sprezzo del titolare era immenso. «È una lurida vecchia casupola, l'abitazione di un manovale. Certa gente è andata lì e si è comportata in modo vergognoso. Gentaglia. I custodi del cottage lì vicino non hanno potuto far niente, ma il sabato dopo hanno chiamato degli abitanti del posto e quando quelle persone si sono ripresentate c'è stata baruffa».

«E dov'è questo posto così brutto?» domandò Campion con interesse morboso.

«Lungo la Pope's Lane. Il vicolo sulla sinistra che attraversa paese. È sempre stato malfamato. Un tempo ci stava un pittore».

Campion inarcò le sopracciglia.

«Mica bello per la reputazione del posto» disse Mr Pudney, aggiungendo cupamente: «Dove c'è un pittore ci sono le modelle».

«Naturalmente» disse Campion in tono saggio, e dopo aver pagato un conto esorbitante si allontanò in auto svoltando in Pope's Lane.

Il cottage Spendpenny, così ribattezzato per via di un improvvido proprietario del passato, sorgeva a meno di un chilometro lungo un viottolo fiancheggiato da filari di frassini e sambuchi. Era un cottage da cartolina, con il tetto simile alla gobba di un cammello e i muri con travi di legno un tempo catramate ma che ora, dopo trent'anni di intemperie, viravano al morbido verde della campagna circostante.

Per quanto Campion potesse vedere mentre accostava nel viottolo, lì attorno non c'erano altre case. Spendpenny si ergeva solitario in un avvallamento coperto d'erba. Il fazzoletto di giardino sul davanti era ancora scuro per gli infestanti dell'anno prima, ma nello sfacelo si scorgevano delle rose perenni polianta e qua e là qualche tulipano.

Non aveva dubbi, il cottage che cercava era quello. Il cancelletto che si apriva sul viottolo d'accesso era sfasciato, e il legno scheggiato da poco mostrava tacche gialle sulla superficie grigio-verde. Il posto emanava un'aria di abbandono, ma alle finestrelle quadrate pendevano ancora lacere tendine, e il sentiero coperto d'erba appiattita rivelava un recente passaggio.

Oltrepassò il cancelletto sgangherato, e la solitudine della campagna lo investì in pieno: come molti viaggiatori avvezzi a campagne ben più selvagge, era in grado di riconoscere la particolare vacuità di prati verdi e di stretti viottoli nascosti; una vacuità ben diversa dalla rinvigorente freschezza della terra vergine, perché parla del vuoto dell'abbandono, di una stanza disabitata, o di un campo trascurato.

Si fermò un attimo a osservare il cottage, poi proseguì. La sua figura allampanata gettava un'ombra sottile sotto il sole tiepido ma luminoso.

Arrivato a metà vialetto si fermò di colpo. La porta del cottage si era aperta di scatto. Per un attimo la figura nell'ombra rimase indistinta. Poi uscì sulla soglia di pietra.

«Mio caro amico» esclamò Max Fustian, «che bella sorpresa!»

Il pensiero che balenò in testa a Campion fu tipico del suo modo di ragionare. Si disse che l'emozione della pura sorpresa era rara, e che quando arrivava oscurava la percezione di qualunque altra cosa. Ma non era quello il momento più adatto all'introspezione. Max gli stava andando incontro.

Un Max in completo di tweed, con le mani sporche e brandelli di ragnatela tra i capelli era per molti versi una figura assai più bizzarra che non il Max con il cappello nero e il panciotto variopinto. Nei cottage dei poderanti si producono molti tessuti sontuosi, per non dire esotici, e Max, con i calzoni alla zuava rosa-erica e verde, sembrava pronto per un ballo in maschera.

«Gentile da parte sua venire a trovarmi» disse. «Entri pure. La casa è terribilmente sporca, e temo non ci sia niente da bere, ma almeno da sedersi c'è».

Campion si sforzò di dire qualcosa. «È lei il proprietario?» chiese senza convenevoli, essendo le prime parole che pronunciava.

«Direi proprio di sì» rispose Max in tono leggero guidandolo nella stanza principale della casa, un locale con il soffitto basso e il pavimento di mattoni, arredato sommariamente e incredibilmente polveroso. Parte dei mobili erano sfasciati, e c'erano una quantità di bottiglie di birra vuote sparse per la stanza.

«Sono alla ricerca di un cottage» disse Campion senza la minima speranza, e neppure senza troppa intenzione, di suonare convincente. «Al villaggio mi hanno detto che questo era vuoto, così sono venuto».

«Ma certo» disse Max tutto allegro. «Si sieda».

Era evidentemente molto compiaciuto di sé, e il visitatore ebbe l'impressione che il suo arrivo inaspettato non gli avesse dato alcun disturbo. Campion si sentì più che mai scoraggiato. Guardò l'uomo e si chiese a cosa stesse pensando.

Era difficile immaginare qualcuno di più diverso dall'idea popolare dell'assassino a distanza di poche settimane dal crimine, eppure Campion provò la sgradevole sensazione che se a un tratto gli avesse detto: "Senta, Fustian, è stato lei a uccidere Dacre e Mrs Potter, vero?" lui gli avrebbe risposto: "Sa bene che sono stato io. Tuttavia, caro amico, lei non può far niente. Le conviene smettere di arrovellarsi".

Era una situazione impossibile.

Max aveva tirato fuori un pacchetto di sigarette gialle di Cipro, e quando Campion lo pregò di scusarlo, dicendo che preferiva uno dei suoi sigari Virginia, l'altro si strinse nelle spalle e se ne accese una.

«Non so se questo posto andrebbe bene per lei, mio caro ragazzo» disse. «È molto isolato, e terribilmente malsano. Ma venga a dare un'occhiata. Guardi pure in ogni buco e anfratto».

Campion alzò gli occhi senza voltare la testa, e per un vertiginoso attimo pensò che Max si fosse tradito; vide invece che dall'ampia bocca il sorriso malizioso era svanito, e Max era tornato esultante come sempre.

«Tengo questo posto per prestarlo agli artisti» disse. «È così incredibilmente sperduto che quei poveretti non possono far altro che lavorare. Dietro, all'esterno, c'è una

lavanderia che ho trasformato in studio. Venga. C'è solo
questa stanza e un cucinotto. È un tugurio, Campion, un
vero tugurio!»

Fece strada verso una scala il cui sottoscala formava una
credenza e salì faticosamente, diretto alle due stanzette al
piano superiore, seguito da Campion.

Lì il disordine era incredibile. Max rabbrividì.

«Ho avuto ospiti indesiderati» spiegò. «Anni fa ho prestato questa casetta a Dacre, e quella sua orribile sgualdri-
na, Rosa Rosa Rosini, avrà pensato che appartenesse a lui.
Comunque sia, ho saputo dai Raven, i contadini che mi
fanno la gentilezza di tenere d'occhio la casa, che qualcuno era stato qui, e quando sono arrivato mi sono sentito
dire che "Mrs Dacre si è stabilita al cottage". Sembra che
abbia portato con sé mezza marmaglia di Clerkenwell.
Comunque sia, queste sono le stanze».

Scesero di nuovo da basso. Attraversarono la piccola
cucina, uscirono nel cortiletto infestato dalle erbacce ed
entrarono nello studio.

La bella lavanderia antica era stata trasformata in modo
molto semplice. Il pavimento di mattoni di un caldo colore
rosa, la caldaia e il grande camino aperto erano stati conservati, e per quanto Campion potè constatare l'ampia finestra aperta tra le tegole e una piattaforma di legno a un'e-
stremità della stanza erano le uniche modifiche apportate.

Ai lati del camino vi erano due grandi armadi, parte di
un gigantesco guardaroba di epoca vittoriana; le ante,
aperte, rivelavano gli interni vuoti.

«Grazioso, vero?»

La ricercata cadenza strascicata distolse l'attenzione di
Campion dalle atroci credenze.

«Molto» convenne Campion.

«E non è freddo» aggiunse Max inaspettatamente.
«Neanche un po'. Guardi che camino».

Gli occhi di Campion seguirono l'aggraziata mano svolazzante e si posarono sulla fine di ogni sua speranza.

L'immenso camino era in stile rustico, formato da una cavità squadrata tagliata alla base della canna fumaria e provvista di un grande cesto di ferro per il fuoco.

L'intera base straripava di svolazzanti ceneri grigie e nere di carta bruciata, ancora calde, a giudicare dal tepore che emanavano.

«Sta distruggendo qualcosa?» si informò Campion.

Max lo guardò dritto negli occhi. Era chiaramente esultante. «Tutto» rispose. Dopodiché, abbassando la voce a un bisbiglio da palcoscenico, aggiunse tra il serio e il faceto: «Tutti i miei peccati, amico mio. Tutti i miei peccati».

«Quando vorrebbe insediarsi?» proseguì in tono più normale. «Cinque scellini la settimana. Da pagare ai Raven. Non vorrà lamentarsi, mio caro ragazzo. Se comincerà a dipingere, allora glielo darò in prestito. Venga, mi dia uno strappo al cottage dei Raven in fondo alla stradina. Ho lasciato lì la mia auto e sono venuto attraverso i campi».

Accomodante, Campion lo accompagnò.

Sulla strada per Londra la nuova auto sportiva di Max sfrecciò superando la vecchia Bentley a una velocità di oltre centoventi chilometri; Campion invece guidava con moderazione e prudenza. Intanto rifletteva.

Le ultime tracce delle prove che avrebbero potuto portare all'arresto di Fustian erano state distrutte, probabilmente non più di un'ora prima del suo arrivo al cottage. Come se non bastasse, si era impegnato a prendere in affitto un tugurio fatiscente. Quel giorno Max aveva vinto su tutti i fronti.

Ma quella sera ricevette un messaggio da Fustian che gli faceva una proposta sorprendentemente ingenua: gli diceva che gli avrebbe fatto piacere, una volta o l'altra, andare a bere un cocktail assieme.

«Ho detto e ripetuto a Belle, Mr Campion, che deve comporre la sua coscienza superiore e sintonizzarsi sull'universo cosmico, se vuole riportare la sua aura al naturale rosa e azzurro e rimettere le cose a posto».

Dopo aver dato voce a quella straordinaria professione di imbecillità, donna Beatrice si sistemò meglio sull'alta poltrona di broccato accanto alla finestra della camera da letto di Belle e sorrise inondata dal sole, come a volersi mettere al suo stesso livello di entità consolatrice del genere umano.

Belle era seduta sul piccolo letto a incasso con lo scialle sulle spalle e la cuffia inamidata in testa. Il copriletto era disseminato di lettere.

Aveva le guance rosse e gli occhi lucidi, e Campion, seduto al capezzale, nel notarli scosse la testa.

«Cerchi di dormire un po'» disse. «Faccia uscire tutti dalla stanza e si rifiuti di ricevere chiunque. Si lavi le mani di tutta la faccenda. Se ne dimentichi».

Come un bebè paffuto e ribelle, Belle gli lanciò un'occhiataccia. «Non ti ci mettere anche tu, Albert» lo apostrofò. «Da te un po' di intelligenza me l'aspetto. Il vecchio dottor Pye, quell'ometto così pieno di sé, ha detto esattamente la stessa cosa. Noi lo chiamiamo *mince* Pye;

questa mattina me lo sono quasi lasciata sfuggire, ma ho pensato che non conoscesse abbastanza il francese per capire la battuta, mentre invece si è dimostrato all'altezza della situazione. Non voglio stare a letto. Cosa vuoi che sia un po' di febbre? Quand'ero giovane non ci si preoccupava mai per qualche lineetta. Voglio andare da Fustian alla galleria a prendere quei quadri. Non sopporto di essere trattata come una vecchia rincitrullita da uno stupido qualunque che meriterebbe solo un sacco di sculacciate».

«Non ce la faccio, a rimanere qui dentro, con un'aura del genere» annunciò donna Beatrice svenevole. «Mi sento soffocare».

Fece un'uscita dignitosa e un profondo sospiro, poi si chiuse la porta alle spalle.

«Grazie al cielo se ne è andata!» esclamò truce Mrs Lafcadio. «Quella donna è una sciocca».

«Perché non se ne sbarazza?» chiese Campion piuttosto ragionevolmente.

«Definitivamente?»

«Sì. La mandi via. Dev'essere estenuante vivere con una persona che crede... be', a quello cui crede».

«Oh, no, non potrei mai». Per un attimo quella che sbirciò da sotto l'organza fu di nuovo la vecchia Belle. «È vecchia, povera cara. Ormai la sua vita è qui. Johnnie l'ha fuorviata, le ha messo in testa una falsa idea di sé, e da allora non ha fatto altro che cercare di esserne all'altezza. Quando Johnnie morì mi disse: "Tesoro mio, abbi cura di quella sciocchina di Beatrice. Era talmente bella, un tempo". No, non posso mandarla via, ma sono contenta che sia uscita dalla mia stanza. E ora, Albert, di' a tutti che sto bene, prendi l'auto e andiamocene a Bond Street a riprenderci quelle tele. Johnnie non ci avrebbe pensato due volte».

«Ma Belle, non può farlo». Mr Campion era imbarazzato. «Senta, lasci fare agli avvocati, e nel frattempo cerchi di dormire un po'. Se no finirà per morirci, lo sa anche lei».

«Sciocchezze» ribatté Mrs Lafcadio. «Se Johnnie fosse stato qui ci saremmo ripresi i quadri, li avremmo venduti a qualunque prezzo fossimo riusciti a spuntare e col ricavato saremmo andati a Capri, e saremmo rimasti lì fino a dar fondo a tutto. Io me ne sarei stata distesa al sole ad ascoltare lui ripetere la storia, e abbellirla un po' ogni volta».

Tacque per qualche istante, poi scoppiò a ridere.

«Come tutti i vecchi sono tornata bambina, mio caro. So bene come sia tutto diverso, ora che sono così in là con gli anni, ma quando mi arrabbio me ne dimentico. E ora, Albert, dammi un consiglio. Cosa devo fare?»

Si reclinò all'indietro tra i cuscini, e un po' alla volta il colore le defluì dalle guance, lasciandola pallida ed esausta. «Non voglio mettere tutto nelle mani degli avvocati» si lagnò, «visto che mi consigliano di lasciar perdere. Vedi, è tutto talmente complicato. Johnnie pensava che avrei trattato con il vecchio Salmon, un tesoro di uomo, per cui non si è mai preoccupato troppo degli aspetti legali della faccenda. Ma ora che è stato esaminato tutto per bene è saltato fuori che io e Max siamo entrambi responsabili delle opere. Lui non può muovere un dito, senza di me, e io non posso muoverlo senza di lui. È esasperante».

«È ancora molto arrabbiata con Max?»

Mrs Lafcadio tacque per qualche istante, ma le labbra si muovevano rimuginando e gli occhi erano di nuovo cupi.

«Sì» disse. «Sì, decisamente. Sono molto, molto arrabbiata».

«Cosa pensa di fare?»

«Non lo so. Non ne ho idea. Se porterà i dipinti fuori dal paese dovrò trascinarlo in tribunale, immagino, e la faccenda andrà per le lunghe, una gran seccatura».

«Preferirebbe che le cose continuassero come al solito?» chiese Campion. «Cioè, vorrebbe che i dipinti restassero in Inghilterra e venissero esposti un anno dopo l'altro come desiderava Lafcadio, dico bene?»

«Sì». Belle annuì energicamente. «Albert, mio caro, pensaci tu. Parla tu con Max. Convincilo a rispettare il mio volere. Non voglio vedere mai più la sua brutta faccia, e ti do pieni poteri per agire per mio conto. Pensaci tu. In questo Linda non è per niente utile. Secondo lei dovrei lasciarlo fare a modo suo».

Tutto considerato, si trattava di una missione difficile, e Campion ne era ben consapevole.

Tra le persone dall'animo generoso è diffusa l'ottimistica convinzione che all'essere umano basti soltanto venire a conoscenza di un guaio altrui per caricarselo sulle spalle, non solo senza la minima esitazione ma anche con animo lieto. Resta il fatto, naturalmente, che le persone che dicono tra sé: "siamo in presenza di un grave pericolo, è meglio che sia io ad affrontarlo piuttosto che questa povera anima indifesa" si dividono in tre gruppi.

Ci sono i parenti – ed è straordinario come i tanto derisi legami di sangue giochino un ruolo così importante – che, mossi da un misto di affetto e pietà, compiono azioni che hanno dell'incredibile, immolandosi; poi ci sono le persone benintenzionate ma fuorviate, metà eroi e metà ficcanaso, che corrono incontro al pericolo come se fosse l'elisir di lunga vita; e c'è infine un piccolo gruppo di mortali mossi in parte dalla pietà e in parte dal sacro terrore di vedere la tragedia verificarsi davanti ai loro occhi, che agiscono principalmente spinti dal desiderio di sistemare le cose e chiudere la faccenda, a qualunque costo.

Mr Campion apparteneva quest'ultima categoria. «E va bene» articolò lentamente. «Va bene. Penserò io a tutto».

«Oh, mio caro. Grazie tante. In tal caso posso mettermi a dormire sapendo che tutto verrà sistemato e che i dipinti rimarranno qui in Inghilterra?»

Campion annuì. Ora che aveva preso una decisione si sentiva più in pace con se stesso. Si alzò.

«Ora cerchi di dormire, mi occuperò io del resto. Ma ci potrebbero volere un giorno o due, perciò non si preoccupi».

«No, certo».

Pur stanca com'era, negli occhi di Belle balenò un guizzo divertito. «È un piccolo odioso furfante, vero?» disse in tono accattivante.

«Se è per questo, credo che lei lo sottovaluti».

«Davvero? Ne sono felice. Temevo di aver sollevato un polverone per niente, soprattutto dopo i terribili guai che abbiamo avuto in casa».

Campion era quasi alla porta quando lei lo chiamò.

«Hai letto la deposizione che Max ha fatto ieri per il caso Stoddard? È stato convocato al processo come perito per la difesa».

Lui aveva letto il resoconto – sembrava l'avessero letto tutti, a Londra – ma le lasciò ripetere la storia.

«Il pubblico ministero ha detto: "Mr Fustian, è stato convocato dal collegio della difesa per dare la sua opinione di esperto"» giunse la voce sottile dai cuscini. «E quell'omuncolo ha sorriso e ha risposto: "Temo lei mi sottovaluti, sir James. Sono stato convocato come giudice". Per me è pazzo, non credi anche tu?»

«Molto probabile» disse Campion in tono svagato. «Molto probabile. Arrivederci Belle, buon riposo».

Nella sua camera in Bottle Street, Campion sedette davanti al telefono e rifletté per qualche istante prima di tirare verso di sé l'apparecchio e chiamare Max Fustian.

Era passata ormai una settimana da quando era stato a Spendpenny, e non aveva ancora risposto al biglietto ricevuto al ritorno dall'escursione.

Come sperato, Max si trovava alla galleria. Dopo aver dato il proprio nome a un lacchè e dopo una lunga attesa, Campion udì la ben nota voce, che il telefono sembrava rendere ancora più liquida e fluente.

«Mio caro Campion, che piacere sentirla. In cosa posso esserle utile?»

Campion riferì il messaggio di Belle in modo semplice, senza giustificarsi.

L'altro restò zitto finché lui non ebbe terminato. Poi Campion udì una risata sommessa e affettata.

«Mio caro amico» rispose Fustian, «deve proprio intromettersi in questa vecchia faccenda? Non crede sia meglio lasciar fare a chi se ne intende?»

«Non ho una precisa opinione personale» ribatté Campion cauto. «So solo che Mrs Lafcadio mi ha incaricato di impedire che i dipinti lascino il paese».

«Una donna affascinante ma sciocca» sospirò la voce all'altro capo del filo. «Immagino che lei, nella sua nuova veste, assuma lo stesso atteggiamento irremovibile di Belle».

«Sì» rispose Campion, e aggiunse, con eccessiva determinazione: «Dovrà passare sul mio cadavere».

«Come dice, prego?»

«Sto dicendo che se vuole portarli fuori dall'Inghilterra dovrà prima passare sul mio cadavere».

Vi fu una pausa infinitesimale. Poi Campion udì di nuovo la stessa risatina.

«Com'è coscienzioso, Campion. Dobbiamo vederci».

«Per me va bene».

«Certamente. Troviamoci domani al ricevimento della Società Cellini. Così potremo metterci d'accordo».

«La Società Cellini?» ripeté Campion.

«Ma certo. Il cocktail party organizzato per celebrare l'uscita della nuova biografia scritta da lady du Vallon. Urquhart ha fatto le illustrazioni, e la White Hart Press ne ha tirato fuori un volume pregevole. Non le è arrivato l'invito? Gliene farò avere uno immediatamente. Sarò lì per le sei e mezza».

«Ottimo» disse Campion, e aggiunse intenzionalmente: «A proposito, Fustian, non stia a preoccuparsi per il disegno di Dacre. Parlo della *Testa di Ragazzo*. Perché vede, ne ho uno anch'io».

«Davvero?» Ora la voce era evidentemente cauta, e Campion insistette: «Già, una cosuccia molto interessante. Uno studio per un grande dipinto a olio. In un angolo c'è uno schizzo dell'intera scena, una folla attorno a una crocifissione. L'ho riconosciuto immediatamente».

«Mi piacerebbe vederlo».

«D'accordo» rispose Campion in tono leggero. «D'accordo. A domani, allora».

23.
Un'uscita serale

Campion salutò l'ispettore e uscì per andare al cocktail party in Brook Street.

Quando arrivò la festa era in pieno svolgimento. Un domestico esausto gli fece strada su per lo scalone di marmo con la balaustra di ferro battuto e lo abbandonò nel doppio salotto con la *boiserie* verde, il soffitto affrescato e le applique in stile georgiano.

Il rumore era assordante.

La teoria che nell'epoca moderna l'arte della conversazione si sia estinta è chiaramente un'erronea interpretazione dei fatti, o semplicemente una colossale critica alla sua qualità. Tre quarti dei convenuti stavano chiacchierando ad alta voce, non tanto per lo sforzo di catturare l'attenzione di un pubblico quanto con la prosopopea di chi è convinto che tutto il creato voglia mettersi all'ascolto.

Lady du Vallon, un donnino effervescente con lo sguardo tagliente e rossi riccioli da elfo gli andò incontro facendo frusciare l'abito da pomeriggio color terra bruciata, gli elargì una frettolosa stretta di mano e lo superò con un mormorio che avrebbe potuto essere il nome di lui o un benevolo "Bada tu a questo" rivolto a un uomo dall'aria derelitta che le stava accanto.

Il tizio non aprì bocca, accontentandosi di assumere

un'espressione gratificata e fargli strada tra la calca gesticolante verso il bar.

Campion accettò un Martini dry da un barman accigliato e si guardò attorno in cerca di Max. Una volta compiuto il suo dovere la guida era scomparsa; quando Campion la rivide era di nuovo all'ingresso, il che gli fece pensare che probabilmente il padrone di casa era proprio lui.

Sembrava che Fustian non fosse ancora arrivato, e Campion stava cercando un angolino in cui defilarsi, dato che la massa vorticante attorno a lui era un po' troppo tempestosa, quando vide sir Gervaise Pelley, massima autorità sul Cellini, a qualche metro di distanza, dietro un gruppo di noti attori teatrali.

Il grand'uomo sembrava pensieroso, ma quando lo vide gli occhi gli si illuminarono; i due si fecero largo tra la folla per andarsi incontro.

«Sono inguaiato» mormorò nell'avvicinarsi. «Guardi qui».

Schiuse di un poco la mano, che teneva furtivamente bassa lungo il fianco, e Campion vide dei cocci di vetro appiccicosi avvolti in un fazzoletto.

«Il piattino del gelato» mormorò. «Non so cosa farne».

«Lo infili in tasca a qualcuno» suggerì altruisticamente Campion. Sir Gervaise si guardò attorno sconsolato.

«Vedo solo donne, nelle vicinanze» disse.

Alla fine fu Campion a prendere l'involto e a porgerlo al barista in cambio di un paio di cocktail.

Liberato dal suo fardello, sir Gervaise tornò torvo come al solito.

«Non conosco nessuno» disse fissando senza voler essere offensivo la celebrità più vicina. «Non è il solito raduno della società Cellini. Che seccatura. A proposito, vorrei vedere il libro, e mi hanno detto che giù da basso c'è una bella esposizione. Scendiamo?»

Campion rifiutò, informandolo che aspettava Fustian;

l'annuncio sembrò far passare all'istante qualunque interesse di sir Gervaise nei suoi confronti.

Si ritrovò di nuovo solo. Notò alcuni conoscenti tra la folla, ma decise di non andare a salutarli, voleva concentrarsi sul colloquio imminente.

Le chiacchiere proseguivano febbrili tutt'attorno. Il vecchio generale di brigata Fyvie stava sbraitando il suo ultimo *mot*, qualcosa su una fuga temeraria dalla Legione Britannica; e la breve preghiera: «O Dio, circondaci con le tue braccia amorevoli, proteggici dalle idee degli Huxley, Julian e Aldous» passava di bocca in bocca.

Una battuta volgare su Hitler e il grande duca di Marlborough fluttuò nell'aria densa di fumo fino alle sue orecchie, ma tutto era sovrastato dalle suppliche monotone e leggermente brille di un giovanissimo drammaturgo affinché gli permettessero di scrivere la biografia di un certo personaggio da far interpretare ad Auntie Kay in primavera.

Nessuno però sembrava parlare del libro, né lui riuscì a scoprirne il titolo, pur notando nella sala due famosi editori e un critico dall'aria afflitta.

All'improvviso si imbatté in Rosa Rosa sottobraccio a un pittore che compariva sui giornali più per le sue esternazioni che per le sue opere. Ostentava la ragazza come se fosse un raro tipo di animale da compagnia, riuscendo nel suo intento, a giudicare dagli sguardi. Rosa Rosa non si accorse di Campion, e gli passò accanto stravagante, con gli occhi spalancati, abbigliata in vividi colori.

Il pensiero della quantità di energia, vivacità e pura forza personale rilasciata all'interno di un'unica stanza colpì Campion come sempre succedeva in occasione di quei raduni, e si domandò vagamente per quanto tempo, una volta andati via tutti gli ospiti, le pareti, il soffitto e i tappeti consunti avrebbero continuato a riverberare della loro presenza.

Si ritrovò ad aspettare Max con lo stesso stato d'animo di chi aspetta un treno per una destinazione sconosciuta: assalito dai dubbi, e dall'impazienza. Nei cocktail c'era troppo gin, un errore comune tra i barman non professionisti, pensò, senza dubbio dettato della paura di sembrare spilorci.

Era ormai tardi, ma quelli apparentemente in procinto di andarsene non stavano al passo con i ritardatari in arrivo, per cui la sala era sempre più affollata.

Finalmente arrivò anche Max, fermandosi per parlare al domestico all'ingresso così da poter fare la sua *entrée* da solo e non nel flusso degli altri ospiti.

Per un attimo restò inquadrato nell'ampio vano d'ingresso con le pregevoli modanature e la cornice scolpita. Era una figura pittoresca, e in parecchi si voltarono a guardarlo; per un attimo uno strano silenzio calò su quella parte di salone. Non il silenzio del riconoscimento lieto o rispettoso, ma quello del momentaneo interesse e della curiosità.

Campion, che si era piazzato vicino alla finestra più distante, da cui aveva la visuale della porta, poté osservarlo indisturbato.

Indossava un completo intero grigio piuttosto leggero, considerata la stagione, e un nuovo, sfolgorante gilè. Il tartan di seta dei Macdonald, grazie al cielo leggermente sbiadito, ma ancora piuttosto audace e sgargiante, inguainava il busto snello di Fustian, chiuso da bottoni di onice. Forse il viso scuro, i capelli lunghi e il piglio vivace lo salvavano dal sembrare un comune avventuriero, ma ne aumentavano notevolmente la stravaganza.

Lady du Vallon lo riconobbe e gli svolazzò incontro; Max, godendosi quel breve istante di gloria, ne trasse il massimo possibile. La loro conversazione sembrava essere di dominio pubblico; anche Campion, come tutti gli altri lì attorno, ebbe modo di ascoltare.

Quando l'aveva vista per la prima volta, lady du Vallon non gli aveva dato l'impressione di essere una sciocca, e Campion, nel vederla andare incontro a Max con la mano tesa, non ebbe motivo di cambiare idea. Solo le persone informate sembravano prendere Max sul serio.

«Che gentile da parte sua essere venuto» gli disse accettando senza imbarazzo il baciamano.

«Ci mancherebbe, mia cara Erica». Con un gesto Max liquidò la gratitudine della donna e, con l'aria di uno che rivela una splendida sorpresa, annunciò: «Ho letto il libro!»

L'espressione della donna si fece convenientemente umile, timidamente lieta.

«Davvero? Oh, Mr Fustian, lei è troppo gentile. Proprio non me l'aspettavo. Spero non ne sia rimasto troppo deluso».

«Affatto». La pronuncia di Fustian si era fatta così strascicata da diventare quasi incomprensibile. «L'ho trovato ben fatto. Anzi, di più... rimarchevole. Mi congratulo. Avanti di questo passo e diventerà un secondo Vasari. Ecco cosa penso».

«Vasari? Dice sul serio?»

Per un attimo qualcosa che somigliava a un educato sconcerto balenò nei vivaci occhi grigi di lady du Vallon.

«È quel che ho detto» confermò Max in tono solenne.

La sua boria era più evidente che mai, e qualcuno, credendola volutamente esagerata, scoppiò a ridere, ma solo per assumere un'aria imbarazzata quando gli altri non sorrisero neppure.

Lady du Vallon, consapevole di avere scritto una semplice monografia sull'orafo per poter inserire nel libro una cinquantina o sessantina di xilografie, rimase chiaramente perplessa; ma era una donna piena di coraggio.

«Ho sempre visto lei in quelle vesti, Mr Fustian» disse prendendo il toro per le corna. «Le vesti di un Vasari, intendo».

«Io? Oh no, mia cara signora. Un Vasari no». Max sorrise.

Con il suo gilè scozzese assomigliava alla scimmietta di un organino, pensò Campion.

«Mi vedo più come un mecenate delle arti... un Medici, diciamo. Un Lorenzo de' Medici».

Rise, e il suo pubblico, imbarazzato, fu lieto di unirsi a lui per poi tornare alle rispettive conversazioni, più interessanti e alla propria portata.

«Sta' a vedere che quella canaglia la fa franca!» mormorò il vecchio Fyvie a Campion nel passare. «Non capisco. C'è qualcosa di losco».

Max stava ancora chiacchierando con lady du Vallon con ampie gesticolazioni ma parole più sommesse, destinate a lei soltanto, quando un giovanotto magro e timido si unì a loro. Si trattava di Urquhart, l'autore delle xilografie, e Max si immerse ancor più nella conversazione.

Campion aspettava; intanto osservava l'ometto dall'aspetto stravagante e rifletteva sul suo conto.

Era esile, agghindato in modo ridicolo, insopportabilmente o comicamente vanitoso, a seconda dell'umore di chi lo osservava, eppure non una delle persone in quel salone affollato avrebbe osato offenderlo di proposito. Inoltre nell'arco degli ultimi tre mesi aveva ucciso due esseri umani: uno sull'impulso del momento, in un folle accesso di odio; l'altro a sangue freddo, dopo avere pianificato tutto con cura. E l'aveva fatta franca in entrambi i casi. A guardarlo ora sembrava impossibile.

Campion meditò sull'omicidio.

Il deterrente principale a un delitto, si disse, era probabilmente la radicata paura superstiziosa della responsabilità di porre fine a una vita umana, ma un uomo pieno di sé come Max avrebbe potuto mettere tranquillamente da parte quell'obiezione sulla scorta del fatto che la considerasse una necessità.

In subordine, un altro deterrente, per quanto non altrettanto potente, era la paura di essere scoperti; in questo caso però bastava una bella dose di presunzione e sicurezza di sé per rendersene insensibili.

La terza difficoltà, naturalmente, era il lato pratico della faccenda.

Riguardo all'omicidio di Dacre, Campion era propenso a credere che la fortuna sfacciata presentatasi all'occasione fosse una di quelle tragiche eventualità i cui risultati sono di ancor più vasta portata di quanto non si creda in un primo momento. Mai principiante aveva ricevuto tanto incoraggiamento, si disse Campion cupo, e Max non se l'era lasciato sfuggire. La pugnalata inferta sull'impulso del momento e al buio gli era riuscita con una facilità straordinaria, e le indagini svolte successivamente non avevano gettato neppure l'ombra del sospetto sull'assassino.

La seconda impresa di Fustian, l'omicidio di Mrs Potter, era stata invece realizzata ingegnosamente, con spietatezza e senza errore, ma, si rese conto Campion d'un tratto, quei dettagli non erano stati più accurati né ingegnosi di un centinaio di altre delicate macchinazioni d'affari che Max doveva aver portato a termine nella sua vita.

Anzi, una volta superati i due principali deterrenti all'omicidio, il resto richiedeva soltanto quella sottigliezza, quel tocco delicato di cui Max era dichiaratamente maestro.

Campion si accigliò. In quanto possibile terza vittima, trovava il soggetto parecchio interessante.

In quel momento vide che Max si era allontanato da lady du Vallon. Gli andò incontro.

Fustian lo salutò calorosamente.

«Mio caro amico» mormorò. «Mio caro amico, che calca insopportabile! Non c'è spazio per respirare, muoversi né parlare. Chissà perché ci ostiniamo a partecipare a questi raduni di piccoli cervelli!»

Parlava con affabilità, e a voce abbastanza alta da essere udito dagli invitati più vicini, che gli lanciavano occhiatacce risentite o sprezzanti, secondo l'umore.

Nel frattempo si faceva largo tra la folla. Campion prese un altro cocktail, mentre Max chiese dello sherry, e dopo un po' di fatica e attesa entrambi ottennero i loro drink.

Max era di ottimo umore, e chiacchierava e salutava con un cenno del capo conoscenti ed estranei. Campion ebbe l'impressione che stesse antipatico al mondo. Le sue pose si erano spinte al punto da apparire farsesche, e alcuni, lì vicino, ridevano apertamente di lui.

Se ne stava con il bicchiere in mano e la testa buttata indietro a scrutare la folla e a fare commenti come se la stesse osservando attraverso un microscopio quando Bee Birch, pittrice militante, lo raggiunse con lo sguardo fiammeggiante e una rivista in mano.

Con l'abito di lana color pulce e un orrendo cappello alla marinara appoggiato di piatto sui morbidi capelli grigi, era a sua volta una figura pittoresca. Le leggende sulle sue battaglie erano molte, e l'abitudine di dire immancabilmente quel che pensava era il terrore delle padrone di casa.

Piombò addosso a Max come un impavido cavallo da guerra e gli piazzò sotto il naso la rivista aperta.

«Fustian, è stato lei a scrivere quest'orribile articolo che trasuda snobismo?»

Campion, incuneato tra il bar e lo stesso Max, vide che la rivista era l'ultimo numero di «Life and Letters» e che l'articolo si intitolava *La volgarità nella pittura, di Max Fustian*. C'era anche una sua foto, in cui era molto cupo e con un'espressione drammatica.

Campion si aspettava una scenata, ma Max non si scompose.

«Cara Miss Birch» mormorò, «con vero piacere».

Quindi, prima che chiunque potesse intuire quel che si

apprestava a fare, Max posò il bicchiere, sfilò dal taschino del terribile gilè un'enorme penna d'oro, autografò la fotografia con tanto di svolazzo e restituì la rivista alla donna con un accenno di inchino.

Miss Birch restò ammutolita per l'indignazione; Max, afferrando Campion per il braccio, si diede a una fuga pacata ma determinata.

«Dobbiamo discutere la nostra faccenda a cena. Insisto» disse una volta scese le scale. «Non si può parlare, in un caos del genere. Di questi tempi non riesco a bere uno sherry senza venire accerchiato dalla folla».

Campion gli lanciò un'occhiata penetrante, ma l'altro sembrava parlare seriamente.

«Dobbiamo prima passare da casa mia» continuò. «Abbia pazienza, voglio cambiare gilè. Poi andremo da Savarini. Ho prenotato un tavolo».

Campion non fece obiezioni. Si domandò in quale modo Max pensasse di ucciderlo. Savarini sembrava un luogo abbastanza sicuro.

L'abitazione di Baker Street era uno di quegli appartamenti di lusso all'ultimo piano di un grande edificio.

La stanza in cui Max lo introdusse mormorando una scusa per l'assenza del maggiordomo e un languido commento sul problema della servitù in genere aveva molto dell'asettica eleganza della galleria di Bond Street, ovvero solo per poco non era completamente disadorna. Alle pareti rivestite di lucido legno di pino c'era un solo quadro, un Matisse sopra il caminetto, e il tappeto di un verde pallido richimava l'ancora più etereo verde del soffitto leggermente a volta.

Campion sedette in una delle due gigantesche poltrone ai lati del caminetto, e il padrone di casa fece scorrere uno dei pannelli nel muro, dietro cui c'era un piccolo bar.

«Se non le dispiace, mio caro amico, io continuo con lo

sherry» disse Max affaccendandosi intorno al bar. Ma ho un ottimo cocktail di mia invenzione. Deve assaggiarlo».

Campion si sentì uno stupido.

«Preferirei di no, se non le dispiace» rispose. «È tutto il pomeriggio che bevo».

«Davvero? Oh, so che cambierà idea. Non deve temere. So bene come sono di solito queste misture fatte in casa, ma le assicuro che sono un esperto. Però non le darò la ricetta. È un segreto che custodisco molto... molto gelosamente».

Pronunciate quelle ultime parole, prese una bottiglia di amaro, versò alcune gocce di una sostanza verde dall'aspetto velenoso in un piccolo shaker e lo chiuse con cura.

«Ecco» disse qualche attimo dopo mentre versava il cocktail per Campion e lo sherry per sé.

Questi, appoggiato all'indietro sulla gargantuesca poltrona, rifletteva su loro due. Le probabilità che un uomo ne uccidesse un altro nella propria casa erano minime, naturalmente, ma in un frangente così grave non si potevano tralasciare neppure le eventualità più remote.

Max continuava a parlare. Lo strascico nella pronuncia era meno accentuato, notò l'ospite, e la languidezza aveva ceduto il posto alla vivacità.

«E ora la ciliegia» disse. «Questo è l'unico cocktail al mondo di cui la ciliegia è parte fondamentale».

«Non mi piacciono le ciliegie» rispose Campion poco convinto.

«Questa le piacerà molto. Questa ciliegia» proseguì Max determinato e con un'inflessione nella voce che diede all'ospite un senso di disagio, «è diversa da qualsiasi altra abbia mai assaggiato, o assaggerà mai».

Prese dal bar uno stecchino con un piccolo globo rosso all'estremità e lo immerse delicatamente nel cocktail.

«Ecco, amico mio» disse porgendo la pozione a Campion. «La prego di scusarmi, se la lascio da solo a gustare il suo drink mentre vado a mettermi un gilè un po' meno festivo».

Campion restò solo a fissare il bicchiere, sentendosi investire dalla più totale assurdità della scena.

Si rimproverò per l'indebito nervosismo, per quel suo vedere dei sottintesi nelle frasi innocenti dell'altro. Ma non bevve il contenuto del bicchiere: tolse lo stecchino con la ciliegia e annusò cauto il liquido.

Sembrava del tutto normale; forse il colore era un po' strano, ma per il resto era del tutto simile al solito gin aromatizzato che aveva bevuto per tutta la sera.

Stava per immergere di nuovo la ciliegia quando un puntolino bianco catturò la sua attenzione. Posò il bicchiere ed esaminò il frutto con attenzione.

Il suo segreto gli si palesò immediatamente. Il foro lasciato dal nocciolo era stato riempito con una pasta bianco-grigiastra dall'aspetto tutt'altro che innocuo.

Campion la fissò e provò una sensazione simile alla delusione. Tutta quella faccenda era così ridicola da sembrare incredibile. Ma davvero quell'uomo aveva architettato l'assassinio di Mrs Potter? Gli sembrava impossibile.

Si chiese di quale precisa sostanza si trattasse e quali sintomi Max si aspettava che lui mostrasse una volta fosse tornato in salotto.

Gettò il contenuto del bicchiere nel fuoco e guardò la fiammata. Sicuramente gran parte era alcol, rifletté. Infilò con cura la ciliegia in un busta che aveva in tasca e la ripose nel portafoglio.

Per quanto i metodi di Max potessero essere peggiorati, di sicuro non aveva pianificato la sua morte nel proprio appartamento, si disse. Stava ancora riflettendo su quel tentativo di omicidio così assurdamente puerile quando gli sovvenne che probabilmente Max non aveva idea di quanto lui ormai sapesse sulle sue malefatte. Doveva aver capito che sospettavano dell'autenticità degli ultimi Lafcadio, ma probabilmente ignorava che la sua responsabilità degli omicidi a Little Venice era stata scoperta.

In tal caso, quel tentativo era davvero così puerile? All'idea degli intrugli che aveva inghiottito avventatamente in casa di conoscenti, Campion rabbrividì.

Chissà, l'ingegnosità si sarebbe mostrata in un secondo tempo, al momento di sbarazzarsi del cadavere, senza dubbio. O magari era una di quelle sostanze che agivano lentamente, forse addirittura una coltura batterica, per quanto fosse difficile procurarsi una cosa del genere, per chiunque non fosse un medico. Ma era interessante vedere quali sarebbero state le prossime mosse di Max.

Max intendeva davvero andare al Savarini, ultima passione dell'intellighenzia facoltosa. Gli fu evidente non appena tornò.

Non si era cambiato solo il gilè ma l'intero abito, a favore di un completo più scuro, e sembrava di ottimo umore.

«Le è piaciuto?» chiese prendendo il bicchiere. «Non molto?» soggiunse, vedendo che l'ospite esitava. «Non le piace l'amaro? A me sì. Sembra dare a un cocktail quello che un po' di delusione dà alla vita, una punta di insoddisfazione che sprona una persona a perseverare. Sono quasi le otto e mezzo. Le chiedo scusa. Starà morendo di fame».

Il Savarini era affollato come sempre, e ai piccoli tavoli sotto il famoso soffitto affrescato da du Parc sedevano molti di coloro che erano stati al cocktail party. Campion riconobbe almeno una dozzina di persone, tra cui il giovane Farquharson, l'erede dell'armatore, che cenava in compagnia. Farquharson lanciò un'occhiata penetrante all'amico, e ancor più penetrante alla persona con cui si accompagnava, poi sollevò le sopracciglia con aria interrogativa. Il giovane Farquharson era un incorreggibile snob.

L'entrata di Max fu quasi regale. Preceduto da Joseph,

il pomposo capo capocameriere coi baffi, avanzò tronfio tra i tavoli affollati rivolgendo un cenno di saluto a ogni viso che si voltava verso di lui.

Era chiaro che si trattava di un'occasione speciale. Il tavolo situato nella nicchia della finestra più lontana era stato riservato per loro che, una volta accomodati sulla panca imbottita, godettero della visuale dell'intero locale. Fu Joseph a sovrintendere personalmente alla cena, evidentemente ordinata in anticipo. Campion decise che forse, dopo tutto, la sua morte non era stata prevista avvenire durante la cena.

Ora Max gli parlava nelle vesti del perfetto anfitrione.

«Mi sono permesso di lasciare la scelta delle vivande al nostro buon maître, mio caro Campion. Questa sera dobbiamo assaggiare il Cantonetti, e per apprezzarlo a dovere bisogna accompagnarlo ai cibi giusti. Voglio che questo sia un pasto da buongustai, il giusto preludio alla discussione sui Lafcadio».

Campion si disse pronto a gustare qualunque piatto Joseph avesse servito loro, e si informò sul Cantonetti. Quel nome gli era vagamente familiare, ma non riusciva a inquadrarlo bene.

«Il Cantonetti?» Max si mostrò debitamente scandalizzato. «Mio caro Campion, è la più grande scoperta gastronomica dei nostri tempi. L'unico vino che la nostra generazione abbia donato al mondo civile. Naturalmente in Romania, la sua terra d'origine, è noto da secoli, ma i disastrosi effetti dei vecchi metodi di trasporto lo rovinavano completamente. L'avvento dell'aeroplano ha cambiato tutto».

Fece un cenno a Joseph il quale, notò Campion afflitto, non lì lasciava un istante.

«È arrivato il Cantonetti?»

«Sano e salvo, Mr Fustian, con l'aereo privato di Monsieur Savarini».

«Ed è stato conservato a diciotto gradi e mezzo?»

«Diciotto e mezzo precisi, Mr Fustian».

Max annuì in segno di approvazione. «Ce lo porti» ordinò. «Lo berremo con l'omelette».

Joseph trotterellò via come uno dei suoi sottoposti, e Campion si sforzò di ricordare. Tra i frammenti di informazione che aveva in fondo alla mente c'era la parola Cantonetti. Era un vino rosso, gli pareva, proveniente dai poderi di un'importante famiglia, e al riguardo girava una qualche strana nozione, o aneddoto, qualcosa di piuttosto comico. Ma rinunciò. Qualunque cosa fosse gli sfuggiva completamente.

La cena fu servita, e Campion si disse che la ciliegia che aveva in tasca doveva contenere un veleno ad azione ritardata; una coltura di bacilli del botulino, senza dubbio, o un veleno estratto dai funghi. E nella omelette c'erano giustappunto dei funghi, il che rafforzò il suo sospetto.

Sì, ecco cos'era; un veleno proveniente da un fungo. Che piano ingegnoso, e decisamente sgradevole. E oltretutto impietoso nei confronti del povero vecchio Savarini!

Sbirciò pensoso Max mentre un cameriere faceva scivolare la deliziosa massa oro e nera sul piatto.

«Le piacciono i funghi, spero?» si informò l'altro con qualcosa che trascendeva un normale interesse.

Campion decise di stare al gioco.

«Moltissimo» rispose, e Max ne sembrò soddisfatto.

L'omelette era appena stata servita quanto una piccola processione attraversò la sala diretta al loro tavolo.

In testa c'era Joseph, dignitoso e concentrato, gli occhi offuscati, il portamento maestoso. Lo seguiva una sua patetica imitazione, un ragazzino che reggeva un vassoio con due bellissimi bicchieri a forma di giglio, alti più di venti centimetri, con lunghi gambi e i bordi ondulati.

Chiudeva il corteo il sommelier, un tipo robusto dal

portamento solenne che reggeva un ampio cesto piatto rivestito di foglie di vite, in cui era adagiata la bottiglia.

Campion, uomo molto modesto, era piuttosto imbarazzato da un omaggio al suo stomaco reso così pubblicamente.

Joseph stappò cerimonioso la bottiglia. Questa era davvero enorme, e con i fianchi polverosi avvolti in un tovagliolo grande quanto il lenzuolo di una culla probabilmente era pomposa persino per Max.

«È pronto, Mr Fustian?» mormorò il capocameriere sorridendo nel versare un po' del denso liquido rosso vivo nel bicchiere dell'anfitrione e riempiendo il calice del suo ospite fino all'orlo.

«È tutto il giorno che ci prepariamo» rispose Max beato. «Non è vero, Campion?»

«Se quattro o cinque cocktail potevano costituire un esercizio per qualunque cosa, allora Campion pensava di essersi esercitato. Annuì, e Max levò il suo calice, ora pieno.

«Alla sua salute, mio caro Campion» declamò.

Il giovane sorrise. Quell'augurio non gli sembrava particolarmente rassicurante, si disse.

I due fiutarono, assaporarono e bevettero. Joseph, sempre presente, rendeva l'attimo ancor più solenne.

Il vino era straordinario. Campion era sbalordito. Aveva temuto che tanti preparativi non potessero avere in serbo altro che una sorta di delusione, mentre quel vino d'annata sembrava non solo giustificare ma persino meritare tanta cerimoniosità.

Era più forte dei chiaretti di bordeaux; di colore più intenso e più vellutato, ma senza la pesantezza di un borgogna, e seppur completamente diverso da entrambi non aveva un'eccentricità tale da urtare il palato.

Campion, che conosceva i vini corposi della Spagna e i vini antichi dell'Oriente, non riusciva a trovare un termine di paragone. Era una vera scoperta, e rendeva onore a Max.

«Straordinario, vero?» Max si appoggiò all'indietro sullo schienale con un balenio di puro piacere negli occhietti scuri. «Il segreto è berlo, non centellinarlo come il Tokaj, berlo a lunghi sorsi per quella divina bevanda che è».

Sembrava un così ottimo consiglio che Campion lo mise in pratica, dicendosi che di certo il veleno dei funghi non avrebbe fatto effetto prima di due o tre ore almeno.

Il Cantonetti fu messo mirabilmente in risalto da un piatto di tournedos, e dopo ancora da un pasticcio di animelle e fegatini; fu solo una volta vuotato il terzo bicchiere, mentre Joseph sovrintendeva alla messa in tavola dei biscotti all'avena e del tondo formaggio rosso della pianura del Danubio, che Campion si accorse di sentirsi piuttosto strano.

La prima avvisaglia del fatto che non era del tutto normale fu che quando Max menzionò Lafcadio, per un attimo ebbe un'enorme difficoltà a ricordare di chi si trattasse.

Si fece forza. Evidentemente il Cantonetti era un vino ben più forte dei suoi fratelli francesi. Si arrabbiò con se stesso e guardò Max, che aveva bevuto molto più di lui. Mr Fustian, perfettamente sobrio, osservava il mondo con la benevola tolleranza di colui che ha cenato con saggezza e soddisfazione.

Campion si impuntò su una parola, impappinandosi, e quella parte di cervello che è ultima a soccombere all'alcol o agli anestetici cadde in preda al panico.

Si chiese se l'avessero drogato lì al ristorante, ma bastò uno sguardo a Joseph per rassicurarlo. Quel monumento alla dignità non avrebbe mai prestato il fianco a un'azione che avrebbe potuto compromettere il prestigio del locale che tanto gli stava cuore e dei cui utili si diceva ricevesse una considerevole quota.

No, non era drogato, si disse furente: era ubriaco, e sprofondava sempre più in quella poco invidiabile condizione.

Cantonetti. Guardò la bottiglia. Qualche informazione al riguardo stava per tornargli alla mente. Ma se n'era già andata. Era qualcosa... qualcosa di piuttosto buffo. Rovesciò il calice a giglio e scoppiò a ridere nel vedere le sottili schegge di vetro infilarsi nel formaggio.

Fece notare il lato comico della faccenda a Max, che rise sua volta con aria indulgente e bonaria.

Poi, all'improvviso, Campion si vergognò di sé e si irritò per aver rotto il bicchiere; coprì il formaggio con il tovagliolo e cercò di cambiare argomento, intavolando una conversazione sui quadri. Ma non gli veniva in mente neppure un artista, a eccezione di uno dal nome impronunciabile che Max non aveva mai sentito nominare.

Mangiò un biscotto salato, e per un attimo tornò lucido. Ricordava tutto: il cocktail, la ciliegia risposta nella tasca, tutta l'assurda faccenda. Gettò un'occhiata a Max e vide che lo osservava con gli occhi ridotti a fessure.

Si sentì raggelare. Ora tutto gli era chiaro. L'ennesima scaltrezza, un inganno nell'inganno. Il trucco a cui Max si era sempre affidato. Era stata sua intenzione fin dal principio fargli scoprire quella ridicola ciliegia avvelenata: aveva richiamato la sua attenzione su di essa, poi era uscito dalla stanza così da lasciargliela scoprire, distogliendo la vittima, povera sciocca, dal vero pericolo.

Il vero pericolo aveva in qualche modo a che fare con il Cantonetti. Campion si sforzò di ricordare. L'intera sala gli appariva indistinta. Vedeva solo smisurate distese di fantasmi sfocati e ciarlanti ai quali lui risultava invisibile, così come loro a lui.

Ma sapeva chi era Max. Quel Max che gli sedeva di fronte. C'era una certa qual cosa, che lui era intenzionato a fare, che Campion non voleva facesse. Ma non ricordava cosa fosse. Qualcosa che doveva impedirgli di fare. Com'era tutto triste e difficile!

Mangiò un altro biscotto.

Dalla nebbia variopinta che sembrava avere avviluppato il tavolo emerse il viso di Joseph. La visione lo fece ridere, staccata com'era dal corpo e con quell'espressione preoccupata. Stava dicendo a Max qualcosa che Campion avrebbe voluto sentire, ma non ci riusciva, la parlata del cameriere era troppo indistinta. Riuscì a cogliere soltanto un paio di frasi.

«Non l'avrà presa sul serio, Mr Fustian. Dà alla testa anche di chi lo regge se...»

Ora era Max a parlare. Sembrava si stesse scusando.

«Naturalmente non avevo idea... mi aveva dato la sua parola...»

Campion tornò di nuovo in sé, ma solo per un istante, dato che la capacità assorbente di un biscotto è piuttosto ridotta.

Aveva la vista sfocata, ma i brandelli di conversazione uditi acquisirono un senso, risvegliandogli la memoria.

Il Cantonetti.

Il vecchio Randall che parlava del Cantonetti: «Il miglior vino del mondo, posto che tu non abbia bevuto alcol nelle ventiquattrore precedenti. Ma se ne hai bevuto, soprattutto se hai bevuto del gin... allora sei fritto!»

A Campion vennero i sudori freddi. Il mondo tornava ad apparirgli annebbiato.

«Se hai bevuto del gin...»

Forse il mix era letale? Difficile. Savarini non avrebbe rischiato tanto.

Cos'avrebbe dato per scacciare quella voglia di ridacchiare come un idiota! Randall aveva detto che faceva ubriacare, ma non in modo normale. Gli pareva che Randall avesse parlato di «una sbronza madornale» o aveva forse detto «una sbronza colossale»? Be', ora lui era sbronzo in modo colossale, e Max se ne sarebbe approfittato.

Ma come? Oh, come? Max aveva intenzione... Dio santo, Max aveva intenzione di ucciderlo!

Fissò il suo commensale, che ora gli appariva grottesco e deforme, e circonfuso da un'aura gialla. Era così ridicolo che Campion non riusciva a pensare ad altro. Scoppiò in una risata fragorosa.

Max gli fece eco, così come le persone che intravedeva dietro la cortina di luci colorate. Tutti ridevano di gusto. Regnava l'ilarità più totale.

Campion fluttuò fuori dal ristorante, un'esperienza elettrizzante. I piedi non toccavano terra; col ginocchio però urtò una sedia e la rovesciò. Non ci badò nessuno. Erano tutti felici, quasi quanto lui. Ridacchiavano tutti, tranne Joseph, il cui viso, cupo e sbalordito, fluttuava buffo a mezz'aria privo di corpo.

Max era vicino, ma non fluttuava. Camminava rapido sobbalzando su e giù e urtandolo, ma era a sua volta allegro, non se ne preoccupava.

Solo una volta Campion ricordò quali fossero le intenzioni di Max; accadde nell'atrio, dove d'un tratto si ritrovò la faccia del giovane Farquharson a meno di mezzo metro dalla propria. L'espressione sbalordita sul viso familiare lo fece tornare in sé, al punto da afferrare il braccio dell'uomo come se fosse la proverbiale ancora di salvezza, cosa che in effetti avrebbe potuto essere.

«Sono... sono in pericolo» disse in tono grave, e il viso di Farquharson si aprì in un sorriso.

«Lo vedo, vecchio mio» rispose. «Il pericolo di cadere, se non stai attento».

Poi Max fu di nuovo al suo fianco, l'assurdo Max con quei suoi ridicoli vestiti. Campion scoppiò a ridere e riprese a fluttuare.

All'esterno era tutto bellissimo.

Le strade bagnate di pioggia brillavano sotto i lampioni

che parevano danzare. Ogni legame con le sordide brutture della vita era svanito. Campion si sentiva uno spirito incorporeo, e Max era la sua guida mortale.

Non mancarono buffi incidenti. Una volta Max lo urtò ed egli cadde sullo spartitraffico. Un poliziotto lo aiutò a rialzarsi e gli raccomandò di fare attenzione. E il portiere dell'hotel Embassy non volle farlo entrare perché ci voleva l'abito da sera, e si mise a ridere quando lui si offrì di togliersi il gilè.

Vi fu poi un momento di inconsulta ilarità quando il maggiordomo di sua zia, in Grosvenor Square, lì per lì non lo riconobbe e poi, riconosciutolo, rientrò in fretta chiudendogli la porta in faccia.

Un po' alla volta l'euforia scemò. Campion si rese conto di star camminando, ma era instabile. Poi notò le mani sporche per la caduta sullo spartitraffico, e l'assenza dei guanti, andati persi.

Era sempre più acutamente consapevole di Max. Gli pareva che si affrettasse. E che ora fosse meno loquace. Campion cominciò a diffidare dell'altro. Sentiva una vocina in fondo alla mente che lo esortava a guardarsi da Max. Era per qualcosa di sgradevole sul suo conto, ma cosa di preciso gli sfuggiva.

Ora si trovavano in una zona buia della città. Non c'erano più quelle incantevoli luci danzanti. Ma il posto gli era familiare. Molto familiare.

Max parlò.

«Dobbiamo andare da quella ragazza a Watford» pronunciò distintamente.

«No» rispose Campion determinato.

«A Bushey, allora».

«D'accordo, a Bushey, non a Watford» approvò nebulosamente Campion per qualche motivo che al momento gli sfuggiva.

«Come farà ad andare a Bushey? Non lo sa, vero?»

La voce di Max era diversa, più avvincente. A Campion non sembrava tanto una voce quanto un incitamento della propria mente.

«No» rispose scioccamente. «Non lo so». In quel momento il commento parve l'espressione di un'enorme tragedia.

«Chieda» disse la voce. «Lo chieda al club».

Quel meraviglioso suggerimento parve risolvere tutti i problemi di Campion. Ed ecco che, meraviglia delle meraviglie, proprio di fronte a lui c'era il suo club.

Barcollò verso i gradini e salì con difficoltà. Max non c'era più. Ma quell'idea continuava a martellargli in testa: come si faceva ad andare a Bushey? Come diavolo si faceva?

Lo chiese al vecchio Chatters, seduto nella guardiola, il giornale sulle ginocchia.

Ma Chatters sembrava istupidito, e pur senza dirlo apertamente voleva che se ne andasse. Il Puffins era un pessimo club, si disse Campion. Pessimo, stantio.

Uscì dal club e ruzzolò giù per i gradini. Chatters venne ad aiutarlo; se non che quell'idiota non sapeva spiegargli la strada per Bushey, e voleva chiamare un taxi per spedirlo a casa.

Ma non ne trovò. Campion se ne andò e vagò per la strada buia, ritrovandosi di nuovo Max a fianco.

A Campion Max non piaceva, e glielo disse; d'un tratto l'altro parve più che mai ansioso di sbrigarsi. Gli fece bere del brandy dalla sua fiaschetta, un gesto gentile e generoso, la dimostrazione che in fondo era una brava persona.

Nella fretta, però, Campion doveva star bene attento a dove metteva i piedi: ora gli riusciva difficile avanzare, dato che il marciapiede sembrava cedere e ondeggiargli sotto i piedi.

Tornarono in una zona illuminata, che a Campion però non diede la stessa piacevole sensazione: le luci infatti non danzavano più come prima, ma vorticavano. Inoltre c'era molta più gente. La folla che usciva dai teatri si accalcava nelle strade e quella massa, unita all'instabilità del marciapiede, gli rendeva difficoltoso procedere.

All'improvviso avvertì un odore noto, l'aria calda e rancida che fuoriusciva da una stazione della metropolitana. L'ampia bocca illuminata sembrava risucchiare la folla, e con essa anche lui stesso e Max. Nell'accedere all'ascensore una sorta di istinto lo mise in guardia di un pericolo imminente, e si immobilizzò, ondeggiando sconfortato, ma la folla lo trascinò avanti, sostenendolo al tempo stesso durante la discesa, che a lui parve la discesa agli inferi.

Una volta uscito dall'ascensore la folla continuò a trascinarlo lungo il ripido camminamento fino all'inferriata che si spalancò completamente davanti al suo avanzare come le porte di una città che si arrende.

Max si trovava alla sua sinistra, lo sorreggeva per il braccio, mentre un uomo grande e grosso col berretto di tweed lottava per farsi strada sull'altro lato.

La banchina era così affollata che persero il primo treno, che si dileguò rimbombando in fondo al tunnel. Anzi, Max, tirandolo per il braccio, impedì a Campion di provare a salirci; i due, assieme a tutti gli altri nelle immediate vicinanze, avanzarono verso il ciglio della banchina, pronti a salire sul treno successivo.

Nel frattempo un'altra ondata di frequentatori di teatro diretti a casa si era riversata sullo stretto passaggio dietro di loro, e al centro della lunga banchina si era formata una calca sgomitante.

Davanti alle uscite, in prossimità dei punti dove si presumeva si sarebbero aperte le porte del treno, erano state collocate delle transenne metalliche concepite per quelle situazioni, piccole barriere per impedire ai passeggeri in uscita dai treni di essere respinti di nuovo a bordo dalla pressione della calca in entrata. Campion e il suo accompagnatore ignorarono le transenne e si posizionarono a metà tra due di esse, proprio sul ciglio di granito. Davanti a loro si estendeva la galleria, con al centro le rotaie sopraelevate in cui passava la corrente e, di fronte, la parete curva coperta di cartelloni pubblicitari.

Campion aveva le vertigini. Il mondo vacillava e ondeggiava come un aeroplano in un cielo turbolento. Il pesante malessere fisico era intensificato dal calore e dalla folla che respirava e si muoveva dietro di lui come un grosso animale stanco.

Eppure quel disagio non era soltanto fisico. Il suo subconscio stava cercando di dirgli qualcosa, di avvertirlo di qualcosa. Si sentiva sciocco, impaurito.

Max gli diede di gomito. «Guardi quel poster. Lo vede?»

Campion alzò a fatica gli occhi dalle rotaie e guardò davanti a sé.

Una società assicurativa aveva commissionato a un'artista il dipinto di una serie di arcate, una dentro l'altra, che si moltiplicavano apparentemente all'infinito. La scritta, *Gli archi della vita*, attraversava l'intero disegno, ma anche le lettere erano state pensate per rafforzare l'illusione. La prima lettera, la G, era alta più di mezzo metro, mentre l'ultima, la A, era a malapena leggibile. La curva della galleria aumentava quell'effetto stranamente invitante. Senza volerlo l'uomo ubriaco ondeggiò in avanti.

«Riesce a contare gli archi?» sussurrò Max, e scivolò dietro di lui per mostrare meglio ciò che intendeva indicando col dito da sopra la sua spalla.

Campion dovette avanzare un altro po' per fargli spazio, e il posto di Max fu occupato immediatamente da un altro viaggiatore sospinto dalla folla retrostante. Sembrava muoversi in modo meccanico, dato che non distoglieva gli occhi dal giornale della sera che aveva davanti.

Conta gli archi. Conta gli archi. Conta gli archi. Campion ci provava.

Uno, due, tre, poi altri tre, ancora tre, e altri quattro, e... Uno e altri due, tre, sei... dodici, tredici, quattordici. Di nuovo uno; uno, due...

Allungò la mano per contare con il dito. Da lontano giunse il rombo del treno.

Uno, due, più altri cinque.. Uno...

La gente sulla banchina lo osservava, chi ridacchiando, chi preoccupato.

Uno, più altri due... no, doveva avvicinarsi un altro po'.

Ora il treno avanzava in tutto il suo fragore, vicino, sempre più vicino.

Uno, due, poi altri tre. Ora gli sembrava quasi di essere in mezzo a quegli archi.

Campion vide il treno, vide il grande occhio luminoso sulla cabina del macchinista, rivide tutta quanta quella scellerata faccenda; la diabolica astuzia dell'inganno nell'inganno; vide le facce sul banco dei testimoni: Farquharson, il poliziotto, il maggiordomo, il vecchio Chatters. *Era sicuramente ubriaco. È caduto a terra. Non era in sé. Voleva andare a Bushey.*

Barcollò all'indietro e incontrò resistenza; anzi, ben più che resistenza: una forza violenta.

Max lo stava spingendo. Campion vacillò. Qualcuno gridò.

Un grosso peso lo colpì allo stomaco, facendolo raddrizzare. Era il braccio dell'uomo con il giornale. Il treno lo superò come un mostro urlante e poi si fermò. Avvertì del trambusto dietro di sé. Max. Max e la folla che gridava. Max immobilizzato dall'uomo con il berretto di tweed.

Nelle sue vicissitudini mentali Campion aveva scordato l'argomento di conversazione di quel mattino con l'ispettore: gli agenti in borghese che lo avevano pazientemente pedinato fin da quando era uscito da Scotland Yard.

24

La mattina dopo

«Pasta di mandorle» disse l'ispettore Oates. «Ecco cos'è, pasta di mandorle. Che furba canaglia».

Era in piedi vicino allo scrittoio nel salotto di Bottle Street e punzecchiava una ciliegia appiccicosa con una limetta per le unghie.

Erano le due di pomeriggio del giorno dopo, e l'ispettore era nell'appartamento da una mezz'ora buona.

Mr Campion era di nuovo se stesso, tranne che per un particolare: la sua natura solitamente affabile aveva subito un totale cambiamento, e quello che affrontava l'amico era un uomo amareggiato e arrabbiato.

«Adesso sa tutto» disse, «le ho raccontato la mia storia, inoltre ci sono i rapporti dei suoi agenti, suppongo».

Un debole sorriso si aprì sul volto dell'ispettore.

«Già» disse. «Un giorno li vedrà, ma non ora. Non li apprezzerebbe. Scritta in un onesto gergo da poliziotto inglese, la storia della sua notte brava è una lettura spassosa, soprattutto l'inizio. A quanto pare ci sono parecchie cose di cui si è dimenticato. Era ubriaco».

«Ubriaco!» gli fece eco Campion in tono disgustato.

L'ispettore non sorrise.

«Se si avvicinerà alla morte più di quanto le si è avvicinato ieri notte potrà rubarle la falce» sentenziò tutto serio. «Harris dice che il treno gli ha sfiorato la manica, quando l'ha afferrata, e la spinta da dietro era impressionante. Per un attimo ha temuto che sareste finiti travolti entrambi. Quel Fustian...»

Scrollò il capo, e le parole gli vennero meno.

«Ha vinto lui» disse Campion laconico. «Ha vinto lui, anche se avevo io tutte le carte in mano. Mi sono lasciato ingannare dal finto avvelenamento, dal solito trucco del doppio inganno. Ma me ne sono reso conto solo quando mi sono trovato così ubriaco da non poter far altro che comportarmi da perfetto idiota».

«Ha vinto lui?» ripeté l'ispettore. «Però lei è vivo, dico bene? E Harris e Richards erano lì anche se lei se ne era scordato, no? L'hanno trascinata via da sotto un treno e Fustian è in arresto. Cosa vuole di più?»

«È in arresto?» Campion si animò. «Con quale accusa?»

«Tentato omicidio. Per il momento può bastare».

Campion sedette.

«Sono ancora piuttosto confuso» disse in tono di scusa. «Ma detto senza peli sulla lingua, a livello di prove non capisco come si sia potuto spingere a tanto. A me pare che tutto potrebbe concludersi con la mia parola contro la sua. Il fatto che avessi due agenti in borghese che mi seguivano è la prova dell'idea preconcetta che avevo. Direi che il suo avvocato potrebbe mettere in piedi un efficace castello di accuse per avere cercato di incastrarlo. Ci ha battuti, Stanislaus, non capisce?»

«L'accusa a suo carico è stata formulata» si ostinò Oates. «Stamane è stato portato dinnanzi a Mr Master, e ora è in cella. Voglio che venga da lui».

«Accidenti, amico» – Campion era ancora irritabile – «a meno che lei non racconterà tutta quanta la storia, cosa impossibile, non c'è nessuna ragione al mondo che spieghi il perché ero convinto che volesse uccidermi. Quanto ai testimoni che lo hanno visto spingermi, sappiamo bene che peso hanno le deposizioni della polizia in casi del genere, mentre per quanto riguarda gli altri testimoni credo che praticamente chiunque, sulla banchina, stesse spingendo la persona davanti a sé».

A quella preoccupante argomentazione l'ispettore rispose col silenzio. Rimise la ciliegia nella busta e se la ficcò in tasca.

«Potrei anche farla analizzare» commentò. «Ma credo non ci siano dubbi sul fatto che non è avvelenata, per quanto forse non particolarmente salutare. Viene con me da Fustian? È in una cella a Scotland Yard».

«A Scotland Yard? E perché?»

«Questa mattina, quando l'abbiamo portato alla centrale, ha voluto fare una deposizione, e tra una cosa l'altra ci è sembrato meglio trattenerlo lì».

L'ispettore sembrava non volersi sbilanciare troppo.

«Una deposizione! Buon Dio, ha fatto una deposizione?» Campion era sconcertato. «Che tipo di deposizione?»

«Una bella lunga».

«Senta, Stanislaus, mi sta dicendo che ha confessato?»

«Non proprio. Almeno, non credo».

Il malumore di Campion aumentò. «Cosa le succede stamattina?» chiese. «È abbottonato come un detective alle prime armi alle prese con il suo primo caso».

Oates non perse la sua bonomia. «È già pomeriggio» osservò. «Venga con me da Fustian».

Campion suonò il campanello per farsi portare cappello e guanti.

«Non che mi vada di vederlo» disse. «Le sembrerà puerile, ma sono talmente inferocito che non so se riuscirò a non mettergli le mani addosso».

«Correremo il rischio» rispose l'ispettore. «Andiamo».

I due uscirono, e dieci minuti dopo, in un lungo corridoio di cemento costellato da numerose pesanti porticine, superarono un ometto con il naso adunco e gli occhiali a stringinaso cerchiati d'oro. Aveva l'aria pallida e agitata, e dopo aver lanciato un'occhiata a Campion avrebbe tirato dritto dietro all'agente che gli faceva strada se Oates non l'avesse fermato.

Era J.K. Pendle, l'avvocato. Nel riconoscerlo, Campion sentì di doversi rassegnare. Max aveva una scappatoia legale, e a quanto pareva si era già dato da fare.

«D'accordo, Mr Pendle». Oates stava concludendo una conversazione a bassa voce. «L'aspetto tra dieci minuti nel mio ufficio al piano di sopra».

Poi tornò da Campion. Poco prima che raggiungessero una delle ultime porte della fila, piantonata da un agente grande e grosso senza casco seduto su una sedia ridicolmente inadeguata, ne uscirono due uomini, che parlavano tra loro animatamente ma a voce bassa. A Campion parve di riconoscere uno dei due, ma non riuscì a ricordarne il nome.

Oates si soffermò qualche istante a parlare con i nuovi arrivati, e Campion nell'allontanarsi, sentì il proprio nome e la frase: «Quello che ha sporto denuncia».

«Capisco». L'uomo il cui nome e professione Campion non riusciva a ricordare lo guardò con la stessa espressione dell'avvocato Pendle, a metà tra il curioso e il misterioso. Poi abbassò la voce e riprese a parlare in tono accorato.

«D'accordo» disse Oates a voce alta. «Farò alla svelta. Ci vediamo tra dieci minuti nel mio ufficio. Mr Pendle è già lì».

«Ascolti, Stanislaus, non mi va di vederlo» disse. «Sento ancora di non avere il controllo di me. E poi a cosa servirebbe?»

L'ispettore parve non sentirlo. Fece un cenno all'agente, che si alzò e aprì la porta.

Campion era ancora furioso. Era sprofondato in un odio

personale, un'emozione sconosciuta alle persone sofisticate, e se ne vergognava. Entrò a passo lento, andando incontro al suo nemico.

Max fu la prima cosa che vide, la prima e unica cosa. Campion era per natura un buon osservatore, e la pratica aveva aumentato quella sua dote al punto che le scene gli si imprimevano nella mente in tutti i loro dettagli; ma in quell'occasione vide una cosa soltanto, una cosa completamente enucleata dall'ambiente circostante.

Non seppe mai com'era fatta la cella. La finestra dalle inferriate pesanti, i due uomini in camice bianco seduti in silenzio nell'ombra, la luce schermata... di tutto quello non colse nulla.

Sul pavimento, quello che rimaneva di Max Fustian lo guardava con un sorriso subdolo sulle labbra sbavanti.

Campion restò pietrificato. Ogni rabbia era svanita. Ora avvertiva uno strano orrore, esclusivamente istintivo, l'orrore primitivo per ciò che è contro natura.

La creatura parlò: suoni sommessi, indistinti e privi di senso articolati con agghiacciante aria confidenziale.

L'ispettore prese Campion per il braccio e lo ricondusse in corridoio.

«Mi scusi se non l'ho preparata» disse per giustificarsi. «È peggiorato rispetto a prima. L'hanno trovato in questo stato stamane, quando gli hanno portato da mangiare. Ieri sera era aggressivo, e l'hanno lasciato in cella a sbollire. L'hanno condotto davanti al magistrato perché pensavano stesse fingendo. Ma non era ridotto in queste condizioni, anche se stava già male. Dice di essere Lorenzo de Medici. Dice di saperlo da un pezzo».

Campion tacque.

«È proprio così che succede» proseguì lentamente l'ispettore. «Finché tutto fila liscio se la cavano, ma non appena incappano in qualcosa di insormontabile, una cella della centrale di polizia, per esempio, oltrepassano il confine e...be', ecco cosa succede».

Campion si asciugò il viso. Ora ricordava chi era l'uomo incrociato in corridoio.

«Cosa gli accadrà?» chiese con voce malferma.

«L'ospedale, il Pentonville, ha chiesto di rimandare il processo in attesa che Fustian sia in grado di comparire in tribunale. Stanno aspettando l'autoambulanza» disse Oates succinto. «Vede, c'è la sua deposizione, cinquemila parole. Hanno impiegato tutta la mattina per metterla giù. Ha confessato tutto, anche il suo omicidio, tra l'altro, oltre che l'istigazione all'assassinio di Girolamo Riario, principe di Romagna... peccato che sia successo nel sedicesimo secolo».

«Quando si sarà ripreso» disse Campion, «insisterà con l'accusa?»

Oates scrollò il capo. «Non si riprenderà. Non ha visto il vecchio Baybridge uscire dalla cella? L'ha appena visitato. È rimasto piuttosto abbottonato, naturalmente – lo sa come sono questi specialisti – ma ha detto: "schizofrenia autentica", e ho visto la sua faccia mentre lo diceva. Fustian peggiorerà sempre più, e alla fine sprofonderà in sé stesso e morirà.

«Ma è tutto così rapido...» mormorò Campion. «Solo ieri...»

«Ieri era un genio» lo interruppe l'ispettore, «e oggi è un pazzo. Non c'è poi questa gran differenza, no? Inoltre non è stato improvviso come potrebbe sembrare. Stamani ho convocato il suo socio, Isadore Levy. Pover'uomo, era terribilmente preoccupato. Ha riferito che da qualche tempo Fustian si comportava in modo strano. Pare che in passato almeno tra le quattro mura lasciasse perdere quelle sue affettazioni, mentre ultimamente non smetteva mai. Ma c'erano anche altre cose. Solo ieri è andato a un ricevimento con un gilè scozzese rosso. Cosa potrebbe esserci di più folle?»

Campion si voltò a guardare la porta chiusa, e nei suoi occhi comparve un'espressione sincera. «È stato il mio peggior nemico, ma non gli avrei mai augurato una fine del genere».

L'ispettore sorrise. «Già, amico mio» disse in tono affettuoso. «Già, credo anch'io che non l'avrebbe mai fatto».

25.
Arrivederci, Belle

Alcuni giorni dopo la morte di Max Fustian nell'infermeria di una prigione, quando Swallow Crescent era polverosa e disseminata di foglie cadute, Campion andò a trovare Mrs Lafcadio.

Si trattennero nel grande studio a osservare il dipinto restituito dalla Salmon Gallery, ora collocato al suo posto sopra il caminetto.

Rappresentava un interno freddo e oscuro, con figure dai colori tenui e una luce superba. Nel guardarlo Belle annuì, la cuffia bianca che rifletteva il chiarore proveniente delle finestre nella galleria.

«Che bel quadro» commentò. «Johnnie voleva che fosse l'ultimo della serie. Ricordo bene mentre lo dipingeva, in Spagna. Mi è sempre piaciuto».

«Che ne farà?» chiese Campion. «Lo terrà?»

«Credo di sì». La donna parlò con dolcezza. «Quest'idea di Johnnie della Domenica dell'Esposizione ci ha portato tanti di quei guai! Povero Johnnie. Le sue idee finivano sempre per creare qualche pasticcio. L'anno prossimo io e lui organizzeremo il ricevimento per noi soltanto, con Lisa e la povera Beatrice».

Campion esitò. Si trovava su un terreno delicato.

«Ha visto... gli altri tre?» chiese infine.

«No» rispose Belle. «Ma Mr Levy, Mr Pendle e l'ispettore Oates mi hanno spiegato tutto, e io capisco. Si trovano ancora alla Salmon, immagino».

Si interruppe, gli sbiaditi occhi castani incupiti e le labbra grinzose ora corrucciate. «L'ho saputo, che è morto» disse d'un tratto.

Campion capì che Belle evitava deliberatamente di pronunciare il nome di Max, per cui evitò a sua volta di menzionarlo.

«Già» rispose. «Una brutta faccenda, Belle. Mi dispiace che sia venuta a saperlo».

Ma lei parve non udirlo, e proseguì nello stesso tono pacato.

«L'ispettore ha accennato al fatto che Tommy Dacre intendesse ricattarlo, così ha perso la testa, ha visto l'occasione per liberarsene e ha ucciso quel poverino. Ma io non credo che Tommy avrebbe mai ricattato qualcuno, non pensi? Da bambino era un tale tesoro».

Campion si strinse nelle spalle.

«Non credo che lo considerasse un vero e proprio ricatto» rispose con prudenza. «Per quanto ne sappiamo, in base a quanto detto da Rosa Rosa e... alla confessione, a Dacre erano stati pagati i quattro quadri che aveva contraffatto, e aveva esaurito la borsa di studio. Aveva bisogno di soldi, e aveva semplicemente informato Max che avrebbe dipinto altri quattro quadri allo stesso prezzo e nello stesso cottage. Ecco cos'è successo. Se a... se al suo assassino non si fosse presentata l'occasione di agire in quel momento, l'omicidio non avrebbe mai avuto luogo».

«E Claire?» chiese Belle con le labbra tremanti. «La povera, abile Claire, cosa gli aveva fatto di male?»

Campion si accigliò.

«Ah, ma lei costituiva la sua minaccia più pericolosa» spiegò. «Vede, lei sapeva tutto. Lui le aveva rivelato la faccenda della falsificazione, e Mrs Potter aveva assistito Dacre al cottage. Doveva avere intuito e averglielo dato a intendere, probabilmente il giorno in cui è venuto a trovarla, quando ci ha raccontato del Van Pijper. Pare che Mrs Potter avesse i nervi a pezzi, e quando ha ricevuto la telefonata in cui Max le diceva che la polizia stava seguendo una pista che l'avrebbe portata a lei, lei ha fatto esattamente quel che l'altro sperava facesse, ed è morta».

Belle incrociò le mani sulla piccola borsa da cucito di cretonne che aveva con sé, e tacque per qualche istante. «Quel povero marito» disse infine. «Il povero marito della povera Claire! Inizia solo ora a ritrovare un po' di interesse nel suo lavoro. Sta effettivamente un po' meglio, mi pare; giusto un po'. E le sue opere sembrano effettivamente migliorate, direi; giusto un po', perciò qualche progresso c'è. Ma... oh, Albert... che malvagità, che orribile malvagità, e che spreco!»

Si allontanò dal quadro, ma prima di uscire con Campion si fermò davanti a un'altra tela. Il ritratto di Lafcadio sorrideva loro. Il *Fratello maggiore del Cavaliere sorridente*; di nuovo Campion fu colpito dalla somiglianza.

Emanava la stessa boria, la stessa consapevole fastosità, la stessa appagata fiducia in sé.

Gli sovvenne un pensiero, e nell'abbassare lo sguardo su Belle vide che lo stava fissando.

«So a cosa stai pensando» gli disse.

«No» rispose. «Cioè, non credo proprio che lo sappia».

«Invece sì». Belle stava ridendo. «Stai pensando al settimo dipinto, quello venduto all'Easton Museum, vero? Non è ancora stato pubblicato nulla sui giornali, e ti stai chiedendo cos'ho intenzione di fare».

Il giovane rimase sbalordito. Belle le aveva letto nel pensiero.

Mrs Lafcadio aprì la borsa di cretonne.

«È un segreto» disse, e gli porse un foglietto. Campion lo osservò incuriosito.

Era una ricevuta per quattromiladuecento sterline, diciassette scellini e nove pence emessa da un famoso ente benefico per artisti. Guardò subito la data.

«È di quasi due anni fa!» esclamò stupito. «Oh, Belle, allora lei sapeva!»

Mrs Lafcadio esitò.

«Sapevo che non era stato Johnnie a dipingere la folla attorno alla crocifissione» spiegò. «Vidi il dipinto solamente al ricevimento, essendo stata costretta a letto fino a quel mattino, e poi fui troppo indaffarata per osservarlo con attenzione. Quando lo feci era già stato venduto, e tutti erano lì a parlarne e a fare apprezzamenti. Non capii cos'era successo, né pensai mai di dubitare della serietà della galleria».

Campion era ancora perplesso.

«E di chi dubitava, allora?» chiese comprensibilmente.

Mrs Lafcadio sollevò lo sguardo sul Sargent. «Di Johnnie» disse. «Di quel ragazzaccio del mio Johnnie. Credevo l'avesse fatto un suo allievo. Johnnie si sarebbe divertito da morire a giocare un tiro del genere a tutti loro, così saccenti e pomposi».

«Per cui non ha detto niente?»

«No. Ho pensato fosse meglio così. Però ho donato ogni singolo penny guadagnato a un ente benefico e mi sono ripromessa, per il futuro, di essere io a vedere il quadro prima di chiunque altro. Certo, quest'anno era autentico, per cui ho pensato che l'ultimo fosse uno dei tiri birboni di Johnnie, e ho cercato di non pensarci più».

«Ma come ha fatto a capirlo?» domandò Campion incuriosito.

«Che il settimo quadro non era autentico?» gli occhi castani di Mrs Lafcadio erano vivaci come quelli di un uccellino.

«Per via del bambino sulle spalle della figura in primo piano. Non ho mai capito molto di tecniche pittoriche. Non sono un'esperta. Ma mai nella vita Johnnie avrebbe dipinto un bambino sulle spalle di un adulto. Era come una fissazione, per lui. Non sopportava neanche l'idea. Ne fa cenno in una delle sue lettere a Tanqueray, in quell'orribile libro che tutti hanno trovato così di cattivo gusto. A un certo punto dice: *La tua abitudine ripugnante di dipingere bifolchi che portano sulle spalle la loro sgraziata e probabilmente antigienica progenie mi disgusta. Ogni qualvolta vedo un bambino portato in quel modo, con la testa che sporge sopra quella del padre, mi vien voglia di tirarlo giù e di prendere a calci quella porzione di anatomia che nei tuoi quadri è sempre decentemente ma poco felicemente coperta, facendogli assaggiare la suola dei miei stivali*».

«Capisco» disse Campion. Di fronte a una prova così irrefutabile gli parve l'unico commento possibile.

«Era un vero scorbutico» commentò Belle.

«Chi? Tanqueray?»

«No, quel vecchio fracassone di Lafcadio» specificò la moglie del pittore. Però voleva bene al mio piccolo John. Povero piccolo John».

Campion non aveva mai sentito menzionare il padre di Linda, ma Belle non si soffermò sull'argomento.

«Non dirai niente a nessuno del settimo dipinto, vero?» disse. «Dopo tutto che importanza può avere? Oh, bontà divina, che importanza possono mai avere tutti questi quadri?»

Campion giurò di mantenere il segreto.

Nel percorrere il vialetto coperto diretti alla villa Campion la fissò. «È tutto a posto, ora?» chiese.

Belle annuì con un sospiro. «Sì, mio caro» disse. «E grazie. Vieni a trovarmi, ogni tanto. Mi sentirò sola, senza Linda».

«Linda?»

«Lei e Matt si sono sposati lunedì a Southampton. Ieri ho ricevuto un biglietto» disse Mrs Lafcadio in tono tranquillo. «Hanno scoperto che due cabine singole sulla nave per Maiorca costavano molto di più di una matrimoniale. Hanno deciso di andare a dipingere laggiù, per cui si sono sposati. Mi sembra una scelta di buon senso».

Campion si accomiatò. Belle lo accompagnò alla porta e si fermò sui gradini, rotondetta e sorridente, la cuffia inamidata che tremava nella brezza.

Arrivato all'angolo si voltò, e vide Belle ancora sulla soglia che sventolava un fazzolettino in segno di saluto.

Quando lui fu scomparso alla vista, Belle rientrò e chiuse la porta.

Raddrizzò lo zerbino con il tacco della scarpa allacciata con la fibbia e attraversò l'atrio trotterellando. Si fermò davanti alla porta della cucina e si affacciò.

«Lisa, questa sera Beatrice e Mr Potter sono fuori, per noi prepara pure qualcosa di semplice».

«*Sì, sì*» disse la donna senza distogliere gli occhi dai fornelli. «*Sì, sì*».

Belle chiuse la porta senza far rumore, poi salì in salotto. La luce dorata della sera si riversava nella sala, accendendo i colori sbiaditi dei tappeti persiani e carezzando la tappezzeria della sedia di Voltaire.

La donna andò allo scrittoio, sfilò una chiavetta dalla catenina che aveva al collo e la girò nella serratura di un cassettino sotto la ribalta.

Il cassetto si aprì con facilità; dall'interno, foderato di verde, tirò fuori una piccola tela senza cornice. Si sedette e appoggiò il dipinto sulla scrivania.

Era un autoritratto di John Lafcadio, dipinto con la tecnica impressionista che sarebbe stata apprezzata solo molto tempo dopo. Il viso era lo stesso che sorrideva orgoglioso nel ritratto di Sargent, ma con una grande differenza.

Qui la famosa barba di John Lafcadio era solo accennata, e il mento leggermente sfuggente era malignamente rimarcato. La bocca, dalla carnosità sensuale volutamente accentuata, sorrideva. I riccioli fluenti erano raffigurati un po' più radi, e gli zigomi alti erano caricaturali.

Gli occhi erano ridenti, o perlomeno uno. L'altro era completamente nascosto da un grottesco ammiccare.

Era un ritratto crudele e rivelatore, il viso di un uomo che, se era per metà genio, era anche per metà buffone.

Belle lo girò. Sul retro, scritta nella gigantesca calligrafia del pittore, un'unica frase: *Il tuo segreto, cara Belle.*

L'anziana signora girò di nuovo il ritratto. Si portò l'indice alle labbra, poi lo appoggiò sulla bocca dipinta.

«Oh, Johnnie» disse sconsolata. «Quanti guai, mio caro. Quanti guai».

Indice

Varianti

Margery Allingham

Il premio del traditore

Romanzo

Albert Campion, detective e gentiluomo, si sveglia in un letto d'ospedale, solo e spaventato, soprattutto perché non ricorda niente, di sé e di quello che è successo per farlo finire lì. Sa solo di avere una missione importantissima, un complotto da sventare, e dato che siamo nel 1940, dev'essere qualcosa che riguarda l'Inghilterra in guerra. Sente un poliziotto parlare di arresto, fuori dalla stanza, e decide di scappare rubando la tenuta da vigile del fuoco accanto all'estintore. Viene raccolto in macchina da una bella donna, che sembra conoscerlo benissimo, e portato in un'aristocratica magione dove lo aspetta un party e una buona accoglienza. Perdipiù la bella giovane donna dice di essere la sua fidanzata. Campion continua a nascondere il proprio stato di amnesia, e mette il cervello rimasto all'opera per sventare comunque il terribile pericolo che incombe sulla sua patria in guerra. Da qui il mystery si trasforma in thriller/spy story, con una serie di colpi di scena, scoperte, tradimenti, attentati, inseguimenti nella miglior tradizione di tutti questi generi. Fino alla rivelazione finale e alla scoperta del traditore. Margery Allingham rivela qui una scrittura di eccellente livello e un senso dell'umorismo degno dei migliori autori britannici. La difficoltà di raccontare per tutto il romanzo un Campion afflitto da amnesia senza svelare troppo dei retroscena dà un'idea chiara della abilità di questa autrice, famosissima, letta e addirittura rubata nelle biblioteche più di qualunque altra «regina del crimine» inglese, compresa Agatha Christie. *Il premio del traditore* è stato ripubblicato di recente in Gran Bretagna tra l'entusiasmo dei critici e dei lettori.

Una curiosità: il complotto del romanzo, si scoprirà alla fine della guerra, era davvero stato ordito ma mai messo in atto.

Bollati Boringhieri

Varianti

Hans Tuzzi
La belva nel labirinto
Romanzo

Quale filo invisibile lega fra loro un sacerdote di frontiera, un travestito di mezza età e un brillante studente universitario nella cui auto giace
cadavere una ragazza? E le altre vittime dell'anonima mano omicida
che nell'estate del 1987 nelle vie di Milano porta la morte, annunciata
dai beffardi e inquietanti Arcani dei tarocchi?
A cosa si riferisce la misteriosa scritta che l'assassino traccia su ogni
Arcano? E ha davvero un senso tutto l'armamentario del nazismo eso-
terico che costantemente affiora fra i più diversi indizi? E i Servizi
segreti hanno, in tutto ciò, un ruolo oscuro?
Conscio che in simili casi soltanto una paziente indagine è possibile,
ma non è mai sufficiente, poiché occorre anche un aiuto del Caso, o
un errore da parte del colpevole, il vicequestore Melis, coadiuvato dai
suoi uomini, intraprende un frustrante cammino di conoscenza attraverso una Milano varia e cangiante nelle sue componenti sociali, fra il
vizio manifesto da un lato e l'oscuro mondo del fanatismo dall'altro,
sino a giungere alla tenebrosa fonte del male che l'uomo infligge all'uomo allorché è convinto di detenere la verità.

Bollati Boringhieri